教師像——文学に見る

綾目広治——著

新読書社

『教師像——文学に見る』●目次

『教師像』正誤表

	〔誤〕		〔正〕
・一三頁一二行	木下直江	→	木下尚江
・四二頁二行	子どもために	→	子どものために
・五六頁一行	講読	→	購読
・六一頁二行~四行	次郎	→	吾一
・七二頁五行	教えているでは	→	教えているのでは
・八〇頁八行	子どもがいるだが	→	子どもがいるのだが
・一三八頁一〇行	坂田先生	→	坂部先生
・一五〇頁一一行	すでに見てような	→	すでに見たような
・一五二頁八行	青年もいたのが	→	青年もいたのだが
・一九一頁三行	マルク主義	→	マルクス主義
・一九二頁五行	差し引きば	→	差し引けば
・二〇一頁一〇行	評定していください	→	評定してください
・二五〇頁一三行	教師であった言えよう	→	教師であったと言えよう

第一章

国家の子どもを創る教師たち
——明治期Ⅰ

一　国家のための教育――福岡孝弟・森有礼・沢柳政太郎

明治期における日本国家の教育政策は、よく知られているように、明治二三（一八九〇）年に天皇の名で出された「教育勅語」が、その後の日本の教育を大きく方向付けていくことになった。その翌年には第二次小学令とその施行規則も出て、教育課程を編成する自由が大きく制限されることになる。もっとも、すでに明治一九（一八八六）年からは、小学校の教科書は検定制度に移行していた。これらのことから、この明治二〇年前後の数年間で、明治維新以後、その内実はともかくも近代国家として出発した日本国家の教育制度は、明治五（一八七二）年に当時の太政官政府が行った「学制」の発布、すなわち教育に関する総合法令の発布以来、一応の完成を見たと言える。それは、教育とは国家のためになされるものであるという考え方に基づく教育制度の完成である。

また小学校教員に対しては、それ以前の明治一四（一八八一）年に文部省は文部卿福岡孝弟《たかちか》の署名入りで「小学校教員心得」を示し、各府県当局に対してこれを教員一人ひとりに一部ずつ渡すことを命じている。「小学校教員心得」で述べられている、教員のあり方についての基本方針は、その後の「教育勅語」などに受け継がれていくことになった。この「小学校教員心得」で述べられている基本方針で注目すべきは、その第一項に「人ヲ導キテ善良ナラシムルハ多識ナラシムルニ比スレバ更ニ緊要ナリトス。」とされていることである。続けて、「故ニ教員タル者ハ殊ニ道徳ノ教育ニ力ヲ用イ、生徒ヲシテ皇室ニ忠ニシテ国家ヲ愛シ、父母ニ孝ニシテ長上ヲ敬シ（略）徳性ニ薫染シ善行ニ感化セシメンコトヲ務ムベシ」と述べられている。これを明治五年に太政官布告として示された「学事奨励に関する被仰出書」と比べてみれば、教育行政における明治政府の姿勢が大きく転換していることがわかる。

それ以前の「学事奨励に関する被仰出書」では、「学問《がくもん》は身を立てるの財本《ざいほん》ともいふべきものにして人たるもの誰か学ばずして可ならんや」とされ、「士人以上の稀《まれ》に学ぶものも動《やや》もすれば国家のためにすと唱《とな》へ身を立てるの基《もとゐ》たるを知《しら》ずして或は詞章記誦《ししようきしよう》の末に趨《はし》り空理虚談《くうりきよだん》の途に陥《おちい》り」云々と述べられていた。つまり「学事奨励に関する被仰出書」では、学問教育が国家のためではなく、個人のためのものであり、それも個人の立身出世の「財本《ざいほん》」であるとされていたのである。しかし、「小学校教員心得」ではその考え方はむしろ否定され、教育理念は言わば実利的な主知主義から徳育中心主義へ転換させられていたのである。もちろん徳育と言っても、それは単に道徳的に優れた人格者を育成することではなかった。それは明治国家に忠実で「善良」な国民を育成することが徳育の狙いであったのであり、小学校教師はそのような国家有用の人物を育てることがその使命であるとされたのである。したがって、言うまでもなく小学校教師自身も、明治国家に忠実で「善良」でなければならなかった。

同じく明治一四年には、一月に文部省達「学校教員免許状授与方心得」、七月に文部省達「学校教員品行検定規則」などが相次いで出ているが、それについて海原徹は『明治教員史の研究』（ミネルヴァ書房、一九七三・一二）の中で、次のように述べている。すなわち、「異常なまでの布達や告諭などの頻発の真意はいうまでもなく、教師の生活全体の締めつけの強化・徹底によって、ともかく唯一の反政府運動、それも方向性としては体制転換の実現すら予想せしめる自由民権運動からの教師の徹底的隔離、いわばその非政治化にあったのである」、と。つまり明治政府は、小学校教師を政治運動から遠ざけようとしていたのである。そのことを逆に言えば、これらの布達や告諭のときには、明治政府は小学校教師を少なからず危険な政治的存在であると捉えていたということでもある。実際、自由民権運動に関わった人びとの中には小学校教師が多数いたようで、また自由民権運動の演説会の場所も小学校が使われることが多かった。その使用は、小学校が郷村社会において多数の人々が集合することができる唯一の場所であったからだが、それとともにやはり小学校教師たちが自由民権運動に関わっていたということも関係していた。

むろん演説会の場所は小学校だけではなく、郷村社会においてやはり人びとが集まることのできる寺院なども利用された。たとえば木下直江の自伝である『懺悔』（明治三九〈一九〇六〉・一二）には、彼の少年時代を回顧した箇所で、「自由民権要求の叫びが天下を風靡する最中」に開かれた「政談演説会」が、「寶榮寺と云ふ真宗の寺の本堂」においてであったということが語られている。ただ、ここでも注意すべきは、その中で「真暗な聴衆席から催促の拍手が起る、入れ代り立ち代り登壇する弁士の中には、学校の教師の顔も在つた」と語られていて、小学校教師が自由民権運動という政治運動に積極的に関わっていたことが記されていることである。

そのような小学校教師は教室内においても自身の抱懐する政治信条を生徒たちにも熱を込めて語っていたらしく、先に引用した『明治教員史の研究』には、高知県の例に言及しながらこう述べられている。「高知県下では、小学校教員がルソーやフランス革命をテーマにした民権歌をつくって子どもたちに斉唱させ、また教室内で事あるごとに権利や自由に関する宣伝、鼓吹に熱中したといわれるが、自由民権運動のさかんな地方では、こうした事例はいくらでもあった」、と。後で添田知道の小説『教育者』を論じるところでも触れるつもりであるが、小学校教師は明治期の郷村社会においては地方の名望家層や僧侶、神官などと並んで数少ないインテリゲンチャだったのであり、それだけに郷村社会の人びとからその言動が注目されるような、影響力の大きな存在だったのである。だからこそ明治政府は、小学校教師を徹底して非政治化することに意を注いだわけである。

また、この時期の小学校教師の多くは旧士族の出身であり、それだけに志士的気概にも富んでいてそのことが彼らを自由民権運動に結びつけることにもなったわけであるが、明治政府は「小学校教員心得」などの布達を頻発させて、多分に政治的であった現職の小学校教師を規制したのである。さらには、新しく小学校教師になろうとする者たち対しても、彼らを非政治化させることにも怠らなかった。具体的にはそれは、小学校教師を育成する師範学校での教育を、明治国家に望ましい方向で徹底させること、すなわち国家のために献身する小学校教師を養成することであった。そして、その教育政策を推進するのに力を発揮したのが、初代文部大臣の森有礼《ありのり》であった。

森有礼は教育を国家的な見地から見て、国家に役立つ人材を育てることを教育の目的にした人物であった。彼は文部大臣在任中に各地で多くの講演を行ったが、その中の一つに文部大臣就任直後の初演説と言うべき「埼玉県尋常師範学校ニ於テノ演説」（明治一八〈一八八五〉・一二）があり、ここには森有礼の文部大臣としての言わば施政方針が語られている。彼は埼玉県の尋常師範学校の生徒に対して、先に見た「小学校教員心得」で述べられていた徳育重視の教育理念について、「何程学科ニ長ジ又其教授ヲ善クスルモ、其人トナリ若シ善良ナラズンバ其学科ノ効能何クニアル」と述べている。もちろん、徳育を行うにあたってはまず教員自身が「善良」であることが必須であるから、「（略）到底善良ノ人物ニアラズンバ資格ヲ備エタル教員ト云ウヲ得ズ」とする。そして「善良」なる人物となるためには、第一に「従順ナル気質ヲ開発」すること、第二に「友情」すなわち「相助クルノ情ヲ其心意ニ涵養セザルベカラズ」、第三に「威儀ノアル様ニ養成セザルベカラズ」として、師範学校で養われるべき気質とは「従順」「友情」「威儀」の三気質であると語った。

それでは、その三気質を持った教員たちが行う小学校教育は、何を目指しているのかと言えば、森有礼はそれは国家を発展させるためだと言う。同演説で、もしも日本が「三等ノ地位」にあるならそれを「二等ニ進メ」、「二等ニアレバ一等ノ地位ニ進メ」ることに「勉メ」るべきであり、それは「固ヨリ容易ノコトニアラズ」だが、教育の力によってそれを成し遂げるべきだとして、「唯恃《タノ》ム所ハ普通教育ノ本源タル師範学校ニ於テ能ク其職ヲ尽クスニ在リ」としている。すなわち、国家の隆盛に資するためにこそ小学校教育はあるのであり、その任を果たすのが、後に小学校教師となるべく師範学校で学んでいる師範学校生だというわけである。知育ではなく徳育を小学教育の中心に置いた狙いは、子どもたちが知識を身に付けることで国家体制の矛盾や問題を鋭く意識したりするような批判精神を身に付けさせないようにして、そして国家体制にひたすら従順な人物を育成するということにあったわけだが、さらに森有礼はそういう人物を育てる教師に、あり得べき気質として「従順」「友情」「威儀」という三気質を求めたのである。

もっとも、この当時において森有礼の主張と若干異なる主張をする有力者もいた。たとえば、東北帝大総長、京都帝大総長、帝国教育学会会長などを歴任し、その後ユニークな小学校であった成城小学校の創立に携わった沢柳政太郎である。彼は、「教育者の精神」（明治二八〈一八九五〉）の中で、「教育者の資格」として、「先ず第一に挙ぐべきは学識なり」と述べ（傍点・原文、沢柳政太郎の引用文については以下同）、「次には徳義なり」としていて、必ずしも徳育中心主義ではなかったのである。しかしながら、沢柳政太郎も「徳義」に関して述べているところでは、その「徳義」とは「信義に厚きなり、忠君愛国の精神に富むなり」ということを述べていて、「概括して之を云えば教育に関する勅語に包含する徳義を能く実践体達するなり」としているのだから、沢柳政太郎が森有礼と違った方向を向いていたということでは決してなかった。どちらも、天皇制国家を支える人物を養成することが教育の役目であると考えていた点においては、共通していたのである。

さらに沢柳政太郎の教育論で注目されるのは、同論文で「教育者は生涯清貧に安ずる心なかるべからず、富貴を万一に僥倖せんとする念は教育者に最も嫌うべしとなす」としていて、これを少し延長すればこの論が教師聖職論になる要素を持っていることである。もっとも、沢柳政太郎も「教員の待遇（爰には主として俸給を指して云う）を厚くするを不用とするものにあらず」と述べてはいて、教員の待遇改善に肯定的ではあった。しかしながら、給料が少なくて「（略）仮令肉体の快楽は得ること難しと雖も、高尚にして無量の精神的快楽を得べしとすれば、教育者の生涯は幸福なり」というふうにも述べているのだから、結局は教師聖職論に傾いている論であったと言えよう。その場合の聖職論とは、教師の仕事は聖職なのだから給料が少なくても、我慢してプライドを持って教育に専念しろ、という教師にとっては過酷な論としても機能するようになる聖職論のことである。

さて、明治政府によって非政治化され、国家に忠実な明治期の小学校教師を描いた小説を次に見ていこう。

二　〈師範学校精神〉の教師――小泉又一

『欧米教育の実際』（明治三八〈一九〇五〉）や『近世教育史』（明治四〇〈一九〇七〉）などの教育学の著書がある小泉又一は、『教育小説　棄石』（同文館、明治四〇・〈一九〇七〉・五）という小説も書いている。物語の時代は師範学校制度が軌道に乗った時期以降のようだから、明治二〇年代かもしくは三〇年代あたりの時期だと考えられるが、この『教育小説　棄石』はおそらく一般にはほとんど知られていない小説と思われ、文学事典などにも載っていない。しかしこの小説には、明治期に師範学校で学び、そこでの教育を何ら疑うことなく信じて、教育に献身した一人の青年小学校教師が描かれていて、興味深い内容となっている。その青年教師には、明治期の〈理想的〉な小学校教師像を見ることができると言える。もっとも、〈理想的〉というのは、正確に言うならば、とりわけ文部省にとって望ましい小学校教師像のことであったと言うべきである。つまり、物語の主人公は「従順」「友情」「威儀」の三つを体現しているような教師なのである。また『教育小説　棄石』にはそれだけではなく、当時の小学校教師を取り巻く状況なども描かれていて、小学校教師がどのような存在であったかについても窺うことのできる小説となっている。

物語は、卒業を間近に控えた主人公の小西誠一《こにしせいいち》たち「二十有余」の青年のいる「××県師範学校寄宿舎《きしゆくしや》」から始まる。寄宿舎では、学力の無い教師に対する不満や、その教師と対立してしまった三年生たちのことなどが話題にされていたが、結局それらは大きな問題となることはなく終息したらしいことが語られる。これらのことから、師範学校においても、後の多くの学校においても見られた、学力の無い教師の問題や、教師と生徒とが対立することがあったということが知られるが、物語はそれらの問題には深入りすることはなく、話の焦点を寄宿舎を訪れた校長に移している。小説の題名となった「棄石」という言葉は、卒業して行く生徒たちを前にして語った校長の言葉から採られたものである。

「五十二三とも見《み》られるべき」校長は、運ばれた「食膳《ぜん》」に箸を運びながら、「徐《おも》ろに一座《いちざ》を見廻《みま》はして」、次のように語り出す。「兎《と》に角《かく》……と、いつて、今夜《こんや》は余り《あんまり》四角張《しかくば》つた事《こと》は言《い》はぬが、何時《いつ》も言《い》ふ通《とほ》り教育者《けういくしや》といふもの程《ほど》、或《あ》る意味《いみ》において割《わり》の悪《わる》いものはないよ……、又《また》、此《こ》の位《くらゐ》、責任《せきにん》の重《おも》いものは無《な》いのだ……自分《じぶん》も此《こ》の年齢《とし》まで、二十幾年《いくねん》もやつて居《を》るが、その間《あひだ》には又随分《またずいぶん》と癪《しやく》に触《さわ》るやうな事件《こと》もあつたし、又《また》、忍耐《こら》へられぬ思《おもひ》に遭遇《でつくわ》したことも度《たび》々だ……けれども、自分《じぶん》は、皆《みんな》、それに打《う》ち勝《か》つて来《き》た積《つも》りだ」、と。そして世間が未だ教育者を精神的にも物質的にも遇する道を知らないことを述べた後、校長は卒業生たちに訓戒を垂れる。

「諸君《しよくん》の任《にん》は小学校《せうがくかう》だ。所謂国民教育《いわゆるこくみんけういく》だ……次代《じだい》の国民《こくみん》たる幼稚《えうち》な児童《じどう》に、国民的思想《こくみんてきしそう》を鼓吹《こすい》して、正《ただ》しき帝国《ていこく》の道徳《だうとく》を培養《つちか》ふのだから……ま早《はや》く言《い》へば、国体《こくたい》の尊厳《そんげん》や、国家《こつか》の隆運《りううん》の基礎《きそ》は実《じつ》は、諸君《しよくん》の掌《て》の中に在《あ》るといつても可《よ》い………」

そして、小説のテーマとなっている「棄石」に関しては、校長はこう語っている。

「で……自分《じぶん》は常《つね》に如此思《かうおも》つて居《ゐ》る。之《これ》を例《たと》へて言《い》へば、教育者《けういくしや》といふものは、猶《な》ほ家屋《いへ》を建築《た》つるときの土中《どちう》に入《い》れらるゝ埋石《うめいし》や……堤防《どて》を築《きづ》く際《さい》に水《みづ》の中《なか》に投《な》げ込《こ》まるゝ棄石《すていし》のやうなものだと……それで此等《これら》は決《けつ》して人目《ひとめ》にはつかぬ………けれども、家屋《いへ》の強《つよ》いか弱《よは》いか、又《また》、堤防《どて》の堅《かた》いと軟《やは》いかは、実《じつ》は、この埋石《うめいし》や棄石《すていし》に依《よ》るのぢや……畢竟諸君《つまりしよくん》は、これから国家《こつか》のために自《みづ》から進《すす》んで、その棄石《すていし》や埋石《うめいし》の役《やく》になるのだから世《よ》に顕《あら》はれて、その賞賛《しやうさん》を受《う》くるなどは、素《もと》より期《き》する所《ところ》ではなからう……然《うむ》。左様《さう》でなけりやならんのだ……。が。その代《かは》りに、諸君《しよくん》の手柄《てがら》といふものは万代不滅《ばんだいふめつ》なのだ……諸君《しよくん》は、自《みづか》ら重《おも》んじて、努力奮闘《どりよくふんとう》して貰《もら》ひたいものである。兎《と》に角《かく》、諸君《しよくん》は、健康《けんこう》には十分《ふん》に気《き》を着《つ》けてな……………」

この校長の訓戒は、明治政府の教育政策を忠実に遂行していこうとする意志が如実に表れたものだと言えよう。当然のことながら、この師範学校校長の頭には、教師は生徒それぞれに即して個々人を育てるというような、今日では常識となっていると言っていい、小学校教育についての考え方などは微塵もない。あるのは、「国家《こつか》の隆運《りううん》の基礎《きそ》」である「次代《じだい》の国民《こくみん》」を育てるという「国民教育《こくみんけういく》」こそが緊要なことであり、したがって「家屋《いへ》を建築《た》つるとき」などの土台となる「棄石《すていし》」になるような任を勤める小学校教師くらい、「責任《せきにん》の重《おも》いものは無《な》い」のだという考え方である。もちろん、このような考え方は当時では一般的であった。教育というものは個人のためにあるのではなく、あくまで国家のためにある教育なのであった。そして、小西誠一は校長のこの訓戒を真正面に受け止めて、児童六〇〇人、教師一三人の村立の小学校に赴任する。

この後、物語では、小西誠一が少年時代には実は県内唯一の中学校に通っていたこと、しかし父が病死したために中学校を二年で退学し、村の小学校の「臨時雇《りんじやとひ》」として働いていたこと、その後「十八歳《さい》の春《はる》、選《えら》まれて師範学校《しはんがくこう》の籍《せき》に入《い》りしなり」ということなどが語られている。当時の師範学校は、授業料その他について生徒に給付する制度を取っていたから、誠一のように優秀なのに経済的な理由で進学できない青年のためには、門戸が開かれていた学校であったのである。誠一はその師範学校を優秀な成績で卒業して、今度は「臨時雇《りんじやとひ》」ではなく「尋常科《じんじやうくわ》の正教員《せいけうゐん》」として小学校に勤務したのである。誠一は熱心で有能な教員として勤務に精励していたが、師範学校時代の同期生の福田という青年が高等師範学校に進学したことを聞いたときには、福田が自分より成績が劣っていたことを思い合わせたりして、「而《しか》して、彼《かれ》は煩悶《はんもん》の余《よ》、人知《ひとし》れず一日《じつ》を泣《な》き暮《く》らしき」ということもあったと語られている。

しかし誠一は、ドイツの有名な小学校教師の「デルプフヘルド」が、刻苦独学して終に大学教授に招聘されるまでになったが、小学校教師が自分の天職であるとしてその招聘を断ったことを思い浮かべて、「我《わ》れは独学《どくがく》すべし。而《しか》して、此《こ》の幸《さち》福ある田園《でんえん》の空気《くうき》につゝまれて、我《わ》が愛《あい》は、幾多可憐《いくたかれん》の小天使《せうてんし》と、慈悲深《じひふか》き母《はゝ》とに献《さゝ》げんと、所存《しよぞん》の臍《ほぞ》こゝに全《まつた》く固《かた》うなりて、今《いま》は腋下《えきか》に風《かぜ》あるの概《がい》。」というふうに「覚悟《かくご》」を定めたのであった。このあたりの叙述には、小学校教師という地位よりもさらに上昇しようと、青雲の志を抱きながらも、小学校教師を続けざるを得なかった、当時少なからずいたと思われる有為の小学校教師たちの無念や諦念が、誠一の「煩悶」とその後の「覚悟」を通して描かれていると読むこともできる。

また、小西誠一は村の人びとからも慕われる教師であったとされている。小学校に就職した誠一は母とともに暮らし始めたのであるが、その母が肺炎で倒れるということがあった。そのときには村人たちが「鶏卵鳥肉《けいらんちようにく》など」を持って見舞いに来たのだが、それは「母《はは》に仕《つか》へて猶《な》ほ且《か》つ公務《こうむ》を欠かざる心は、痛《いた》くも、村人《むらびと》を動《うご》かし」たためで、村人たちは、「如何《いか》なる事情《じじやう》の起《おこ》るあるも、我等《われら》は彼《かれ》の如《ごと》き世《よ》にも稀《まれ》なる教師《けうし》をば、他村《よそむら》には遣《や》るまじ」と、見舞いの帰りに話していたと語られている。つまり、誠一は村人から敬愛される教師でもあった。さらに、村が大雨による洪水に見舞われたときには、小学校にある「御聖影」を守るためには、誠一は危険を省みずその「御聖影」を救い出したりもした。誠一は当時の国家体制に対してまさに忠実な小学校教師だったのである。さらに、その洪水で父を亡くし、母も重傷を負い、遂にその母もその傷が元で「惨憺な死を遂げ」てしまい、一人になった遺児の勇吉を、誠一は引き取って育てるということもするのである。

このように見てくると、小西誠一という小学校教師はたしかに良心的でさらには献身的でもある優れた教師であることに間違いないであろう。孤児となった子どもを引き取って育てることなどは、普通にはできることではない。そういう点において誠一は立派な教師だったと言えるが、誠一のように村人からも尊敬もしくは敬愛される小学校教師というのは、当時は必ずしも珍しくなかった。前述したように、当時の小学校教師は郷村社会で数少ないインテリゲンチャであり、したがって地域一帯のリーダー的存在であったから、敬愛されることはむしろ普通のことであったと言えるからである。『教育小説　棄石』は、明治期における郷村内でのそのような小学校教師の地位や立場の有り方も、小西誠一という小学校教師を通して、今日の読者にもよく伝わるように描かれている小説である。

このことを別の観点から言うならば、小西誠一はまさに師範学校の優等生らしい教師であったのであり、その意味ですでに見た「小学校教員心得」やあるいは「教育勅語」を体現しているような教師であったわけである。さらに親に孝行でもある誠一は、明治政府が望んだ教師像そのものであったのである。また『教育小説　棄石』には、小学校教師が必ずしも経済的に恵まれていないことも書かれていて、当時の小学校教師をめぐる厳しい状況にも筆が及んでいる。たとえば水害後、「村《むら》の窮乏《きうぼふ》は我《わ》が家《いへ》にも波及《はきふ》して、朝夕《あさゆふ》の頼《たの》みとする誠《せい》一の俸給《ほうきふ》さへも、二三ヶ月《げつ》の滞《とゞこほ》りの生じて、聞《き》けば救助米《きうじよまい》は、猶《な》ほ日々《ひゞ》幾干《いくばく》と役場《やくば》より下《くだ》りて、細《ほそ》き煙《けむり》さへも立《た》て難《がた》きがありとか」と語られている。実際にも、当時の小学校教師たちの給与は遅配されるようなことがあったのであるが、そのことも『教育小説　棄石』には書き込まれているのである。

当時は、給与の遅配だけでなく、総じて小学校教師の給与待遇は良くなかったのだが、『日本の教師22　歴史の中の教師Ⅰ』（寺崎昌男・前田一男編、ぎょうせい、一九九三・一〇）の中の「総解説　歴史がもとめ歴史に参加した教師たち」でも、明治期から戦前昭和期までの時期に関して、「（略）以上の時期全体を通じて教師とくに小学教師の経済的生活の低さという問題も見落とすべきではない」と述べられている。

物語でも実際に、小西誠一の師範学校時代の同級生であった長野健《なかのけん》が教師を辞めて実業界に転身するということを誠一に話しに来たときに、やはり長野健はその退職の理由を教師の給与問題に関連づけて次のように語っている。「真面目《まじめ》にはやる気《き》だつて……一体教育《いつたいけういく》といふことを楽《たの》しむといふても、それは衣食足《いしよくた》つて以上《いじやう》の問題《もんだい》ぢやないか……こんな待遇《たいぐう》を受《う》けて居《い》ては人並《ひとなみ》の物《もの》も着《き》られないし、又《また》人並《ひとなみ》の物《もの》も食《く》はれない……それでも安《やすん》ぜよ。楽《たの》しめといふのは、君《きみ》の説《せつ》だけれども、常識《じやうしき》のない論《ろん》のやうだね………」、と。それに対して小西誠一は、小学校教師の生活は苦しいばかりではなく、そのように「万事《ばんじ》の標準《へうじゆん》を、唯《たゞ》、物質《ぶつしつ》に置《お》くから、苦《くる》しい苦《くる》しいと思《おも》ふ」のであり、「我々《われわれ》の職業《しよくげふ》は物質《ぶつしつ》以上《いじよう》なんだ」として、「彼《か》の天真爛漫《てんしんらんまん》で、清浄無垢《せいじやうむく》な子供《こども》を教育《けういく》する其《そ》の間《あいだ》の愉快《たのしみ》は甚麽《どんな》だらう……あの可憐《かれん》なる子供等《こどもら》は我々《われわれ》に対《たい》して真《しん》に絶対無限《ぜつたいむげん》の尊敬《そんけい》を払《はら》ってくれるではないか」ということを語るのである。

つまり、経済的に苦しくてもその苦しみを上回る精神的な歓びが教育の仕事にはあるではないか、というわけである。この誠一の反論は、沢柳政太郎の、「（略）仮令肉体の快楽は得ること難しと雖も、高尚にして無料の精神的快楽を得べしとすれば、教育者の生涯は幸福なり」とする論とほとんど重なるのである。先に見たように、沢柳政太郎の教育論と森有礼の教育論とでは、「徳義」「学識」のいずれかを第一に置くかについては異なるところがあったが、どちらもあり得べき小学校教師とは明治政府と国家に忠実な教師のことであると考えていた点で共通していた。このあたりにも、小西誠一という小学校教師は、当時の文部省さらには明治国家にとって望ましい教師像をよく表していることがわかるだろう。

そして小西誠一も、こう述懐しているのである。すなわち、「彼《かれ》が、往年《わうねん》、母校《ぼこう》を去《さ》るの時、自《みづ》から誓《ちか》ひて、最《もつと》も堅牢《けんろう》なる棄石《すていし》たらんを期《き》しぬ。徒《いたづ》らに、地位《ちい》の高《たか》きに攀《よ》ぢず、また俸禄《ほうろく》の多《おお》きを望《のぞ》まず、しかも、完全《かんぜん》に円満《えんまん》に、事業《じげふ》の発達《はつたつ》を希《こひねが》ひしなり」、と。とは言え、誠一も俸給を手にしたとき、「あ、、二十二円！　こは彼が一家五人の糊口の資なるよと心づきぬ」と思ったことが語られている。「あ、、二十二円！」という嘆声はその俸給の少なさに思わず漏らした誠一の内面の声と言えよう。

しかしながら、誠一はすぐに、「二十二円！　貧村の二十二円！　百姓の汗を搾ったのだ………」というふうに思い返して、その俸給の有り難さに感謝しているようなのである。さらに、小西誠一は授業を行う技倆にも優れていることが語られ、また宗教家は「高遠なる理を愚夫愚妻に説く」ことが優れていることを見て、教師は「少なくとも父兄を指導するに於いて、なほ宗教家に下るところあり」というふうに自らを反省し、さらなる向上を目指す教師でもあったとされている。

　物語では、やがて愛子という女性と結婚した小西誠一には、女の子と男の子の二人の子どもに恵まれ、以前より一緒に住んでいた母親を含めて、誠一一家は幸せな家庭生活を営んでいる様子が語られている。そうした折り、母校の師範学校からその附属小学校の主席訓導に招聘したいという話が誠一に来たのだが、それを誠一は「謝絶《しやぜつ》」するのである。誠一はそのことを母親に話したときに、「謝絶《しやぜつ》」した理由について、こう語っている。たしかに附属小学校に行けば仕事も「為良《しよ》いし」、その結果も「県下《けんか》一般《ぱん》に表彰《あらは》れる」であろうが、しかし「村《むら》が今《いま》まで世話《せわ》して呉《く》れた好意《かうい》や此学校《このがくかう》の是《これ》からの状況《さま》を思《おも》ふと、左様自分勝手《さうじぶんかつて》にばかり動《うご》けないです」と語る。さらに誠一は、「（略）私《わたし》は何《なん》だか此《こ》の村《むら》が人《ひと》一倍好《ばいすき》で麼什《どう》しても、今去《いまさ》らうといふ心持《こゝろもち》が起《おこ》らんのです……」とも語っている。先に郷村社会における小学校教師の地位について触れたが、小西誠一も「村《むら》」の社会に根を降ろしている小学校教師になったわけである。

　小西誠一が勤めていた小学校では、一代前の校長に代わって誠一の師範学校時代の一年先輩の村山が校長を勤めていたが、村山の弟が中学を卒業して「某専門学校《ぼうせんもんがくかう》」に入ろうとしてその学資の都合のために、兄の村山がその「該校《かいかう》の附近《ふきん》に転《てん》ずる必要《ひつえう》」が出てきて、村山は転任することになる。そのため、「かくて、誠一《せいいち》は、村山《むらやま》の後《のち》を継《つ》いで、校長《かうちやう》の肩書《かたがき》を受《う》くること、はなりぬ」ということになり、したがってこの小説はハッピーエンドの結末になっているのである。

このように『教育小説　棄石』は、天皇制国家における〈臣民〉を育成するという重要な任務を担った小学校教師の、その〈理想的〉な姿を描いた小説であったと言えよう。それはまた、師範学校出身者の〈理想的〉なあり方でもあったわけである。すでに述べたように、その場合の〈理想的〉というのは、あくまでそれは明治国家、明治政府にとって〈理想的〉という意味であるが、当時の人びとにとっても、小西誠一のような小学校教師はあり得べき教師であったと言えそうである。と言うのは、郷村社会の人びとにとっては、小学校教師が天皇制支配体制の末端の役目をしているか否かということなど、どうでもいいことであって、小学校教師は郷村の子どもたちをしっかりと見守り、村の行事その他にも親切に関わってくれて、郷村では数少ないインテリゲンチャとしての役目を果たしてくれるような小学校教師が良かったからである。まさに小西誠一はそういう小学校教師であったのだから、彼は村人たちにとってあり得べき教員だったのである。

次に見るのも、小西誠一と同じく師範学校出身で明治時代に活躍した〈理想的〉な教師が描かれた作品である。というよりも、その作品には小西誠一を上回ると言ってもいい〈理想的〉な教師が描かれている。それは、添田知道の四部作の伝記小説『教育者』（一九四二〈昭和一七〉・五～一九四六〈昭和二一〉・七）である。四部とも大阪の出版社であった増進堂から出版されている。

三　実在の教師をモデルにして――添田知道

『教育者』は、昭和一八年の第六回新潮社文芸賞の第二部・大衆文学賞を受賞した小説である。『教育者』の第三部は昭和一七年九月に刊行されていたが、第四部は戦後になっての昭和二一年七月に刊行されたのだから、受賞の対象は作品の第一部から第三部までであったわけである。『シリーズ民間日本学者』の第六巻に収められた、木村聖哉の『添田唖蟬坊・知道　演歌二代風狂伝』（リブロポート、一九八七・三）によると、新潮文芸賞の第二部の審査員評としては、木村毅が石川達三の『蒼氓』以来の名作だと称賛して、『教育者』は純文学と大衆文学との分水嶺を歩いている作品と評し、吉川英治は『教育者』は「社会賞」と言うべきだとし、また長谷川伸は「人間賞」に値すると述べ、さらに大佛次郎は「労作」であるとして、自然描写だけを採っても文学として成功しているという評価をしたようである。

このように審査員たちは『教育者』を文学作品として高く評価しているのだが、たしかにこれは読ませる伝記小説であり、添田知道の筆力を感じさせる作品である。しかし、残念ながら今日では『教育者』も一般にはあまり知られていないと思われる。したがってここでは、やや詳しく『教育者』の内容について見ていきたいが、その前に小説『教育者』と同じく今日ではあまり知られていないと思われる作者の添田知道について、木村聖哉の『添田唖蟬坊・知道　演歌二代風狂伝』を参考にしながら簡単に紹介しておきたい。

添田知道は、明治・大正時代に演歌や流行歌の世界でスターとして活躍した添田啞蟬坊《あぜんぼう》の息子で添田知道も演歌の仕事に携わっている。父の啞蟬坊（本名・平吉）は神奈川県大磯で生まれ少年時代に上京し、船乗りや土方・人夫などをした後、自由民権運動の壮士演歌と出会い、自らも政治風刺を盛り込んだ演歌を作り始める。演歌というのは、もともとは自由民権運動の壮士たちが自分たちの政治的主張を広めるためには、生硬な演説よりも講談や小唄の形式を取る方が大衆に受け入れられやすいという判断から、演説に代わるものとして歌い出されたのが始まりであるとされている。「壮士節」あるいは「壮士演歌」がやがて演歌と言われるようになり、さらには艶歌とも表記されたりする場合も出てきて、日本では大衆歌謡の一大ジャンルとなるわけだが、本来はそこに政治的な風刺が込められている歌だったのである。

その後、啞蟬坊は社会主義者の堺利彦と知り合いになり、明治三九年の日本社会党結成に関わり、明治末には社会主義伝導のための遊説・演歌の旅に出たりしている。また演歌組合の会長に担がれて演歌の刷新や職業化に力を注いでいる。しかし、関東大震災を機に演歌の世界から引退し、昭和一九（一九四四）年に没するまでは木村聖哉の言葉を借りれば「半仙生活」、すなわち半分仙人のような生活をしていたらしい。啞蟬坊の作った演歌で最も人口に膾炙しているのは、歌詞の一番ごとの最後に、「サリトハツライネ　テナコトオッシャイマシタカネ」という文句がある「ストライキ節」、あるいはやはり一番ごとの最後に「ア、ノンキだね」という文句がある「ノンキ節」であろう。

木村聖哉によれば、この天衣無縫な父・啞蟬坊と異なって息子の知道は堅実なタイプだったようだが、知道も父の演歌活動に関わった関係から、知道自身も演歌の世界から生涯抜け出ることはできず、たとえば岩波新書から『演歌の明治大正史』（一九六三・一〇）という演歌の研究書と言っていい著作も出している。また平凡社のカッパ・ブックスから『日本春歌考　庶民のうたえる性の悦び』（一九六六〈昭和四一〉・六）を出版している。因みに、これは大島渚が映画「日本春歌考」を作るにあたって示唆を得た本である。知道が作詞した演歌でよく知られているのが、やはり歌詞の一番ごとの最後に「ラメチャンタラギッチョンチョンデ／パイノパイノパイ／パリコトパナナデ／フライフライフライ」という文句がある「東京節」であろうか。

さて、先に私は『教育者』を伝記小説だと述べだが、木村聖哉も述べているように、今日風にノンフィクション・ノベルと言った方がいいかも知れない。モデルとなった実在の人物がいて、作者の添田知道はその人物である坂本龍之輔のもとに取材のために通い続けるということがあった。坂本龍之輔は添田知道が学んだときの東京下谷万年小学校の校長であったことも、坂本龍之輔をモデルにした『教育者』を書こうとした理由の一つであったが、その執筆動機の根本には添田知道の使命感があったのである。それについて、「昭和十八年二月下浣記」とある、『教育者第三部　荊の門』の「後記」で次のように語っている。

特殊学校の事は、忘られてしまふにはあまりに貴重な教育史上の事実であつた。仕事の特殊性の故ばかりでなく、教育の最も核心を摑んだ事業であつたと信じられるからであるが、その記録の湮滅は、同時に坂本龍之輔の亡失となるのである。それが私には堪へられぬ、寧ろ憤りであつた。いつかその記録を残したいといふ十余年来の希ひは、いまだ私《わたくし》の感情であつたといふべきかも知れぬ。

つまり、坂本龍之輔の仕事は「貴重な教育史上の事実」であるから記録に残さなければならないし、その坂本龍之輔という人物についても記録に残して顕彰すべきであると思ったのが、執筆の動機であったというのである。添田知道はすでに病床にあった坂本龍之輔のもとに通い続けて取材したようで、「後記」では、「日々、医師の制限による短時間を、私のために語りつがれた先生が時に烈しい反省の傷心に、胸がふさがつて、迂鈍な私には充分にこれを慰めることさへも出来なかつた」とも語っている。なるほど坂本龍之輔自身にしてみれば悔やまれることなどもあったであろうが、しかし彼がやはり近代日本の教育史において瞠目に値する仕事を成し遂げたことは事実であり、添田知道の『教育者』はそのことを十分に伝える内容となっている。もっとも、「特殊学校」のことはようやく第四部において語られることになっていて、第一部から第三部まではその教育に携わる以前の坂本龍之輔の、教育者としての歩みが、落ち着きのある筆致で語られている。以下、第一部から見ていきたい。

『教育者　第一部坂本龍之輔』（昭和一七〈一九四二〉・九）は、坂本龍之介が師範学校を卒業してすぐに神奈川県の「古里《こり》村小丹波《こたば》の習文小学校」に校長として赴任するところから始まる。その少し以前に習文小学校では「不祥事件」が起こり現校長弾劾の投書が役所や県庁に頻々と届き、生徒たちは三ヶ月前から「総休校」という状況だったので、「至急現任者を他に転じ」る必要が生じ、その後任として坂本龍之輔が赴任することになったのであった。その夜、村長を初め村の有力者たちが龍之輔の歓迎会を開いてくれたのだが、芸者を呼んでの飲めや歌えの大騒ぎとなり、有力者たちが教育者を侮辱するような歌を唄ったりと、龍之輔を極めて不愉快にするような有様だったので、龍之輔は赴任することを一旦は断るのである。しかし翌日に学校に行ってみると、机も腰掛けの乱れ放題であり、「(──これが学校か。)」という様子であったものの、村の和尚たちや子どもと出会い、ここで働こうと思う。「(無礼と頑迷をたゝへて不快をきはめる此の謎の村こそは、自分の働くべき場所だ。)」、と。

以後、この村で坂本龍之輔は村の子どもたちの教育に尽力していくのだが、物語はその話に行く前に、坂本龍之輔が神奈川県師範学校の生徒だった頃の話が語られている。龍之輔は明治九年に小学校に入学し、明治二〇年に師範学校生となったのであるから、その年齢は明治の年号より少し若いということになるが、子どもの時より身体は小さく虚弱でもあったため、「弱い龍之輔の、奉公の途は、教員に措いてはない」と母親の「みち」は思い、龍之助は師範学校に入学したのであった。この師範学校時代に龍之輔は眼病を患い、生涯黒眼鏡をかけざるを得なかったことも、語られている。

ところで、始まったばかりの当時の師範教育は、あの文部大臣森有礼の言う「順良・友情(信愛)・威重」の標語によった精神訓練に重点を置いたものであった。その寄宿舎での生活を含めて師範学校での生活について、山住正己は『日本教育史──近・現代』(岩波新書、一九八七・一)で、「(略)生活や各種訓練には軍隊方式がとりいれられ、学問・精神面では優遇からほど遠かった。全員が入れられた寄宿舎では、舎監の下に規則正しい生活が要求された」と述べている。また、永井道雄も『近代化と教育』（東京大学出版会、一九六九・一二）で、教育の目標として先の三つのスローガンが掲げられたこと自体よりも、この目的を実現するために森有礼が、「師範教育の生活全体を軍国的に再組織化」したことに注目すべきであると述べている。永井道雄によれば、「（略）起床・就寝・外出・学習などについて厳重な規則があり、学校によっては、軍隊と同じように、学生を大隊・中隊・小隊に編成したところさえあった」ようである。

師範学校での龍之輔の生活も、まさにそのようなものであったことが語られている。たとえば、入学して三ヶ月経って鎌倉修学旅行が行われることになったが、「旅行といつてもそれは行軍である。それが無事に終れば、新入生は本入学ときまる」というものであった。生徒の装備は「正武装」であって、編成も軍隊式に「一個中隊編成」であったとされていて、先に見たように龍之輔が入学した神奈川県師範学校の生活全体が「軍国的に再組織化」されていたのである。

その鎌倉修学旅行では、体力の無い龍之輔は脱落しないように頑張っていたが、足にマメが出来たこともあって、いよいよへたばりそうになったときに、寄宿舎の舎監であり物理、数学の受け持ちである田井畝三郎という教師が、龍之輔が担いでいた銃を代わりに担いでくれるということがあった。田井畝三郎は「風采はまつたくあがらず、痩せて色が黒く、物を言ふとぼさぼさの髭の下から反つ歯が飛び出し、凹んだ眼窩の奥に團栗のやうな眼が光つてゐるのが下膨れのした頬と不調和なだけによけいにをかしいやうである」、と語られているような教師だったが、龍之輔は田井教師から「思ひがけぬいたはりを受けて」、田井教師に感謝の念を覚えたのであった。それとともに龍之輔の中で理想の教師像が形成されるにあたって、田井畝三郎はそのモデルの一人になった人物であった。

他にもこういうことがあった。師範学校の生徒たちには「教生の制度」があって、これは師範「附属の老松小学校に於て実地に教鞭をとる」制度のことである。今日で言う教育実習である。附属の老松小学校には田井善道という「悪童」がいて、受け持ち訓導で女子高等師範出身の女性訓導を手こずらせていた。田井善道は教生の坂本龍之輔が直接に担当した組の生徒ではなかったが、それを見かねた龍之輔が田井善道を厳しく叱るということがあった。田井善道は実は田井畝三郎の息子であり、自分の父親が師範学校の教師で舎監もしているということで、教生の学生達に対してはもちろんのこと、附属小学校の先生たちに対しても、反抗的で我が儘な態度を取っていたのであった。龍之輔に叱られた田井善道は、「(略)おやぢに言ひつけて、貴様をおつぽり出してしまふぞお。」と言うのだが、龍之輔は懲罰の手を緩めることはなかったのである。

そのとき田井畝三郎が現れるが、田井畝三郎は龍之輔に向かって、「ありがたう、坂本さん」、と言い、さらにこう語る、「――私は今まで、こちらの先生方に、幾度もお願ひしました。私が師範の職員であることを、決して念頭に置いてはくださるな、どうか存分に善道を叩き直してくださるやうにと、しかし、いくらお願ひをしても、どうしても、御遠慮くださる。(略)――坂本さん、あなたは初めてこゝまで踏み込んでやつて下さつた。御親切、ありがたう、田井はあつくお礼を申します」、と。実は龍之輔も、恩師の田井の息子を厳しく叱ったことに「一抹の心苦しさが過《よ》ぎらないのではなかつた」のだが、しかしその私情を殺して信じるところを行い、それが「（略）うけ容れられたといふ喜びと、感謝と、そして大いなる教育者の姿を見たといふ感動」を、龍之輔は覚えたのである。

もっとも、すでに坂本龍之輔は、師範学校での上級生による新入生いじめを目にしたときに、「これからは、相手が誰であらうと、誤つてゐると思はれることは、どしどしぶつかつて行つてやるぞ。ぶつかつた上で、もし己れに非があつた時は、その時は潔く兜をぬげばよいのだ。そこにはじめて成長が望まれるのではないか。」と決心の臍を固めてもいたのだが、田井畝三郎の態度を見てその決心の正しさをさらに確信したわけである。実際、後に至るまで、龍之輔は自分が正しいと思ったことを貫こうとするし、相手が誰であろうと直言することを恐れないのである。

この田井善道をめぐってのエピソードで語られている、田井畝三郎の態度や坂本龍之輔の採った指導方針は、今日の教育の現場においても指標とされるべきあり方であろう。さらには、相手が誰であろうと、誤っていると思われることに対しては「ぶつかつて行つてやる」というのは、教育現場に限った話ではない、人としてあり得べき態度だと言えよう。

龍之輔はまた、附属の老松小学校で学校の有力な後援者の娘を、当然のこととして掃除当番のときに他の生徒と同様に扱いその娘に掃除をさせるということを行った。実は、他の教師はその後援者に気兼ねして娘には腫れ物に触るような気遣いをしていたのであった。だから、龍之輔に対しては批判の声も出て来たわけだが、しかし龍之輔はそういう批判に屈することなく毅然としていたのである。

それに関わって、こう語られている。すなわち、「(これは容易なことではない。教育者としてその使命を全うするためには、世俗との闘ひを辞するやうでは到底駄目なのだ。現状を以てすれば、その世俗との闘ひの裡にこそ、教育者の仕事は始まるのである。)――それが「教生」に得た彼の信念であった」、と。

坂本龍之輔は、優れた教師となるべく師範学校時代にこのようにして研鑽を積んだのだが、優秀な師範生の龍之輔には中学校の教師を養成する高等師範に行く道も開かれていなくはなかったのであるが、「同じ教育に携はるにしても、中等教員ではその及ぼす範囲が狭い。(略)教育の最低の部署に就くことこそ、最も働き栄えがあるといふものだ」と思っている龍之輔は、それを断り小学校教師としての道を歩み始める。

さて、これまで師範学校時代までの龍之輔を見てきたが、ここまでは現代においても坂本龍之輔は理想的な教師のように思われるだろう。たしかにその面も十分にあるのだが、龍之輔には今日から見るとやはり時代的な限界というものがあり、また彼個人にも問題はなくはなかったと言える。

四　国家主義と貧民教育――添田知道

坂本龍之輔が学んだ頃の師範教育や、さらには当時の教育界の思潮というものは、すでに見たように、明治五年の太政官布告「学事奨励に関する被仰出書」で述べられている、学問が個人の立身出世の「財本」であるから勉学に勤しめという実利的な学問観ではなく、明治一四年の文部卿福岡孝弟《たかちか》署名の「小学教員心得」で述べられているように、徳育を重視して国家に忠実で国家のために有用な人材を育てることこそが教育の緊要な目的だとする国家主義的教育観に代わっていた時代であった。龍之輔はその時代思潮の空気を微塵も疑うことなく吸収していた。

そのことに関わって面白いのは、坂本龍之輔が学んだ神奈川県師範学校の須田校長は福沢諭吉の高弟だったとされ、須田校長が福沢諭吉について語るときには『学問のすゝめ』が取り上げられたが、龍之輔は『学問のすゝめ』の「古事記は暗唱すれども今日の米の相場を知らざる者はこれを世帯の学問に暗き男と云ふべし」という箇所などは「胸に落ちて行つた」が、学問は立身出世の為なりという言葉を聞くと、龍之輔は立ち上がって反論したのである。そのときのことは、こう語られている。「「先生、――それは反つて人間を卑しくすることではないでせうか。」／校長は、いやな顔をして答へなかつた」、と。ここには、個人の実利主義に立つ、当時としては一時代前の学問観を持つ者と、すでに国家主義的な学問教育観が主流となっている時代に成長した者との対立と見ることができる。

『教育者　第一部坂本龍之輔』のほぼ冒頭で、福岡孝弟署名の「小学校教員心得」の「冒章」部分が引用され、続けて「人の礎を築くことは、国の礎を築くことである。龍之輔は、ふるへるやうな喜びと、緊張を覚えてゐた」と語られている。龍之輔にとっても、教育が「国の礎」を築く仕事であるからこそ、誇らしく且つ生き甲斐のある仕事のように感じ取られていたと言える。さらに言うならば、『教育者　第一部坂本龍之輔』が出版された昭和一七年は、まさにその国家主義的教育観が大手を振って伸し歩いていた時代であったから、物語では対立の場面も龍之輔の方に軍配が上がっているような書きぶりになっている。

とは言え、坂本龍之輔はその国家主義的なところを教育や村の生活などの場面においても前面に出すような教師ではない。前面に出るのは、子ども思いの親切で誠意のある、龍之輔のいい面であり、たとえば彼は一切の差別なく子どもたちと接するのである。こう語られている。最初に赴任した、神奈川県古里村小丹波《こりこたば》の習文小学校での「龍之輔の生徒の扱ひには、如何なる面に於ても、貧富に依る差別考慮がなかつた。それが一部の有力者に面白くない思ひをさせたとしても、しかし一般の親たちには何よりも明るい感じを与へたやうである。彼への心服がさういふ父兄の間から頭をもたげて来たのだ」、と。

このようにして坂本龍之輔は、子どもたちだけではなくその父兄の村人たちからも信頼される教師として働いていたのだが、働き過ぎのために教壇で昏倒するということが二度あった。そういうことがあり、また龍之輔としては、村にとっての教育の礎というものは、自分の赴任中の明治二四年一一月から二六年五月末までの足かけ三年の間に何とか築いたという思いもあり、習文小学校を辞めるのである。その後、龍之輔は母校の師範学校に再入学を願っていたのだが、師範の同窓生の大久保が校長をしている小学校にその大久保を助けに臨時に働くということがあった。このあたりから『教育者』は「第二部　村落校長記」の物語に入っていくのだが、龍之輔は母校神奈川師範から高座郡澁谷村に高等小学校が創設されるので赴任する気はないかという知らせを受け、それを受けて澁谷村高等小学校に校長として赴任する。実は、そこは自由党と改進党との政争の場であった。龍之輔はそこでも教育に尽力するが、自分が居ては却って「村の騒動の種になる」と思いその村を去る。その後すぐに、今度は神奈川県南多摩郡の郡長から南村開矇小学校に校長として赴任してもらいたいという依頼があり、それを受け入れて赴任することになった。

坂本龍之輔は自ら望んで勤務先の学校を移動したわけではないが、この時期の小学校教師には自らの意志で各地の小学校を移動した者が珍しくはなかったようで、中には小学校から中学校さらには師範学校へ移る教師もいたようである。そのことについて、海原徹の『明治教員史の研究』（前掲書）は次のように述べている。すなわち、「（略）当時の教育界にはきわめてダイナミックな交流関係、いわば一種の武者修行的移動がふつうにみられ、その行動半径がほとんど全国にわたることも決して珍しくなかった。しかも彼らは、こうした遍歴を自らの立身出世の手段と考えていない」、と。龍之輔の場合にも「武者修行的移動」の要素があるし、また彼も移動を「立身出世の手段」と考えてはいないという点で、当時の「ダイナミックな交流関係」の一例となるような移動であったと言えるだろう。

さて、開矇小学校に赴任した坂本龍之輔は、「先づ村を開矇しなければならん」と思う。教育に対する村人の意識を変えることが、為すべき最初の仕事であると思ったわけである。つまり、村人は小学校教育に無理解であり、「小学校を出ても手紙一本証文一通書けはしないといふのが、村民の共通の学校観であり、学校へ出すと金がかゝる、——これが党派に拘らず村民の一般にしみ込んだ考へであつた」と語られている。だから龍之輔は、「小学校教育が教育の初歩であるだけでなく、学校で習ったことが、日常の実際生活の上に現れなくては意味はない」という考えから、「(略) 実生活に即した学問、実用の学問といふことを、絶えず念頭に置いて来た」とされている。龍之輔が福沢諭吉の『学問のすゝめ』における実学を尊ぶ部分のみには共感していたことをすでに見たが、龍之輔は教育の効果を上げるためには学校だけではなく家庭の協力が必要だと考えて、小学校教育の大切さを村人に理解してもらうためには、まず小学校教育が実生活に役立つ実用性のあるものであることを訴えたわけである。

教育実践を通してのその啓蒙活動から、ここでも坂本龍之輔は村人から尊敬され信頼される校長となっていったのだが、やがて村の政治にもやむなく関わるようにもなる。それは、村内の数少ない知識人である龍之輔のもとに、村人が村のことで相談にやってくるようになり、その相談に乗っている内に、自然と龍之輔の発言力が増していったからだが、ついには村の村長を誰にすればいいかという相談まで受けるようになる。つまり、龍之輔はある意味で村のキング・メーカーとなったのである。あるいは、「先生、お願ひだ。消防組に入つてください」、「開曚学校の提灯を持つて立つててくれさへすりやいゝんだから、先生、たのみます。さうすりや喧嘩になりつこはないんだ」と言われたこともあった。消防活動をめぐって村のそれぞれの消防組が争っていたからである。

このように『教育者第二部　村落校長記』には、当時の小学校校長が村内でどのような立場にあったかが、よく描かれていると言える。他の例としては役場が「狼狽」して判断を下しかねるような問題、たとえば陸軍の演習の場所として村を使いたいという通達が来たときには、軍と言えばすぐに恐れる村民の不安を坂本龍之輔は取り除く一方、陸軍の高官とも緊密に連絡を取り合って、演習を受け入れたりもしている。村人からすれば、龍之輔は実に頼りになる校長だったのだが、ただ彼が常に自信満々で事を進めていたかというと、必ずしもそうではなかったことも語られている。

この小説の中で他の箇所に比べて浮き上がっていると言えなくもない箇所がある。「教育態勢の確立されてゐない村といふものが、彼には病人のやうに思はれて来た」ということがあった。そのことが「堪へがたい負担」に感じられ、「職を奉ずる限り、此の重圧からのがれることは出来ないのである」という思いに捕らわれたとき、鉄道自殺の誘惑に駆られたことがあったのである。幸いにもそれは失敗に終わったのだが、強固な意志を持つ坂本龍之輔でさえ、そういう弱さもあったわけである。あるいは、龍之輔にもその意味で人間らしさがあったことを示すためだけのエピソードのようにも思われる箇所である。因みに、この節は「死神」と題されていて、一時的にではあるが、龍之輔にも「死神」に魅入られそうになった体験があったということが語られているのである。

さて坂本龍之輔には、この間に結婚して子どもも授かるということもあった。この後、龍之輔は東京の練屏小学校に移るのだが、南村開曚小学校での生活は龍之輔が二五歳から三一歳までの七年間であった。東京の練屏小学校の子どもたちは、これまで田舎で接してきた子どもたちとは異なっていて、「龍之輔はひどく勝手が違つた」のだが、都会の子どもたちに接していると、「彼は病める都会生活の断面をまざまざと見て、悲しく、憤《ママ》ろしかつた」という思いを抱く。もっとも、龍之輔は持ち前の粘りと創意工夫によって都会での教師生活を乗り切っていくのだが、ここで注意したいのは、国家のための教育という彼の理念は、田舎の小学校でも都会の小学校においても微塵も揺るぐことなく、強固な信念のままであったということである。

たとえば、南村の開矇小学校に赴任したときに行われた「村長主催」の「新校長歓迎会」の席で、坂本龍之輔は「――学校は、第二の国民を育成する道場であります。（略）国を背負って立つ次代の国民を作り上げるといふ、重大なる使命を負はされてゐるものが、実に教師なのであります」と語っている。同じく開矇小学校時代にこうも言っている、「（略）学校といふものは、国の仕事なのだ。（略）陛下の御旨を奉ずる国の仕事を、便宜上、市町村があずかりしてゐるだけのことなのだぞ」、と。東京の練屏小学校のときも、「自分は教師である。国の子供を育てる使命に生きてゐるのだ」と思う。おそらく、坂本龍之輔の強さは、この信念の強固さから生まれてくるものと言えよう。逆の言い方をするならば、坂本龍之輔には懐疑精神というものが欠落しているが故に動揺することがないと言えるわけで、たしかにそれは強さでもあるが、反面、視野の狭さということでもあろう。

ともかくも、その強さが発揮されて、坂本龍之輔の代表的な業績として後世に残った仕事が、貧しい家庭の子どもたちのための「特殊な学校」を作り、その学校の運営を軌道に乗せたことであろう。まず、その学校を作るために龍之輔が東京の貧民街を歩いて実地に調査をして説得力ある提案を東京市にしたのだが、その奮闘ぶりと実際に学校が出来てからの苦労は、戦後に出版された『教育者第四部　愛情の城』で語られている。そこでは、龍之輔は国家主義者ではあったが、貧困家庭には「忠君愛国の修身教育は不要」として実践教育を重視し、小学校に「特別手工科」を設置して男子には楽焼玩具の作り方を女子にはレース編みを教えて、現金収入の道を図ったり、また障害のために学力が劣る子どもためのために「特別学級」を作っている。また年長の不就学の子どもを対象にした「夜学部」を設るなど、龍之輔の活躍ぶりが語られている。

このように、坂本龍之輔という、ヒューマニズムの精神と且つ強固な意志と使命感とを持った教育者がいたからこそ、この「特殊な学校」は出来上がり運営されていったわけで、そのことは大いに顕彰されていいと言っていいが、しかしそうであるにしても前述したように、龍之輔は視野が狭く物事を一面からしか見ないというところがあったように思われる。添田知道は『教育者第四部　愛情の城』の中で、龍之輔の部下で鎌倉師範出身の教師の山下愛司に次のように龍之輔を批判させている。すなわち、「——校長の一番の欠点は、雅量のないことだ。あまりに神経質すぎる」、と。これは、単に「雅量」の問題だけではなく、物事を多面的に見て複合的に判断するところに欠けるということであろう。

木村聖哉も『添田唖蝉坊・知道　演歌二代風狂伝』の中で引用しているが、添田知道は『空襲下日記』の昭和二一（一九四六）年一月一五日のところで、「龍之輔が真理の追求がついに出来ず、寂しく死んだといふことを考える。（略）それはつまり彼がやはり観念の世界に止まつてゐたといふことだ。あれは技術者だつた。人間ではなかつた。それ故に多くの悲劇をみ、自らもそれで終つた」と辛辣に語っている。坂本龍之輔を称揚した小説を書いた当人が、このような厳しい龍之輔批判を語っていることに驚かされるが、「技術者」だったというのは、与えられた課題には創意工夫をしながら取り組んでいこうとするものの、そもそもその課題自体に問題がありはしないかというように懐疑する精神が龍之輔には欠如していたということであろう。あるいは、有能なテクノクラートではあったが思想を深める人ではなかったというふうにも言えようか。

そのことと指摘した視野の狭さと大きく関わりのあると思われるのが、「特殊小学校」の設立と運営の問題である。たしかに、それは貧民街の子どもたちを救う事業であって、東京市の役人たちも坂本龍之輔に協力した様子が語られているが、他方でそれは、別役厚子の論文「東京市万年尋常小学校における坂本龍之輔の学校経営と教育観」(『東京大学教育学部紀要第三〇巻』一九九〇)によれば、一九〇〇年前後の東京には次々と工場が設立され、そのための工場労働力を確保する必要が出てきて、その労働力再生産の必要から万年小学校の設立も東京市が積極的に乗り出してきたという要素もあったようなのである。坂本龍之輔の眼はそういう事柄に届いていないのである。もちろん、そういう事柄が視野に入ったからといって、彼の実践が方向転換したり中途に終わったりするようなことはなかったであろう。しかしながら、彼の善意が国家体制に全く都合のいいように使われることに対して、何らかの異議申し立てが出来たかも知れない。

さて、この章では『教育小説　棄石』と『教育者』を扱いながら、明治一〇年代半ば以降の教師の一つの代表的なあり方について見てきた。それは「小学校教員心得」や「教育勅語」を何ら疑うことなく、国家のために教育に邁進する教師であった。とは言え、彼らは善意の人たちでもあって、子どもの幸福を真心から願う教師であった。しかし、彼らのような教師に育てられた子どもたちは、おそらく素直で従順なだけで批判力など全く持たないような人物になるのではないかと思われる。教育がもたらす大きな役目の一つは、子どもたちの批判精神を育てることでもあるだろう。小西誠一や坂本龍之輔では、そういう教育は期待できないのである。

第二章

様々な教師たち
——明治期Ⅱ

一　代用教員たちI——石川啄木

『日本教育運動史1』（井野川潔・川合章編、三一書房、一九六〇・九）の中の「第二章　明治教育体制下における民主的運動の萌芽」を担当した石戸谷哲夫は、代用教員についてこう述べている。「さて、当局は教員を股肱とたのんだとはいえ、教員すべての忠誠を信頼していたわけではない。この明治末期に代用教員は全体の四分の一近くにも増していた。師範教育によって馴らしてないこの代用教員たちのなかには、啄木のような異分子がおって、当局にとって安心ならぬ層である」、と。たしかに石川啄木のような代用教員は、当局にとっては要注意人物とするような代用教員であったであろう。彼の最初の小説で生前は未発表の「雲は天才である」（明治三九〈一九〇六〉・七稿、同一一補稿）には、その「安心ならぬ」であろう様子が描かれている。よく知られている小説であるが、次に簡単に内容について見ておきたい。

舞台は東北の寒村「S——村の尋常高等小学校」で、そこに代用教員として勤める新田耕助《あらたこうすけ》は、言わば自由な新教育を実践する「当年二十一歳」の青年で、「自ら日本一の代用教員を以て任じて居」て、生徒たちからも、また山本という女性教員からも信頼を寄せられていた。しかし、俗物主義の典型のような校長夫妻や首席訓導とは対立していた。物語の前半では、耕助が自作の詩を校歌として生徒たちに歌わせたことで職員室で議論が起こり、耕助が校長たちを論破したことが語られ、物語は後半に入ると、耕助の旧友からの紹介状を持った石本という「乞食」が耕助を訪ねてくる話になる。耕助は周囲の反対に構うことなく、石本を迎い入れ、二人で人生観を語り合うところで、筆は中絶している。

新田耕助は尋常二年受け持ちの代用教員で、「月給八円也、毎月正に難有頂戴して居る」とされているが、受け持ち以外にも高等科の生徒たちのために「二時間宛《づつ》」の課外授業を無報酬で担当している。しかし、「これに不平は抱いて居ない」ので、むしろこの「二時間」にこそ耕助の情熱が注がれていたのである。課外授業では「初等の英語と外国歴史」を教えているが、それは「表面だけの事」で、「実際は、自分の有《も》つて居る一切の知識、（略）一切の不平、一切の経験、一切の思想、――つまり一切の精神が、この二時間のうちに、機を覗ひ時を待つて、吾が舌端より火箭《くわせん》となつて迸《ほとば》しる」ような授業だった。世界や世界史のこと、またその中で活躍した英雄たちや思想家のことや、反乱や革命のことなどを、高等科の子どもたちに語って聞かせ、彼らの眼を大きく開かせる授業だったのである。耕助自身は、「（略）大体自分が日々この学校の門を出入する意義も、全くこの課外授業がある為であるらしい」と思っている。

このような授業が、文部省の役人や郡視学の言うことなら何でも平身低頭して拝聴する、いかにも小役人タイプの校長田島金藏にとって、顰蹙《ひんしゆく》ものであったことは言うまでもない。ただ、直接に耕助に小言を言ったのは校長ではなく、校長の腰巾着である首座訓導の古山であったが、むろん古山は校長の意を代弁しているのである。創意工夫をした授業を行っている耕助に対して古山は、「（略）新田さん、学校には、畏くも文部大臣からのお達しで定められた教授細目といふものがありますぞ。算術国語地理歴史は勿論の事、唱歌裁縫の如きでさへ、チアンと細目が出来ています。（略）で、その、正真の教育者といふものは、其完全無欠な規定の細目を守つて、一毫も乱れざる底に授業を進めて行かなければならない」云々と語る。校長も首座訓導も、教育というものはとにもかくにも「文部大臣のお達し」に従って行うものだと考えているわけである。もちろん、教育の本質とは何かという問題については、新田耕助の方がはるかに深い理解を持っていた。

また、校長についてはこうも語られている、「（略）完全なる『教育』の模型として、既に十幾年の間身を教育勅語の御前に捧げ、口に忠信孝悌の語を繰返す事正に一千万遍、其思想穏健にして中正、其風采や質朴無難にして具に平凡の極地に達し、平和を愛し温順を尚ぶの美徳余つて、細君の尻の下に布かるゝをも敢て恥辱とせざる程の忍耐力あり」、と。ここには、「身を教育勅語の御前に捧げ」ている校長を風刺することによって、当時の教育行政の頂点にあった「教育勅語」そのものに対しての批判も込められて語られていると言えよう。景山昇は『日本の教育の歩み』（有斐閣選書、一九八八・一〇）で「雲は天才である」を取り上げて、「（略）敗戦前のわが国の小説で教育勅語を批判的に取り上げている事例は、ほかの小説にみられないのである」と述べているが、後に「（強権、純粋自然主義の最後及び明日の考察）」という副題目のある、明治末の時代状況を鋭く批判した評論「時代閉塞の現状」（明治四三〈一九一〇〉・八稿）を書くことになる石川啄木だったからこそ、「教育勅語」を批判することができたと言える。もっとも、「雲は天才である」には前半と後半とが必ずしもうまく繋がっていないという問題もあって、小説としては完成度の低い作品ではある。そうではあるものの、志の高い代用教員の毅然とした姿勢や、「教育勅語」に身を捧げることだけが教育だと思っている教員たちの俗臭芬々たる様子が興味深く描かれた小説である。他にも石川啄木は、代用教員が登場する小説を書いている。「足跡」（明治四二〈一九〇九〉・二）と「葉書」（明治四二〈一九〇九〉・一一）がそれで、ともに「スバル」に掲載された。

「足跡」の舞台は、「雲は天才である」と同じく「S村尋常高等小学校」となっていて、「S村」（あるいは「S——村」）という名は啄木の故郷であり彼が実際に代用教員を勤めた渋民村を思わせる村である。その「S村尋常高等小学校」にわずか月給八円で代用教員として勤めているのが二二歳の千早《ちはや》健《たけし》であったが、彼はすでに結婚して子どももいるとされている。しかし健は、「其麼《そんな》に苦しい生活をしてゐて、渠には些《ちつ》とも心を痛めてゐる態《ふう》がない。朝から晩まで、真《しん》に朝から晩まで、子供等を相手に怡々《いい》として暮らしてゐる」のである。「雲は天才である」の新田耕助も教育熱心な代用教員であったが、千早健もそうであり、さらにはその指導はたいへん丁寧でもあって、秋の頃は毎朝「味爽《よあけ》から朝飯時まで、自宅に近所の子供等を集めて「朝読《あさよみ》」をいふのを遣つてゐた」と語られている。また、冬になって「朝読《あさよみ》」ができなくなると、「健は夜な〱九時頃までも生徒を集めて、算術、読方、綴方から歴史や地理、古来《むかしから》の偉人の伝記、逸話、年上の少年には英語の初歩なども授けた」のである。

このような教育は一般の正教員であってもできることではないだろう。その熱意には感心させられるが、何よりも真の意味での学力が教員になければできることではなく、教科書通りのことを教えておけばいいと考えていた多くの正教員には不可能な教育実践である。しかし、千早健はそれを行っているのである。「足跡」には、やはり「雲は天才である」の場合と同じく主人公に理解を示す同僚の女性教員がいて、彼女は正教員で給料は千早健の八円よりも四円多く年齢も一つ上の二三歳で、並木孝子という女性教員であった。並木孝子が友人に宛てた手紙の中で、千早健のことが語られている。

その手紙の中で並木孝子は次のようなことを書いている。――尋常二年にいる由松という男の子は「生来《うまれつき》の低脳者」だったが、千早健は「御自分の一心で是非由松を普通《あたりまへ》の子供にすると言つて」、ついには由松は清書を人並みに書くまでになったのである。その由松に物を言っている千早健を横から見ると、女子師範の寄宿舎の談話室に掛けてあった「ペスタロツヂ《ママ》」の画を思い出す。しかし、千早健は「一生を教育事業に献げるお積もりではな」いようで、こういう人材を「長く教育界に留めて置かぬのが、何より残念な事と思」う。千早健は自分のことを「教育界獅子《しし》身中の虫」だと言っていて、「又、今の社会を改造するには先づ小学教育を破壊しなければいけない、自分に若し二つ体があつたら、一つでは一生代用教員をしてゐたいと言つています。奈何《どう》して小学教育を破壊するかと訊くと、何有《なあに》ホンの少しの違ひです、人を生まれた時の儘《まんま》で大きくならせる方針を取れや可いんですと答へられました」。そして千早健は「私にはまだ一つの謎です」。――

千早健は、「今の社会を改造するには先づ小学教育を破壊しなければいけない」と主張しているが、当時においてここまでラディカルな見解を持っていた者は極めて稀であったと言えよう。この小説で、千早健は校長などと対立することはなく、寧ろ千早健が「解職願」を出したときには教員たちはそれを受け取りたがらないくらいであった。しかし、健が一カ年で辞めるというのは、代用教員になったときから既定のことだったのである。それだけではなく、千早健も周囲の人間も、健が「片田舎の小学教師などで埋もれて了ふ男とは思つてゐなかつた」と語られている。事実、「小説を書かう、とい ふ希望は、大分長い間健の胸にあつた」のである。しかしながら、健が『面影』という「百四十何枚」かの原稿を東京の知人に送っても、「原稿はその儘帰つて来た」のである。また別の人に送ったが、やはり帰って来た。三度目もそうであった。そして、こう語られている。「何時《いつ》の間にか、渠は自信といふものを失つてゐた。然しそれは、渠自身にも、四周の人も気が付かなかつた」、と。さらに、健は「（略）始終思慮《かんがへ》深い目付をして、／「罷めても食えぬし、罷めなくても食えぬ……。」／と、その事許《ばか》り思つてゐた」、と。

この小説の前半を読むと、主人公は有能な教員であり人物もしっかりとしているから、この物語は前途有望な青年の物語として展開するのでは、という期待を読者に持たせるが、しかし終盤に至って物語の色調は明から暗に急激に転ずるのである。もっとも、当初これは長編として計画されていて、その続きが書かれないまま、未完の物語として終わったものであるので、この先にどういう展開が予定されていたのかはわからない。また、発表された箇所で言えば、暗に転ずるという急な展開には、必ずしも良くはなかった当時の石川啄木自身の状況が影を射していたと考えられる。しかしそのことよりも、この小説にはこの時代の小学校教員、とりわけ代用教員にあった一つの傾向、あるいは一つの典型を見ることができて興味深い。

第一章でも引用、言及した海原徹の『明治教員史の研究』には、明治時代の小学校教員には政界や実業界さらには文壇などの他社会に進出していった人が多かったことを指摘した後、次のように述べている。「なるほど彼らの多くは、終生小学校教員たることに甘んじない腰掛教師であった。だが、彼らは必ずしもいわゆるデモ・シカ教師でなく、むしろ優れて明治的な腰掛教師であった」、と。そして石川啄木の「雲は天才である」などに言及しながら、彼ら「腰掛教師」が、不遇な地位の「そこからの脱出を願う」存在であったために、むしろ教育者として優れていたのではないかとして、こう述べている。「明治の若い教員たち、彼らは政治や経済、あるいは文学の世界で将来の成功、栄達を夢見る客気の青年、いわば野心うつ勃たる腰掛教師であったがゆえに、またすぐれた教育者でありえたのではないだろうか。自らの理想、あるいは憧れを通して、つねに一途な向上を求めてやまなかった彼らだけに、そのことが可能であったともいえるだろう」、と。

もっとも、小学校教員や、とくにその代用教員の多くは、将来の大成を願う野心型やその可能性のありそうな才子型の人間たちではなかったであろう。代用教員の大半はむしろ平凡な教員だったと考えられる。実は、石川啄木はそういう代用教員も描いているのである。それが、やはり「スバル」に発表された小説「葉書」(明治四二〈一九〇九〉・一〇)である。「××村の小学校」の代用教員の甲田は、「雲は天才である」の新田耕助にあった意気軒昂さはなく、また「足跡」の千早健のような情熱や才気は無い青年で、平凡で小心な若者として描かれている。

たとえば、たまたま小学校にやってきた、自称・元中学生であり「乞食をして歩いて」いると自分で言っている男に、その男に早く立ち去ってもらいたいために無心された金を工面してやるが、翌日そのことを小学校の同僚から、「甲田さんも随分と好事《ものずき》な事をする人ですなあ」と言われると、「この言葉は、甚《ひど》く甲田の心を害した」のである。そのため、昨日の早く立ち去ってもらいたかったという気持ちを甲田は忘れ、「旅をして困つてる者へ金を呉れるのが何が好事《ものずき》なものか」と思ったりするのである。また、雨だれの音が耳について寝られないような晩には、甲田は「妄想を起すことがある」のだが、そういう時の相手は同僚で甲田よりも一歳年上の女性教員の「福富」であったとされ、「肩の辷《すべ》り、腰の周《まは》りなどのふつくりした肉付を思ひ浮べ乍ら、幻の中の福富に対して限りなき侮辱を与へる」と語られている。しかしそれは、それだけのことで「毎日学校で逢つてると、平気である」と語られている。甲田についてのこれらのエピソードは、やはり主人公の卑小さを表すために語られていると言えよう。

啄木は明治三九（一九〇六）年の春に渋民村に帰り、渋民小学校で代用教員として約一年間教鞭を執り、翌明治四〇（一九〇七）年には北海道に渡り、函館区立弥生尋常小学校で三ヶ月間ほどやはり代用教員として勤めている。そのときの体験が元になって書かれた小説が、これら三つの小説であった。上田庄三郎も「青年教師としての啄木」（岩波版『啄木全集』別巻、昭和二九〈一九五四〉・六）で、「小説「足跡」の千早先生は作者自身である」と述べているように、三つの小説の中の主人公像はほとんど石川啄木に重なると考えていいだろう。また、教員が主人公のこれら三つの小説を見てみると、その執筆順に教員像は段々と言わば劣化していることに気付かされる。おそらく、そのことは執筆当時の啄木の精神状況と関わりがあると考えられるが、そのことよりもここで注意したいのは、新田耕助と千早健には、やはり最も優れた当時の代用教員像を見ることができるのではないかということである。

何よりもその優れたところは、「教育勅語」に対して異議を唱えて、真に人を教育するとは何かということを考えていこうとする姿勢である。別言すれば、国家にとって都合の良い人物を作ることが、即ち教育ということではない、とする姿勢である。そのことを啄木は明示的に述べてはいるのではないが、すでに見たように「身を教育勅語の御前に捧げ」ている校長たちを風刺的に描くことによってその考えを示していると言えよう。

二　代用教員たちⅡ——田山花袋・山本有三・徳永直

すでに見たように、小学校の代用教員の中には新田耕助や千早健のように、代用教員の仕事はあくまで一時的なもの、すなわち「腰掛」であって、そこから雄飛していこうとしていた青年がいた。田山花袋の『田舎教師』（明治四二〈一九〇九〉・一〇）の主人公、林清三もその一人なのである。中学を卒業した林清三は、家庭が裕福でなかったため、進学を断念して小学校の代用教員となった。物語の最初の頃、採用された小学校の校長と話をしたときには、清三は「（略）一生小学校の教員をする気はないといふやうなことまでもほのめかした」ということもあったと語られている。

林清三は雑誌「明星」を講読していて、それを見ながら「澁谷の寂しい奥に住んで居る詩人夫妻の侘住居のことなどをも想像して見」たり、「（略）その雑誌に憧れ渡つた」と語られている。言うまでもなく、「詩人夫妻」とは与謝野鉄幹・晶子の夫婦のことで、清三は彼ら「詩人夫妻」の文学生活を憧れを持って想像しているのである。と言っても、清三はとくに文学に執してそれに志があるというわけでもないのであり、他にも、学校にあるオルガンで練習して「上野公園の音楽学校」の入学試験を受けに行ったりもしているのだ。そのときは大きなピアノを前にして、「田舎の小学校の小さなオルガンで学んだ研究が、何の役にも立たなかった」ことを知るという苦い体験を味わう。これらのことからわかるように、清三の将来の希望というのは、高校や高等師範に進学するなり、あるいは文学その他の道で成功するなりして、ともかくも田舎の小学校の代用教員という境遇から抜け出ることなのである。つまり彼には、良く言えば向上心が、別言すれば強い立身出世願望があったのである。

その点においては、新田耕助や千早健たちとそれほどの違いがないと言っていいだろう。しかし決定的に違うのは、政治的な意識の有無という点である。林清三は新田耕助と異なって言わばノン・ポリティカルな青年であって、日本の国家体制や「教育勅語」というものに対しての批判的意識などはまるで持ち合わせていない。と言うよりも、それらを何の疑いもなく、ただ受け入れているだけである。むろんこのことは、林清三のような代用教員に限らず、当時の多くの教師に言えることであったが、ここで注意したいのは、林清三が単にノン・ポリティカルなだけでなく、彼の自我が国家というものと絡まって存在しているらしいということである。しかし、そのあり方は第一章で見た「国家の子どもを創る」ことに邁進した教師とも異なっていた。その特徴は、日露戦争についての彼の反応に見ることができる。

やがて、林清三は結核に罹り病床に臥すことになる。それは日露戦争が激しさを増していた頃であった。清三は日本軍による遼陽占領の報を新聞で知ったのだが、次のようなことが語られている。

――「遼陽の占領が始めて知れた時、かれは限りない喜悦を顔に湛へて」、母にそのことを「さも〳〵うれしそうに言」い、「戦争の話をする時は、病気などは忘れたやうで」あった。、清三は満州の平野で戦死した日本の兵士たちのことを思ったりもするが、この戦争は「日本がはじめて欧州の強国を相手にした曠古の戦争、世界の歴史にも数へられる戦争」というふうに考え、自身が「花々しい国民の一員として生れて来て、其名誉ある戦争に加はることも出来ず」、病床に臥せっていなければならないことに涙を流すのである。――

ここは物語のクライマックスの箇所である。田山花袋は自伝的エッセイの『東京の三十年』(一九一七〈大正六〉・六)での中で、林清三のモデルは小林秀三という青年教師であり、小林青年の残された日記を読んで、「遼陽の攻略の結果を、死の床に横つて考へてゐる小さなあはれな国民の心は、やがてこの世界的光栄を齎し得た日本国民の心ではないか」と思ったと語っている。その思いが『田舎教師』のモチーフとなったわけである。クライマックスの箇所を読むと、林清三の自我が国家とほぼ同心円の関係にあるかのようである。もちろん、清三は国家主義者や国権論者ではなく、文学や音楽に対して漠然とした夢を持っているだけの、ごく普通の知識青年である。しかし他方で、彼は立身出世願望の強い、「野心」と「功名心」に富んだ青年でもあった。先に見たように、彼は小学校の代用教員という今の境遇から抜け出そうとあれこれと試みているのだが、ではなぜ今の境遇から這い出そうとするのかということについて、深い自省心があるわけではなかった。

言うまでもないことだが、明治の時代を通じて日本国家自体が「野心」と「功名心」に駆られていたわけで、当時の日本国家は、いわゆる一等国になろうとするエートス（雰囲気）が充満していたと言え、林清三の自我はそのエートスに浸かっていたのである。何故「功名心」なのか、何故「野心」を持たなければならないのか、と問いかけることすら頭に浮かべることなく、それを自明の前提のようにして形成されたのが、林清三の自我であった。言わば国家と同心円の関係にある自我を持った教員だったのである。この当時にはそういう教員が意外に多かったようである。したがって教育においても、軍国日本を称揚するような教育が増してきたのである。

梅原徹の『明治教員史の研究』（前掲書）によれば、当時の教育雑誌には軍国調が浸透しつつあったようで、戦時国債の購入という戦争協力には多数の小学校教師が加わり、また日清日露戦争での戦勝の原動力として教育の力を高く評価すべきだとする傾向が教育界には強かったのである。だから、病床に臥せながらも日本の戦況に一喜一憂する林清三は、決して特異な例ではなかった。たとえば、その前編が大正二（一九一三）年の四月八日から六月四日までの東京朝日新聞に、その後編が大正四（一九一五）年の四月一七日から六月二日までやはり東京朝日新聞に連載された中勘助『銀の匙』には、丑田先生という軍国調の教師の姿が描かれている。これは日清戦争当時の話とされている。少しその内容を見てみたい。

丑田先生は日清戦争勃発とともに主人公の少年（一一歳）の小学校に赴任してきたのだが、丑田先生は子どもたちの敵愾心を鼓舞させようと大和魂一点張りの教育を煽る先生だった。その影響もあって、子どもたちの話も「（略）朝から晩まで大和魂とちゃんちゃん坊主でもちきっている」。それを「心から苦苦しく不愉快なことに思った」主人公は、教室で先生に反論するのである。「先生、日本人に大和魂があれば支那人には支那魂があるでしょう。日本人に加藤清正や北条時宗がいれば支那にだって関羽や張飛がいるじゃありませんか。それに先生はいつかも謙信が信玄に塩を贈った話をして敵を憐れむのが武士道だなんて教えておきながらなんだってそんなに支那人の悪口ばかしいうんです」、と。

『銀の匙』では、この異論に対して丑田先生が有効な反論をすることができなかったことが語られているが、当時には丑田先生のような教師が多かったために、文部省や文部大臣の方が、その戦時教育の昂揚ぶりを沈静化させようとする談話を発表しているくらいなのである。しかしながら、小学校教師の多くが自ら進んで戦争協力をし、しかも子どもたちに対しても戦意昂揚教育を極めて熱心に行ったというのは、文部卿福岡孝弟《たかちか》のあの「小学校教員心得」や明治天皇睦仁の「教育勅語」の精神、すなわち国家のための教育を行うべしとする精神が、ほぼ完全に小学校教師に浸透した成果と言えるわけであって、国家のための教育を推進してきた当の文部省や文部大臣が、戦時教育の沈静化に意を注いだというのは、何とも皮肉な話である。

さて、明治期の正教員や代用教員が国家のために子どもを教育する教員ばかりでなかったことはもちろんであって、そのことは石川啄木の例を見てもわかるが、代用教員の中には子どもがその後の人生を生きていく上で大事な示唆を与えた人もいたと思われる。そのような明治期の代用教員が登場する小説が、昭和一六（一九四一）年八月に岩波書店から単行本として刊行された山本有三の『路傍の石』である。この小説は、昭和一二（一九三七）年一月一日から六月一八日まで東京・大阪朝日新聞に連載されたが、軍部の圧力で中絶され、その後「主婦の友」に改作連載されたが、やはり未完のまま執筆を断念させられたという小説である。現在読めるのは、新潮社から昭和二三（一九四八）年に出された『山本有三文庫』に収録されたものが底本になっている小説である。これは書かれたのは昭和期であるが、物語の時代は明治二、三〇年代だと考えられる。

『路傍の石』は、主人公の少年である愛川吾一の成長を語った一種の教養小説《ビルドゥングスロマン》と言える。吾一の父は堅実に働こうとはせず、常に一攫千金を狙っていて生業が定まらない男であった。そのために母は苦労していたのであるが、成績優秀であった吾一も中学進学を断念せざるを得なかった。そういうときに、小学校のクラスの仲間たちの間で自分たちがやってきた冒険話を自慢し合うということがあり、橋の欄干を渡ったことのある友人から唆《そその》かされた吾一は、自分は「汽車がゴーってきたとき、鉄橋のまくら木にぶらさがっていたんだ」とつい言ってしまう。それでは、そのことを見せてもらおうということになり、引っ込みがつかなくなった吾一は、実際に鉄橋にぶら下がるのである。もっとも、汽車はそれを発見して鉄橋の前で停止してくれて、大事には至らなかった。

このことは学校にも知らされ、大騒ぎになったのだが、担任の次野立夫先生は、中学に行けないから次郎は自棄《やけ》を起こしてそういうことをしたのではないかと言う。次郎としては必ずしもそうではなかったのだが、「先生が言うようなことも、まんざら、なかったわけではない」とも思い返して、次野先生の話を聞く。次野先生は次郎に、「自分の名まえがどういう意味を持っているのか、おまえは、わかっていないのじゃないのかい。」と言った後、次のように語りかけている。

「吾一というのはね、われはひとりなり、われはこの世にひとりしかない、という意味だ。世界に、なん億の人間がいるかもしれないが、おまえというものは、いいかい、愛川。愛川吾一というものは、世界中に、たったひとりしかいないんだ。どれだけ人間が集まっても、同じ顔の人は、一人もいないと同じように、愛川吾一というものは、この広い世界に、たったひとりしかいないのだ。そのたったひとりしかいないものが、汽車のやってくる鉄橋にぶらさがるなんて、そんなむちゃなことをするってないじゃないか」

さらに次野先生は、「（略）愛川吾一ってものがひとりしかないように、一生ってものも、一度しかないのだぜ」とも言い、そしてこうも語る。

「（略）人生は死ぬことじゃない。生きることだ。これからのものは、何よりも生きなくてはいけない。自分自身を生かさなくてはいけない。たっとひとりしかない自分を、たった一度しかない一生を、ほんとうに輝かしださなかったら、人間、生まれてきたかいがないじゃないか。」

愛川吾一は、これから後も次野先生のこの言葉を何度も思い起こすのであるが、明治二、三〇年頃に生徒個人の命と人生を大事にしようとする教師がいたこと、もちろんそれは小説の中の造形ではあるが、しかし自伝的要素のある『路傍の石』で次野先生のような教師が描かれたことに、やはり眼を向けざるを得ない。さらに注意されるべきは、次野先生が代用教員だとされていることである。彼は酒を飲みながら知人に、「あんな校長にぐずぐず言われながら、いつまでも、こんなちいさな町の代用教員をしていられるもんかね。もともと、ぼくは、教師になるつもりじゃないんだからね。」と語る。実は、次野立夫は文学に対しての志を持っていた。だから、次野立夫もあくまで「腰掛教師」として代用教員を勤めていたわけだが、ここにも代用教員には教師として優秀な人間がいた例を見ることができるだろう。

その後、愛川吾一も次野立夫も、それぞれの理由で上京し、東京で再会することになる。そのときに、次野は吾一のために共通の知人から預かっていた百円を、結婚したての次野の家内が病気になったために、「しかたがないので、悪いとは知りながら、つい、おまえの金を融通してしまったのだ」と告白する。そして、次野は「世の中はこれだ。おまえを教えた先生でさえ、こういうことをするのだ。おれは、じつに、おまえに合わせる顔がない。けれども、愛川。しばらく辛抱してくれ。おれはけっして、おまえの金を、つかいっぱなしにはしやしないぞ。」と語る。その「知人」はすでに死んでいたわけで、だから黙っていればわからず、また妻の病気のためだったという止むを得ない使い込みでもあったのだが、次野立夫は正直に次郎に告白するのである。このあたりにも次野の善良さが窺われるだろう。そして、物語の最後は次野と吾一との次のような会話で終わっている。

「うん、しっかりやれ。いつか、おれが言ったように、吾一って名まえに対して、恥ずかしくないように、生きなくっちゃいかんぞ。」

「え、、やります。やります。」

小説の末尾で再び、「吾一」という名前から引き出せるメッセージについて語られているわけだから、作者が『路傍の石』に込めようとしたテーマが、やはりそのメッセージにあったと言えよう。

このように、明治期の小学校の代用教員には個性的で優れた人物がいたことを知ることができるが、徳永直の「八年制」(昭和一二〈一九三七〉・三)の中で語られている代用教員もその一人である。これは主人公の鷲尾が自分の小学校時代を回想したときに登場する「万年代用教員のG先生」のことである。主人公は義務教育が尋常四年制から六年生に変わった最初の卒業生であったというのであるから、その小学生時代は明治の終わり頃になるだろう。G先生については、「万年代用教員のG先生は、いつも抜身《ぬきみ》の真剣白刃であつた。」と語られ、「校長の訓示中でも気に喰わないことがあると、／「廻れ右イツ」／と号令かけて、さつさつと児童を教室へ伴れ戻つてしまつたりする」のであった。次のようなエピソードも語られている。

教壇へあがる機会に、どうかすると、教室ぢゅうの児童が忍び笑ひをするやうな大きな音をさせることがある。

「今の音が何であつたか、判つたものは手をあげイ」

厳粛な顔で呶鳴《どな》るので、児童のたれかが起つて、

「今の音は、先生の屁《へ》であります」

と答へると、G先生は「よウし」と、満足さうに顎《あご》をふかくひいて、それから、

「先生もまた屁をひるのだ。人間はだれでも同じである」

なぞいう風に語つてきかせてゐた。

また、G先生は酒が好きで、児童を遠足に連れて行くと、帰りには村外れの酒屋などで、児童を待たせておいてコップ酒を飲み、あげくは焼酎に足を捕られるまでに酔ってしまい、児童たちが代わりばんこにG先生を負ぶって学校に帰ることがあったとされている。そういうG先生のことを、「鷲尾は四拾歳の今日になつても、今は亡《な》いG先生の俤《おもかげ》を、胸の片隅で不断に愛撫してゐる」と語られている。このように、気骨があって自分を取り繕うことをしない教師は、たしかに子どもたちにとって何

時までも懐かしく、また子どもたちのその後の人生を何らかの形で支えてくれる存在かも知れない。

そういう教師は、文学作品の中では代用教員に多く見られる。すでに見たように、代用教員が「腰掛教員」であったからこそ、代用教員に優れた教育者が多かったということが言えるだろうが、G先生のように「万年代用教員」の場合にはその解釈は当てはまらないであろう。その魅力はG先生の個性に帰してしまうこともできなくはないが、代用教員についての研究の進展も望まれるところである。

さて、次は文学の中で描かれた明治期の正教員たちについて見ていきたい。

三　正教員たちⅠ――国木田独歩・芥川龍之介

国木田独歩の「富岡先生」（明治三五〈一九〇二〉・七）には二人の先生が登場する。一人は題名となっている富岡先生である。富岡先生は、幕末期に吉田松陰の松下村塾で学んだ人物で、先生というのは漢学の私塾の教師であったからである。もう一人は、その富岡先生の弟子の一人で今は小学校の校長をしている細川繁である。富岡先生にはモデルがあり、それについて国木田独歩が「予が作品と事実」（明治四〇〈一九〇七〉・九）で述べている。独歩によれば、モデルは「長州《ちやうしう》で有名な富永有隣翁《とみながいうりんおう》」であり、「（略）余が周防國《すはうのくに》熊毛《くまげ》郡《ごほり》に居る時分此翁は田圃《たんぼ》の中の一軒屋に孤独の生活をして三四の少年に漢学を授けて居たのである。郷里出身の栄達者に対しての態度などには有隣翁の逸話を基にしたのである。けれども此翁に梅子《うめこ》なる娘あることなく従一編に記述せる事件あることなし。余が目的は此一種の人物を描くに在《あっ》て、此人物を詩化する為に、あれだけの事件が出来上ったのである」、と。

「此一種の人物」と言われている「一種」とは、世の移り変わりの中で思うように社会的な栄達の道を歩むことができなかった人物にありがちな鬱屈、あるいは屈折した思いによって形成された人格のことを指している。富岡先生は、弟子の一人の大津が帰郷し「兎も角法学士に成りました」と報告すると、「それが何だ、エ?」と不機嫌に受け止め、大津がさらに「内務省に出る事に決定《きまり》ました、江藤《えとう》さんのお世話で。」と報告すると、今度は「フンさうか、其で目出度いといふのか。然し江藤さんとは全体誰の事ぢや。」と言う。そして、それは江藤侯のことだと言うと、「ウーン三輔《さんすけ》のことか、さうか、三輔なら三輔と早く言えば可えに。時に三輔は達者かナ。」と言うのである。

この箇所は、物語では最初の方にあるエピソードだが、このあたりに富岡先生という人物がよく現れているだろう。自分が今は不遇であるから、あるいは少なくとも決して優遇されているとは言えないため、弟子の出世が面白くないのである。さらに政府高官など時の有力者を、おそらく自分も親しかった昔の名で呼び捨てにしたりして、弟子の前で虚勢を張っているのである。出世街道を歩いている大津や高山が、失意の中で性格まで歪めているような富岡先生のもとを敢えて訪れるのは、実は富岡先生の娘の梅子と結婚したかったからであった。すでに見たように「予が作品と事実」によれば、この梅子の存在は虚構であるようだが、しかしこの梅子の存在によって、たしかに「富岡先生」の物語は、「此人物」だけでなく、物語全体が「詩化」されたものになっている。

富岡先生は、実は梅子を政府の役人になって出世している弟子に嫁がせようと梅子を連れて上京したのであるが、それは不首尾に終わった。原因は語られていないが、おそらく弟子たちに対しての富岡先生の尊大な態度に問題があったのであろうと推測される。それにしても、一方では政府の役人になっているような弟子たちを見下すような態度を取りながら、他方では彼らを娘の婿候補にしようとする富岡先生とは、いったいどういう人物か。

富岡先生の弟子の一人で今は村の小学校校長をしている細川は、先生の弟子の中では一番優秀だったのだが、経済的理由から上級の学校へ進学することができず、村に留まり小学校の校長をしていたのである。実は、細川も梅子に想いを寄せていた。そのことを感じ取った富岡先生は、次のように細川をほとんど侮辱する言葉を吐くのである。まずこう言う、「貴公《おまへ》は娘を狙つて居るナ！　乃公《おれ》の娘を自分の物にしたいと狙つて居るナ！　ふん。」、と。この言葉を聞いた「細川の拳は震へて居る。」のだったが、富岡先生は続けて、「貴公《おまへ》よく考へて見ろ！　貴公《おまへ》は高が田舎の小学校の校長ぢやアないか。同じ乃公《おれ》の塾に居た者でも高山や長谷川は学士だ、それにさへ乃公《おれ》は娘を与《やら》んのだぞ。身の程を知れ！　馬鹿者！」と細川を罵るのである。

校長の顔は見る〳〵紅《くれなゐ》をさして来た。其握りしめた拳の上に熱涙がはらくと落ちた。侯爵伯爵を罵る口から能くも其《そん》な言葉が出る、矢張人物よりも人爵の方が先生には難有《ありがた》いのだらう、見下げ果てた方《かた》だと口を衝いて出やうとする一語を彼はじつと怺《こら》へて居る。

富岡先生は時代の流れに乗ることができず、弟子たちにはるかに追い抜かれてしまい、失意の内に年齢を重ねた人物であるから気の毒なところもあるのだが、このような人物は意外に多いかも知れない。それは、表面では世俗の栄誉や「人爵」を否定しながらも、その本心は逆であって栄誉や「人爵」には極めて弱いというタイプの人物である。建て前が立派な世界、たとえば教育界などにそういう人物が意外に多いかも知れない。

それに対して細川校長は立派な人物である。塾の中で一番優秀だったにも拘わらず、経済的理由から進学を断念し、今は「田舎の小学校の校長」として勤めている。おそらく、細川の胸の中は無念さでいっぱいであろうと思われるが、それを漏らすことはない。たとえば、高山や大津などがいて、梅子への恋は失恋に終わるかも知れないと思ったときも、「然し彼は資性篤実で又能く物に堪へ得る人物であつたから、此苦悩の為めに職務《つとめ》を怠るやうなことは為《し》ない」と語られている。もっとも、そのときには「平常《いつも》のやうに平気の顔で（略）数百《す》の児を導びいて居たが、暗愁の影は何処《どこ》となく彼に伴うて居る」とされている。また、先のように富岡先生から罵られたことがあった、その翌日についても、こう述べられている。「其翌日より校長細川は出勤して平常《ふだん》の如く職務を執つて居たが彼の胸中には生れ落ちて以来未《ま》だ経験したことのない、苦悩が燃えて居るのである」、と。

細川校長が胸中には失意や落胆を抱えていても、そのために職務を怠ることはなく、「平常《いつも》のやうに平気の顔」で、「平常《ふだん》の如く職務を執」るのである。こういうところが、細川が優れた教師であり、また校長のような管理職としても相応しい人物であるということである。物語はこの後、梅子が実は細川校長を慕っていることがわかり、富岡先生も二人の仲を認めたのである。どうも富岡先生も元気が衰え、「殆ど我が折れて了つて（略）極く世間並の物の能く通暁《わかつ》た老人に為つて了つた」ようなのである。このように、物語は一応ハッピーエンドで幕を閉じたのだが、「富岡先生」には当時の言わば〈結婚市場〉における、大学出の学士と師範出身の小学校教師とでは、どう〈評価〉が違うかという問題も出てきており、興味深い内容になっている。

国木田独歩は他にも、小学校教師が登場する「酒中日記」（明治三五〈一九〇二〉・一一）という小説を書いている。この物語の大半は、日清戦争の直後、戦勝でいい気になっている下士官を下宿させた母と妹が堕落して、小心な小学校教師の大河今蔵を苦しめる話である。そして、校長から預かった学校改築用の公金をその性悪《しょうわる》な母に奪われたことが原因で、責任を感じた従順な妻が幼児と共に井戸に投身自殺をする。物語の終盤では、絶望して辞職した大河が瀬戸内の馬島にたどりついてからの生活が語られる。大河はそこで私塾の教師となり、酒を覚えて酔った後に過去を回想しながら日記をつけていた。彼は自分の気の弱さを悔いてもいたが、やがて島の娘と結ばれ、結婚も薦められるが、船遊びの最中に自殺した妻の名を連呼しながら海に落ち水死してしまう。

その場面はこの「酒中日記」の後に付けられた記者（この記者が「酒中日記」を読者に紹介したという体裁になっている）の注記には次のように語られている、「酔に任せて起つて躍り居たるに突然水の面を見入りつゝ、お政〳〵と連呼して其まゝ顚落せるなりといふ」、と。その注記には、大河の残した手記の題が「酒中日記」とされていたこと、また島の娘のお露はすでに大河との子どもを懐妊していて、

「大河の死後四月にして児を生」んだこと、さらに「お露は児のために生き、児は島人の何人《なんぴと》にも抱かれ」こと、そして大河は島の奥の「森陰暗き墓場に眠るを得たり」と語られている。

この「酒中日記」では、小学校教師としての大河のあり方は、児童には言行一致が大切だと説きながら、自らは必ずしもそうではないことについての反省が語られる箇所でわずかに触れられているにすぎない。それよりも小学校教師の給与は少なく、すぐに工面できるような纏まった現金も無かったという、当時の小学校教師が置かれていた立場がわかる小説である。また、下士官たちの横暴ぶりを描くことで当時の時局を批判もしているなど、興味深いところもあるが、大河今蔵があまりに弱々しく描かれていて、この時代においては、教員とりわけ小学校教師については一方ではそれまでのような尊敬を受ける存在であるというイメージがありながら、他方では言わば小市民的な弱さを持つ存在であるというようなイメージもすでに形成されていたのかも知れない。

弱い存在ということで言えば、当時の中学校のように受験体制に完全に組み込まれたところでは、学力に劣る教師はやはり弱い存在であったと言えよう。芥川龍之介の「毛利先生」（大正八〈一九一九〉・一）には、そういう教師の姿が描かれている。小説には、「もう彼是十年ばかり以前、自分がまだ或府立中学の三年級にゐた時の事である」とあるから、やはり明治期のことだと考えていいだろう。その中学では若い英語教師が冬期休業中に急性肺炎で物故したため、「当時或私立中学で英語の教師を勤めてゐた、毛利先生と云ふ老人」に、物故した英語教師が持っていた授業を臨時にやってもらうことになる。毛利先生はその風姿からして、毛利先生が教室に入ると同時に、「期せずして笑を堪《こら》へる声が、そこゝの隅から起つたのは、元より不思議でも何でもない」と語られているような先生なのであった。

　毛利先生の英語の発音はなかなか優れていたのだが、訳読はそうではなく、生徒たちから失笑がもれるようなものだった。「と云ふのは、あれ程発音の妙を極めた先生も、いざ翻訳をするとなると、殆ど日本人とは思はれない位、日本語の数を知つてゐない」のであった。あるいは、「その場に臨んで急には思ひ出せないであらう」と思わざるをえない。たとえば、「猿」という言葉がなかなか出なかったりする。そういうとき、生徒たちは「くすくす笑ふ」のだが、やがてその笑い声も「次第に大胆になつて」くるのだった。そういうことが続いて、ある日の授業で毛利先生が「まるで羽根を抜かれた鳥のやうに、絶えず両手を上げ下げしながら、慌しい調子で饒舌つた中に」、二人いる子どもの学資の苦労のことなどの生活難の話をすることがあった。

　そうすると、生徒たちの一人である柔道の選手が、自分たちは英語を教えてもらうために出席しているのであって、教えてもらえないなら、教室にいる必要はないので、今から体操場に行く、ということを言ったのである。それに対して毛利先生は、「いや、これは私が悪い。私が悪かつたから、重々あやまります。成程諸君は、英語を習ふ為に出席してゐる。その諸君に英語を教へないのは、私が悪かつた。悪かつたから、重々あやまります。ね。重々あやまります。」と、「泣いてゞもゐるやうな微笑を浮べて、何度となく同じやうな事を繰り返した」のである。この光景は語り手の「自分」には、「先生の下等な教師根性を暴露したものとしか思はれなかつた」とされ、こう語られている。「毛るのは、生活の為に余儀なくされたので、何も教育そのものに興味があるからではない」、と。

その「七、八年」の後、大学を卒業した「自分」は或る「カツフエ」で偶然毛利先生を見かける。毛利先生はその「カツフエ」の給仕たちに熱心に英語を教えているのである。と言っても、給仕たちから頼まれて教えているではなく、自ら毎晩やって来ては教えているらしいのである。もっとも、給仕たちにとっては、それは有り難迷惑でもなくはなかったようだ。しかし「自分」はそれを見て、こう思う。「あゝ、毛利先生。今こそ自分は先生を――先生の健気な人格を始めて髣髴し得たやうな心もちがする。もし生れながらの教育家と云ふものがあるとしたら、先生は実にそれであらう。先生にとつて英語を教へると云ふ事は、空気を呼吸すると云ふ事と共に、寸刻と雖も止める事は出来ない」、と。さらに、かつて自分たちが、英語の教師をしているのは「生活の為と嘲つた」のは、「今となつては心からの赤面の外はない誤謬であつた」、と痛切な反省もするのである。

しかしながら、ここでの語り手である「自分」の反省は、少々首を傾げざるを得ないのでなかろうか。なるほど毛利先生は、語り手が述べているように、「生れながらの教育家」であろう。より正確に言えば、生まれながらの英語教師であろう。だから、そのことに眼が向かず、毛利先生が生活の為だけに英語教師をやっているのだろうと思い、その風采の上がらない様子をも侮蔑的に見ていた、かつての自分たちに対して、「自分」が痛切な反省の思いを持ったというのである。しかし、それでは話が少々ズレているのではないか。問題の本質はそこにあったのではなく、何よりも毛利先生の学力に対しての不信の念が生徒たちにあり、それが先生の気の弱さや貧相な風采と結びついて、生徒たちに毛利先生に対して侮蔑的な態度を採らせたのであり、秀才校の生徒たちにありがちな、学力の無い教師たちに対しての蔑視というところが、毛利先生をめぐる問題の本質ではなかったろうか。

もしも、毛利先生の英語力さらに英語教授力が優れたものであったなら、その風采や気の弱ささえも、生徒たちにとってはむしろ好ましいものと思われたであろう。あるいは、それらは毛利先生独特の個性として受け入れられたであろう。少なくとも、生徒たちにはマイナスのイメージとしては働かなかったはずである。そう考えると、「毛利先生」という小説は、秀才校で教鞭を執らざるを得なかった、学力と教授力に不安のあると思われる教師を、秀才型の少年たちが侮蔑してしまったことに対しての贖罪の思いをこそ語ろうとしたものであったはずなのだが、毛利先生が英語教師をしているのは「生活の為」にすぎないと思ったことに、その贖罪が向けられているということになっていて、物語の前半と後半とでは話に食い違いがあると言わざるを得ない。

ところで芥川龍之介は、大学を卒業した年に海軍機関学校の嘱託教官となって約二年間勤めていて教師生活の経験があったのだが、教師とりわけ中学校の教師に対してはあまり良いイメージを持っていなかったのではないかと思われる。たとえば、「大道寺信輔の半生――或精神的風景画――」（大正一四〈一九二五〉・一）にも、「のみならず彼の教師と言ふものを最も憎んだの中学だつた」とされ、続けてこう語られている。

教師は皆個人としては悪人ではなかつたに違ひなかつた。しかし「教育上の責任」は――殊に生徒を処罰する権利はおのづから彼等を暴君にした。彼等は彼等の偏見を生徒の心へ種痘する為には如何なる手段をも選ばなかつた。現に彼等の或ものは、――達磨と言ふ諢名のある英語の教師は「生意気である」と言ふ為に度たび信輔に体刑を課した。が、その「生意気である」所以は畢竟信輔の独歩や花袋を読んでゐることに外ならなかつた。

さらに、「武芸や競技に興味のない」信輔に、「お前は女か?」と言って嘲笑した漢文教師のことも書かれている。もっとも、「教師も悉く彼を迫害した訣ではなかつた」とされている。「が、「教育上の責任」は常に彼等と人間同士の親しみを交へる妨害をした」として、「それは彼等の好意を得ることにも何か彼等の権力に媚びる卑しさの潜んでゐる為だつた」と語られている。教師と生徒との関係が一種の権力関係であること、少なくともその要素は必ずあることは否定できないだろう。旧制の中学生の年齢になればそのことを感じざるを得ないと考えられるが、信輔はそれに敏感であるために教師と仲良くなることに権力への「媚び」を感じ取り、教師と仲良くなれなかったと言うのである。

あるいは、この大道寺信輔の話と毛利先生の話とを結びつけて考えるならば、毛利先生への生徒たちの嘲笑には、日頃は教師たちの権力によって押さえ込まれていることに対してのある種の報復の要素もあったと言えるかも知れない。

四　正教員たちⅡ——夏目漱石・島崎藤村

夏目漱石は、明治二八（一八九五）年四月から愛媛県尋常中学（松山中学）に一年間英語教師として赴任しているが、そのときの体験が元になって作られたのが『坊っちゃん』（明治三九〈一九〇六〉・四）である。と言っても、漱石が体験した、松山での具体的な出来事が、小説に反映しているというのではない。『坊っちゃん』はよく知られている小説であるが、簡単に梗概を述べておこう。——松山の中学に数学教師として赴任した「坊っちゃん」の周囲には、見え透いた教育論を唱える校長や気障な教頭（赤シャツ）、さらに上司に阿諛追従する画学の教師（野だいこ）など気に入らない同僚がいたが、他方で同じく数学の教師である「堀田」（山嵐）には一本筋の入った人間を感じた。学校や寄宿舎では、「坊っちゃん」は生徒たちのいたずらに怒ったりすることもあった。やがて「坊っちゃん」と山嵐は、赤シャツたちと対立し、彼らを打擲する。その後、「坊っちゃん」は中学校を辞め東京に帰って「街鉄」の「技手」をしているのである。——

主人公の「坊っちゃん」は教師になる気があったわけではなく、また「教師《けうし》以外《いぐわい》に何《なに》をしやうと云ふあてもなかつた」ので、「物理学校《ぶつりがくかう》」を卒業して「八日目《やうかめ》」にそこの校長から、「四国辺《しこくへん》のある中学校《ちゆうがくかう》で数学《すうがく》の教師《けうし》が入《い》る」ので「行《い》つてはどうだ」と持ちかけられたから教師になったという青年で、後に言われるようになる〈デモシカ〉教師の走りである。しかし、だからこそ「坊っちゃん」先生には、生徒を〈教育して導いてやろう〉という力みがなく、あるいは別の言い方をすれば、自分は教育者であるという〈妙な自負〉も希薄であるから、生徒たちのことも上司や同僚たちのことも、対等の立場に立って言わば素の眼で見ていて、そこがいわゆる〈師範タイプ〉にありがちの臭みが、「坊つちやん」先生には無いのである。さらに言えば、「坊つちやん」はやがて首席訓導や教頭になり、そして校長になってやろうというような出世願望もないために、ますますもって爽やかな青年教師となっていると言える。

　しかし、当地を未開の地のように言い、当地の人びとを田舎者扱いして軽蔑する「坊つちやん」には、少々読者は辟易するかも知れない。「坊つちやん」のこの意識は自身の「江戸《えど》つ子《こ》」としての自負から来ているのだが、それだけではなく、「是《これ》でも元《もと》は旗本《はたもと》だ。旗本《はたもと》の元《もと》は清和源氏《せいわげんじ》で、多田《ただ》の満仲《まんぢゆう》の後裔《こうえい》だ。こんな土百姓《どびやくしやう》とは生《うま》れからして違《ちが》ふんだ」というような血統意識もあるからである。その血統意識はまた、自分が旧幕臣の子孫であって、江戸幕府を倒した薩長土肥の侍のような田舎者の血筋を引いてはいないという、言わば敗者の側の負け惜しみの感情とも結びついていると言える。だから、平岡敏夫が『文学史家の夢』（おうふう、二〇一〇・五）等で述べているように、「坊つちやん」が好意を寄せる同僚の教員は、佐幕派の出自を持つ「山嵐」や「うらなり」だけなのである。

　それはともかく、「坊つちやん」を教師として見た場合、彼はなかなか良い教師なのではないかと思われる。たとえば、「あしたの下読《したよみ》をしてすぐ寐《ね》て仕舞《しま》つた」とあり、きちんと授業の予習をするし、また生徒が「出来《でき》さうもない幾何《きか》の問題《もんだい》を持《も》つて逼《せま》つた」ときには、「冷汗《ひやあせ》を流《なが》し」て、「箆棒《べらぼう》め、先生《せんせい》だつて、出来《でき》ないのは当《あた》り前《まへ》だ、出来《でき》ないのを出来《でき》ないと云《い》ふのに不思議《ふしぎ》があるもんか」と言うのである。「坊つちやん」は誤魔化そうとしないのである。正直と言えるだろう。もっとも、その後に、「そんなものが出来《でき》る位《くらゐ》なら四十円《ゑん》でこんな田舎《ゐなか》へくるもんかと控所《ひかへじよ》に帰《かへ》つて来《き》た」と、例によって田舎蔑視が出てくるのであるが。

さらに、「坊つちやん」は真っ当なことも言っている。たとえば生徒が問題を起こしたときに世間に対して、「（略）自分《じぶん》の咎《とが》だとか、不徳《ふとく》だとか云《い》ふ位《くらゐ》なら、生徒《せいと》を処分《しよぶん》するのは、やめにして、自分《じぶん》から先《さき》へ免職《めんしよく》になつたら、よさゝうなものだ」と言う。また、次のようにも言っている。

たまに正直《しやうぢき》な純粋《じゆんすゐ》な人《ひと》を見《み》ると、坊《ぼ》つちやんだの小僧《こぞう》だのと難癖《なんくせ》をつけて軽蔑《けいべつ》する。夫《それ》ぢや小学校《せうがくかう》や中学校《ちゆうがくかう》で嘘《うそ》をつくな、正直《しやうぢき》にしろと倫理《りんり》の先生《せんせい》が教《をし》へない方《はう》がいゝ。いつそ思《おも》ひ切《き》つて学校《がくかう》で嘘《うそ》をつく法《はふ》とか、人《ひと》を信《しん》じない術《じゆつ》とか、人《ひと》を乗《の》せる策《さく》を教授《けうじゆ》する方《はう》が、世《よ》の為《ため》にも当人《たうにん》の為《ため》にもなるだらう。赤《あか》シヤツがホ、、、と笑《わら》つたのは、おれの単純《たんじゆん》なのを笑《わら》つたのだ。単純《たんじゆん》や真率《しんそつ》が笑《わら》はれる世《よ》の中《なか》ぢや仕様《しやう》がない。

これは実社会に対しての批判であると同時に、学校教育の欺瞞的な建前主義に対しての批判である。それとともに、功利主義的もしくは実利主義的な考えが幅を利かせるような明治の社会に対して、先ほど述べたような「坊っちゃん」の佐幕派的心性が反発をしているという要素もあるだろう。「山嵐」

も職員会議の席でこう語るのである、「教育《けういく》の精神《せいしん》は単《たん》に学問《がくもん》を授《さづ》ける許《ばか》りではない、高尚《かうしやう》な、正直《しやうぢき》な、武士的《ぶしてき》な元気《げんき》を鼓吹《こすゐ》すると同時《どうじ》に、野卑《やひ》な、軽躁《けいさう》な、暴慢《ばうまん》な悪風《あくふう》を掃蕩《さうたう》するにあると思《おも》ひます」、と。むろんのことながら、「坊っちゃん」の人間観も、「人間《にんげん》は竹《たけ》の様《やう》に真直《まつすぐ》でなくちや頼母《たのも》しくない」というように、「山嵐」と一致するのである。

このように『坊っちゃん』は、「坊っちゃん」が〈デモシカ〉教師であるからこそ見えてきた学校教育の欺瞞性が、語られた小説であったと言え、その学校で教師たちの言わば生態がどのようなものであるかということも語られているのである。その叙述にはユーモアとともに風刺も織り込まれていた。同じく教師が主要人物として登場する小説である『吾輩は猫である』（明治三八〈一九〇五〉・一〜三九〈一九〇六〉・八）は、江戸落語の骨法を踏まえた笑いと、さらに風刺がもっと込められていて面白い小説である。しかしながら、教師像という観点からは、『吾輩は猫である』は取り立てて留意されるべきところというのは無いと言っていい。この小説では、教師が風刺されているというよりも、当時の知識人が風刺されていると言った方が適当だからである。

ただし、「吾輩《わがはい》」の次のような〈観察〉あるいは〈見解〉には、旧制中学や高校の教師を勤めたことのある漱石自身の自嘲的な思いが込められていると言えようか。たとえば、主人がよく書斎で昼寝をしていることに触れて、「吾輩《わがはい》は猫《ねこ》ながら時々《ときどき》考《かんが》へる事《こと》がある。教師《けうし》といふものは実《じつ》に楽《らく》なものだ。人間《にんげん》と生《うま》れたら教師《けうし》になるに限《かぎ》る。こんなに寝《ね》て居《ゐ》て勤《つと》まるものなら猫《ねこ》にでも出来《でき》ぬことはないと」、と。あるいは、「教師《けうし》は鎖《くさり》で繫《つな》がれて居《を》らない代《かは》りに月給《げつきふ》で縛《しば》られて居《ゐ》る。いくらからかつたつて大丈夫《だいぢやうぶ》、辞職《じしよく》して生徒《せいと》をぶんなぐる事《こと》はない。辞職《じしよく》する勇気《ゆうき》のある様《やう》なものなら最初《さいしよ》から教師抔《けうしなど》をして生徒《せいと》の御守《おも》りは勤《つと》めない筈《はず》である」、と。

こうして見てくると、『坊つちゃん』と『吾輩は猫である』はともに現実の教師が描かれているというよりも、やはり虚構の教師像が描かれていると言えよう。『坊つちゃん』では損得を考えないという点では理想家肌の青年教師が、『吾輩は猫である』ではかなり戯画化された中年教師が描かれているのである。しかし、それらはどちらもこの時代にいた現実の教師たちの実像とは随分とかけ離れたものだった。だからこそ、二作とも多くの読者を獲得したとも言える。また、この二作によって私たち読者の教師像はその幅を拡げられたというふうにも言えなくもない。

さて、明治期を終えるにあたって、やはり島崎藤村の小説に出てくる教師像にも触れておかなければならないであろう。一つは『破戒』（明治三九〈一九〇六〉・三）ともう一つは『桜の実の熟する時』（大正三〈一九一四〉・五〜大正七〈一九一八〉・六）である。しかしながら、両小説ともに主人公が学校の教師でありながら、その教師としての人物像は希薄なのである。

たとえば、書かれた時期は大正年間であるが、物語の時期は明らかに明治期である『桜の実の熟する時』は、島崎藤村の明治学院時代から明治女学校で教師を辞めるまでの約三年間を素材にした自伝的な小説であり、教え子の勝子という女性に秘めた恋心を抱く教師の岸本捨吉の苦悩が語られている話である。ただ、女学校の教師としては捨吉は二一歳と極めて若く、あまり歳の違わない若い女性に恋心を抱くのは、むしろ自然であるとも言え、また彼自身も、自分は教師であり「そして勝子は生徒だ。それを思ふと苦しかつた」と思うのは、これまた当然であると言えよう。自分と恋の相手とが教師と教え子の関係であるから、たしかに苦悩も生まれるのだが、物語はそのことよりもむしろ純粋に恋の悩みの方に重点があるのである。教師の恋愛苦悩小説というよりも端的に青年の恋愛苦悩小説と言うべき小説である。ここには考えなければならないような教師像は語られていない。

ほぼ同様に『破戒』も、主人公が小学校教員でありながら教師像という面は希薄な小説である。また、この小説が差別問題を扱いながらも、真正面から被差別部落の問題と取り組もうという姿勢に欠ける小説である。だから、たとえば物語の中で主人公の瀬川丑松は、教え子に被差別部落の子どもがいるだが、その子に同情しつつもそれ以上のことを決してしようとはしないのである。『破戒』は、日本近代文学史上いろいろな毀誉褒貶のある問題小説ではあるが、しかし教師像を考える場合の小説としては残念ながら見るべきものの少ない小説であると言わざるを得ない。

第三章

新しい教育観を持った教師たち

——大正期

一　明治から大正へ——久保田万太郎・新田次郎

久保田万太郎の戯曲『大寺学校』（昭和二〈一九二七〉・一〜四）は、明治末年の東京浅草の大寺代用小学校が閉鎖される話である。代用小学校とは、明治四〇（一九〇七）年以前に、公立学校にすべての児童を就学させられない事情があるとき、市町村内などに作られた私立の尋常小学校のことである。

——大寺小学校には六十過ぎの校長の大寺三平と、教員としては尋常科受け持ちの六十前の光長政弘と高等科受け持ちで二十代後半の若い峰三郎がいた。しかし、公立学校の増設の影響を受けて、大寺小学校の生徒数は年々減る一方で苦しい経営であった。ある日、峰が先代から校長と昵懇の魚吉の娘を叱ったことがあった。それに対して校長は、峰に魚吉に行って和解するように求めたのである。一本気の峰は、自らに非が無いのに此方から和解を求める必要はない、と辞表を出すということがあった。そうしたことがあってからしばらくして、大寺小学校創立二十年祝賀会が行われたが、会に出席した卒業生から、魚吉が自分の地所を市に売り、そこに公立学校が建てられるという噂が語られる。数日後、校長は教員の光長と酒を酌み交わしながらその噂を聞かされるが、古くから付き合いがある魚吉がそういうことをするはずはないと、噂を信じない校長は酔って寝てしまう。——

教員の峰三郎が魚吉の娘を叱ったのだが、それは、田宮という子の持っているものを魚吉の娘（野上）が見せろと言い、田宮が嫌だと言う、それがもとでぶったとかつねったとかという喧嘩になって田宮が泣いたという出来事があって、峰は野上一人の上に非はあると判断したのである。峰は校長にこう語っている、「それから二人を残して小言をいひました。――が、いへば、田宮のはうにつみはありません。――ことは野上一人のうへにあります。――田宮をさきに返し、一人にして、それから一時間ほどはツきりいつて聴かせました」、と。しかし、それでも野上は返事をしようともしないので、峰が「思はず大きな声も出し」たのであるが、峰によると野上は「――黙つて、ぢツと、しまひには反抗するやうにこつちの顔を睨《ね》めつけます」という態度を取ったようなのである。

その後で野上の母親、すなわち魚吉の女将から学校にクレームが来る。「先方もわるいのに、先生、先方は叱らないで自分ばかり叱つた。先生は自分を憎んでゐる……」ということを、野上は母親に訴えたらしく、そこで母親は学校に抗議に出向いて来たのである。校長は野上の母親のことについて峰にこう言う、「君は、まア、御存じあるまいが、一本気の、感情の強い。――一旦かうと自分に思ひ込んだら人のいふことなんぞ耳にもかけない。――さういつた質《たち》の……」、と。校長はその母親に気遣い、峰に「――どうだらう、――君、野上のうちのものに逢つてくれまいか?」と言うが、その言葉を「――わたしに野上のところへ詫びに行けと被仰《おつしや》るんですか?」と受け取った峰は、「(色を作《な》す)」。

たしかに校長は、峰に〈母親に詫びて来い〉とは言っていないのであるが、しかし「――わたしのいふのは双方に。――双方に、まア、いへば誤解……」という言い方で、両方にそれぞれ非があるかのように言うのである。それを峰が聞きとがめるように「誤解?」と言うと、校長は「いえさ、まア、さきにも思ひ違へがあれば此方《こっち》にも……」と歯切れ悪く応え、峰は峰で、「（略）——此方には誤解も思ひ違へもありません」とはねつける。校長としては、「が、峰君、——君のやうにさういつても。——すこしは、君、わたしの立場を思つてくれないと……」というところに本音があるわけだが、二人のこの遣り取りの最後でも、「だから、不承して、わたしの顔を立てゝ、もらへないだらうか？」と言う。

つまり、校長は学校の経営者としての立場から、有力な保護者の機嫌を損ねるのは学校にとって不利益になるという判断をして、峰に譲歩してもらいたいのだが、峰はそれよりも教育者としての立場から野上を叱ったこととの正当性を主張するわけである。また校長には、野上家とはこれまでの経緯もあり、野上の母からのクレームを突っぱねるわけにもいかなかったという事情もあった。この件があってから峰は大寺小学校を辞めたのであるが、このような、有力な保護者と学校とりわけ私学の学校との関わり合いという問題は、今日の学校においても見られるものだが、明治期終わりの私学の学校においても、すでにそういう問題が出てきていたことに注目される。このことを別の角度から言うなら、添田知道の『教育者』に語られていたように、明治中期の頃は学校の先生と言うだけでほとんど無条件に尊敬されていたのだが、明治も後期になると必ずしもそうではなくなったということ、先生にクレームをつけ文句を言う保護者が珍しくはなくなったということである。農村部ではともかくも、とりわけ都市部においては先生は以前ほどの権威は無くなりつつあったということが、この野上の母のエピソードから言えるかも知れない。

さて、峰の辞職は大寺小学校がすでにその使命を終えて、時代は新しいところに入っていることも表していると言える。峰はそのことも感じ取っていると思われる。また、新設予定の公立小学校のために魚吉が地所を売ったという知らせは、魚吉も大寺小学校をすでに見限ったということである。このように校長の回りで時代は動きつつある。おそらく校長はそのことを感じなくはないのだが、しかしそのことを真正面から見ようとはせず、古くからの付き合いをなお信じようとし、これまで乗っていたレールから降りようとしないのである。そう考えると、校長の大寺三平の姿には、俳人の中村草田男が昭和の初めに「降る雪や明治は遠くなりにけり」と詠んだ、その感慨が先取り的に込められているように思われてくる。

それはともかく、『大寺学校』における、大寺校長と峰との間には、旧世代と新世代との対立という要素もあったと言える。日清戦争と日露戦争の時期を含んで、むしろそれらの戦争を言わば奇貨として日本資本主義は資本の原始的蓄積を完全に終了し、帝国主義に向かってさらなる資本蓄積を行い得たと言うことができるが、資本制国家を構築していくことを使命と考えていた世代とそれがほぼ完成した時代以降に社会に出て行った世代とでは、感受性から思想に至るまで自ずから異なるものがあった。新田次郎の『聖職の碑《いしぶみ》』（講談社、昭和五一〈一九七六〉・三）にも明治末から大正初めの教師たちには、新旧の対立あるいは葛藤があったことが語られている。

『聖職の碑』、大正二（一九一三）年八月二七日に実際に起こった登山の遭難事件を題材に書かれた小説である。中箕輪尋常高等小学校校長の赤羽長重は教員たちとともに児童を引率して、中央アルプスすなわち木曽山脈の主峰木曽駒ヶ岳への登山を試みていたが、関東地方を襲った台風によって遭難し、赤羽長重たち教員と生徒合わせて一一名が犠牲になった事件である。『聖職の碑』は、後の記録などを踏まえながらこの遭難事件が語られている小説である。新田次郎は、同書の巻末にある「取材記・筆を執るまで」という「後書き」的な文書で、この事件について、「その背景には、明治の実践主義教育と、そのころ長野県下に流行のきざしを見えていた、白樺派の理想主義教育との噛み合いが根にあって起きた遭難らしいなどと、まことしやかに話してくれる人もいた」と述べている。しかし、たしかに『聖職の碑』においてもその対立は語られてはいるものの、新田次郎はその説自体を肯定しているのではないと思われる。その両者の対立よりも、遭難事件を通して白樺派教育者の側に、赤羽校長の信奉する明治の実践主義教育を再評価させているところに、すなわちむしろ両者の〈和解〉の方に眼を向けているのである。

まずはしかし、その〈和解〉よりも対立のところを見てみよう。赤羽長重は首席訓導の清水茂樹から白樺派流行についてこう聞かされる。「長野県のほとんどすべての学校です。たいていの学校では、若い教員が、『白樺』を共同購入して回覧しています。（略）『白樺』が入り込めば、そこには必ず白樺派の理想主義教育が生れるわけです」、と。赤羽は校長室で校長住宅でも不安な気持ちになり、「どうにもならないような大きな力を持ったなにものかが、新しい教育とはこうあるべきだという、綱領《こうりよう》を引携げて近づいて来つつある」という感じに蔽われていた。

その頃、赤羽は長野師範の大先輩にあたる片桐福太郎のところに行って、この問題について相談することがあった。片桐は、白樺派の理想主義教育でも文部省の教科書中心の教育でもあるいは鍛錬主義的教育でもいいが、ともかく自分自身が「これというしっかりとしたものを持っていないと人は従《つ》いては来ない」（傍点・原文）と言う。だからといって、「妥協を許さない頑迷《がんめい》固陋《ころう》な校長になれというのではない」とも言う。片桐はものわかった人物と言うべきだが、さらに白樺派の武者小路実篤の文章について、こう語っている。「個性を活かさねばならないということは彼が初めて云い出したことではないが、『白樺』誌上に彼が開き直った書き方をすれば光って見える。長野県の若い教育者たちがこれを読んで随喜《ずいき》の涙を流し、個性を生かす教育こそ理想主義教育などと云うのも分らないことはない。だが、これを強調しすぎて脱線すると、自由主義教育を通りこして放任主義教育になる虞れがある。注意しないといけない」、と。

　赤羽は片桐がそこまで読みこんでいるのに感心して帰ったのだが、勤務校では一昨年、昨年と続いた木曽駒ヶ岳登山を今年も実行するか否かについての話し合いがあった。主に白樺派の理想主義教育に共鳴している若い教員たちは、駒ヶ岳登山の危険性を勘案して登山には反対であった。それに対して赤羽校長は、「登山にはいくらかの困難はつきものだ。それがなければ鍛錬の意味がない」と言う。白樺派の理想主義教育推進派の有賀喜一はその「鍛錬」の語に敏感に反応して次のように発言する。

「その言葉は既に信濃教育界からは消え去ったものではないでしょうか、明治十八年に森有礼が文部大臣になって、教育の国家統制をもくろんだとき、その方便《ほうべん》として、鍛錬主義を教育者におしつけ、師範学校は兵営そのもののような有様になったと聞いています。そのときはそれでよかったかもしれませんが、その軍国主義的鍛錬を、いたいけない子供たちに強いるのは暴挙というものです」

「暴挙」と言われて赤羽は腹を立てるがその腹立ちを抑えて、「私は古いあたまの教育者かもしれないが、修学旅行という実践教育の精神からは離れたくはない。苦しいことを避けようという風潮には同調できないのだ」と語り、結局、校長の決断として駒ヶ岳登山が決まる。実際の登山では先述したように遭難事故が起こり、赤羽校長も殉職したのである。登山に行く前に赤羽校長は、もし何か起きれば白樺派の教師たちが言っていたように、自分は敢えて生徒を危険な目に落とし込んだことになるが、だがもし、全員を無事に連れて帰ったなら、「(略)鍛錬がどんなものか、実践とはいかなるものであるかを、若い理想主義教育者の目の当たりに見せてやることができるのだ」と意気込んでいたのである。

もちろんこの事件の要因には、当時の気象予測の精度に大いに問題があったということもあったのだが、しかしやはりその鍛錬主義の教育が結果としては悲劇を生んだと言わざるを得ないだろう。と言っても、台風下の過酷な状況の中での鍛錬を遂行しようとしたわけではなかった。赤羽校長はそのような無謀なことをしようとしたのではないことは、やはり強調されなければならないだろう。赤羽校長が率先した修学旅行の登山を批判していた白樺派の教師も、赤羽校長の死とその遭難登山中での彼の言動を聞いた後では、赤羽校長の実践教育に対しての評価を変えるのである。登山前には赤羽校長に「暴挙」という言葉を投げつけて批判した有賀喜一は、職員会議でこう語るのである。

「私は修学旅行登山についての考えを変えました。豹変《ひょうへん》したと云われても仕方がありません。そうなったのは、赤羽校長の厳粛な死に会ったからです。私は赤羽校長が、強風の吹きすさぶ最中に、冬シャツを脱いで、こどもに着せてやったという事実を聞いたその瞬間、教育は机上のものではないということを痛感しました。私たちが、常に口にしていた、愛と善意を軸にした人間尊重の理想主義教育を赤羽校長が身を以て示されたことに心を動かされたのです。赤羽先生の実践教育も私たちが口にしている理想主義教育も煎じつめれば表現の相違だけのように考えられます。赤羽校長は自らを犠牲にされて、こどもたちに対する教育者としての強烈な愛の重さを示されました。私はそれを率直に受け取ろうと思っています」

この有賀喜一の言葉は作者の新田次郎の思いそのままであると考えられるが、赤羽校長の言う鍛錬主義の教育とは国家主義に沿った強い国民を育てるための鍛錬主義教育ではなく、生徒一人ひとりが強い人間となってこの社会を生き抜いていくための鍛錬主義教育であったと言うべきであろう。時代が明治の終わりから大正へと移り変わっていく中で、教育観にも変化が起こってきたのである。やはり、その変化の中でまず注目すべきは、このように子ども中心主義とでも言うべき姿勢が前面に出て来たことであろう。

二　子どもの心に眼を向ける教師——有島武郎・下村湖人・山本有三

すでに見てきたように、明治期においてほとんどの教師は、教育とは天皇制国家を支える人物を育てることだとする教育観を、何ら疑うことなく受け入れていた。もっとも石川啄木のように、「教育勅語」に基づく教育観に異議を持つ教師も、わずかではあるがいたのである。その一人に、群馬県の小学校で代用教員を勤めた経験のある石川三四郎がいる。彼は、「平民新聞」第五二号（明治三七〈一九〇四〉・一一）に「小学教師に告ぐ」という記事を執筆している。その中で彼は、小学教師の責務は「重大」であるのにその「境遇の如何に愍れむ可きものなるか」と、まず小学校教師のとくに経済的待遇の悪さを語り、そして国家は「一国の民を造らんことを欲する也、世界の子を造らんことを欲せず、小なる○○道徳を教えしめて大なる博愛道徳を斥く」のだと、日本の偏狭な国家主義的教育政策に問題があることを訴えて、小学校教師たちの眼を開かせようとしたのである。

このようにこの記事は、小学校教師の待遇改善とともに国家主義的教育への批判を語っているのであるが、石川三四郎の狙いは、「夫れ然り、諸君若し真に人の教育を完全にせんと欲せば、先ず此社会を改造せざる可らざる也、即ち社会主義を実現せしめざる可らざる也」として、「来れ、満天下の小学校教師諸君来れ、而して速かに我が社会主義運動に投ぜよ」という呼びかけにあったと言える。

石川啄木を思想的社会的に覚醒させたとも言える大逆事件は、まだこの記事よりも六年後の明治四三（一九一〇）年の出来事であったが、すでにそれ以前の時期から、このように明治の国家体制そのものを正面から批判してそれを変革していこうとする動きが出始めていたのである。

大正期は教育の世界においてもそういう動きに敏感に反応していった時代であった。そのような動きとも関連するのが、民衆の一人一人の子どもの個性や能力を育てようという主張を掲げた新教育運動であった。教育実践では、沢柳政太郎を中心に成城小学校が設立され、そこでは個性尊重の教育が試みられ、千葉師範付属小学校では自由教育が、さらに奈良女高師付属小学校では従来の「教授」という語ではなく、子ども視点の側からの「学習」という語を使用し始めるなど、これまでの規矩に囚われた授業実践を批判して、より自由で創造的な教育の試みがこの時代に展開された。むろん、こういう動きはいわゆる大正デモクラシーの風潮が背景にあったから可能であったと言える。そして、その様々な新しい教育実践を最大公約数的に纏めて言うならば、繰り返しになるが、子ども一人一人の心や能力に眼を向ける教育というふうに言えよう。

その観点から注目される、大正時代に発表された小説は、有島武郎の「一房の葡萄」（大正九〈一九二〇〉・八）である。これは雑誌『赤い鳥』（第五巻第二号）に掲載された児童文学である。物語は有島武郎自身が少年期に実際に体験したことが元になっているようである。それは、明治三七年八月二九日付けの、増田英一や有島壬生馬宛ての手紙に書かれている内容と物語とがほぼ一致することから、そのように判断できるからである。また、秋田雨雀の「有島武郎氏の作品、思想及び其の死に就いて」

（『芸術教育』大正一一〈一九二二〉・九）にもその体験について語られている。では、その体験が一つの児童文学に昇華された「一房の葡萄」はどういう話だろうか。短編の物語であるが、次にその内容をやや詳しく見ていこう。

――「僕」は絵を描くのが好きな少年で、通っていた学校は横浜の山の手にあって、学校の教師は西洋人ばかりであった。「僕」は軍艦や商船が並んでいる海の光景を描きたかったのであるが、どうしても「海の藍色」と「白い帆前船などの水際近くに塗つてある洋紅色」とは、「僕」の持っている「絵具」ではうまく描けなかった。そのとき、学校の友達で西洋人のジムという二歳上の男の子がとりわけ美しい「藍と洋紅」の「絵具」のある「絵具」セットを持っていたことを思いだし、その「絵具」が欲しくてたまらなくなる。そして、「僕」はそれを遂に盗んでしまう。その後、ジムたちにその盗みの証拠を突き付けられ、ジムたちは「僕」を受け持ちの女の先生のところに連れていったのである。

先生は事実確認をした後はジムたちを引き下がらせ、「僕の肩の所を抱きすくめるやうにして」、「あなたは自分のしたことをいやなことだつたと思つてゐますか」と語りかける。そして泣き続けている「僕」に、「あなたはもう泣くんぢやない。よく解つたらそれでいゝから泣くのはやめませう、ね。次の時間には教場に出ないでもよろしいから、私のこのお部屋にいらつしやい。静かにしてこゝにいらつしやい。私が教場から帰るまでこゝにいらつしやい。いゝ」と言う。その後、先生は二階の窓まで這い上がっている葡萄蔓から、一房の西洋葡萄をもぎとって「僕」の膝に上に置いて部屋を出た。一人になった「僕」は泣き寝入りしたのだが、やがて部屋に戻ってきた先生は「僕」にこう言う。「そんなに悲しい顔をしないでもよろしい。もうみんなは帰つてしまひましたから、あなたもお帰りなさい。そして明日はどんなことがあつても学校に来なければいけませんよ。あなたの顔を見ないと私は悲しく思ひますよ。屹度ですよ」、と。そして、「僕」がまだ食べていなかった葡萄の房を鞄に入れてくれたのである。

「僕」は帰り道で葡萄をおいしく食べながら帰ったのであるが、やはり翌日は学校を休みたくなる。しかし先生の言葉を思い出し、学校に行くと、「先づ第一に待ち切つてゐたやうにジムが飛んで来て、僕の手を握つてくれ」たのである。そして、二人が先生のところに行くと先生は、「ジム、あなたはいゝ子、よく私の言つたことをわかつてくれましたね。ジムはもうあなたからあやまつて貰はなくつてもいゝと言つてゐます。二人は今からいゝお友達になればそれでいゝんです。二人とも上手に握手をなさい」と言う。また先生は、「僕」に「昨日の葡萄はおいしかつたの。」と問い、「えゝ」と答えると、「そんなら又あげませうね。」と言うのである。そして、「僕はその時から前より少しいゝ子になり、少しはにかみ屋ではなくなつたやうです」と語られて、この時代を回想するように「（略）僕は今でもあの先生がゐたらなあと思ひます。」とも語られている。——

この西洋人女性の先生は、実に適切な指導をする優秀で心温かい教師と言っていいだろう。優れているのはまず、何よりも自らの非を十分に認識している者にはそれ以上問い詰めようとはせず、むしろその非の行いから来た、当人の心の傷を癒してやることの方に眼を向けようとするところである。

さらに、当人の立ち直りを助けるべく、ジムに言い聞かせて「僕」を快く迎えてやるように指導しているところであり、当人には明日必ず登校するように、ここは厳しく言っているところである。先生がこれだけのことをしてくれたからこそ、「僕」は立ち直れたのであり、さらに「前より少しいゝ子になり、少しはにかみ屋でなくなつた」のである。「僕」が美味しく食べた「一房の葡萄」は、言わば先生の愛情と配慮の象徴物と言えるだろう。

先に見たように、この話は有島武郎自身の子どもの頃の実体験が元になっているのだから、実話は明治時代の話であり、したがって先生も明治時代の教師なのであるが、「一房の葡萄」が童心に眼を向ける雑誌『赤い鳥』に掲載されたことによく示されているように、実際の話は明治時代のことであっても、この物語は教育界が子ども中心に教育を考えていこうとし始めた大正時代に相応しいものであったと言えよう。むろん、女性教師が日本人でなく西洋人であったことは、問題の本質には関わらないことである。ともかく、この西洋人の女性教師の指導には、教育のあり得べき範型が示されていると言うべきである。

ところで、子どもの心に眼を向け、適切な指導をする教師が登場する小説としては、下村湖人の『次郎物語』がある。この『次郎物語』は第一部から第五部までが書かれていて、第一部の単行本の出版刊行年月は昭和一六（一九四一）年二月で最終の第五部の単行本が戦後の昭和二九（一九五四）年四月であるから、足かけ一六年の長期に亘っている。物語の中の時間の流れも、明治期から戦前昭和の軍国主義時代にまでが描かれているようなのである。ここで、〈ようなのである〉という曖昧な言い方をしたが、実は『次郎物語』には明確な時代設定がなされていない場合が多いからである。第一部から第二部に入るあたりまでは明治期の話であるらしいが、第二部、第三部あたりは未だ明治期なのか、それとも大正期に入っているのか不明なまま、しかし第四部になると軍国主義の影が濃くなってくる時代に、ということは戦前昭和の時代に入ってくるのである。

このことについて、下村湖人研究家である永杉喜輔は『親と教師のための『次郎物語』』（柏樹社、一九七二・五）で、第一部と第二部には時代が出ていないこと、しかし第一部の叙述には明治一七（一八八四）年生まれの下村湖人やその生家に纏わるエピソードがほとんどそのまま出ていることなどから、第三部までは下村湖人の実人生の時期とほぼ重なる時代設定と捉えて、その後の「第四部は明治の末から大正をとばして、にわかに昭和初年になるのですが、その飛躍に読者は気がつきません」と語っている。

なるほど、そのように言えるところがあるが、しかし第四部と第五部は明らかに軍国主義の戦前昭和の時代であるから、そこから逆算すると、第二部や第三部は明治期ではなくむしろ大正期であるという捉え方もできるだろう。幼少期に同様のエピソードが語られているからと言って、下村湖人の実人生と次郎の幼少期や少年期とを重ねて考えなければならないということはないのである。『次郎物語』もフィクションである以上、やはりフィクション内の論理で考える方が妥当であろう。その意味で、第四部と第五部の叙述から逆算して第二部少なくとも第三部は大正期の出来事が語られていると考えるべきではないだろうか。そう考えると、とくに第三部には生徒の次郎の心に響くことを語る教師が出てきて、これも文学の中に登場した、大正期の個性的な教師の一人と言えるのではなかろうか。それは、次郎が通った中学の朝倉先生である。

朝倉先生は、次郎が中学校に進学した第二部でも登場していたが、本格的に登場して次郎に大きな影響を与え始めるのは第三部からである。第二部では、次郎は中学校の先生は小学校の先生よりも専門的なことを知ってはいるが、「人間らしいところを少しも持合わせない人達ばかりだった」ように思われていた。しかし、そういう中で朝倉先生は異なっていた。たとえば、すでに第二部で朝倉先生はこう語っている、「およそ何が恥ずかしいと言っても、無慈悲なことほど恥ずかしいことはないぞ。無慈悲の人間は、強いように見えて、実は一番弱いものなんだ」、と。あるいは、「（略）とにかく自惚《うぬぼ》れないことだ。（略）自分は強いと自惚れたら、もうそれは弱くなっている証拠なんだからね」、と。次郎が無慈悲な気持ちに成りかかっているときや、次郎が自惚れ気味になっているときに、朝倉先生は次郎の心の中を見てこのように適切なアドバイスするのである。

ただ、これらだけを見ると朝倉先生は道学臭の強い人物のように思われるかも知れないが、朝倉先生の人生訓には結構プラグマティックな発想をするところもあるのである。たとえば第三部で朝倉先生はこうも語っている、「（略）自分で、あくまであやまる必要がないと信じているなら、あやまらない方が却っていいんだ。ただ十分考えてだけはみなければならんね。それで、私は、君が考える時の参考に、誤解を解くには、ただあやまる方がいい場合もあるってことを話したまでだ」、と。また、「間違いは間違いなりで、全体の調和を保ち、秩序を立てていくという工夫をしなければならん。そういう努力をしないで、一つ一つの事柄の正邪善悪にばかりこだわっていると、かんじんの全体が破壊されて、元も子もなくなってしまうからね」、と。

朝倉先生は『葉隠』からも学ぶところがあり、また剣道に心得があって、〈活人剣〉などということも言うから、朝倉先生が物語の中で登場し始めの頃は、戦前の日本には多数いた反動的なタイプの教師のように思われるかも知れないが、しかし、朝倉先生は根っからの反軍国主義者であり、且つ権力に靡かない人物である。それに関するその後の物語については、昭和期のところで見るつもりである。

次に見てみたいのは、たしかに生徒の一人一人に眼を向けた教師の話なのではあるが、それは少々特異な例としての話である。山本有三にとっての二作目の長編小説である『波』である。これは、「東京朝日新聞」「大阪朝日新聞」に昭和四（一九二九）年の七月から一一月まで掲載された小説であるが、物語の時代はおそらく大正時代と考えられる。以下のような物語である。

小学校教員の見並行介《みなみこうすけ》は、「フカガワのT小学校に奉職したのは、もう七、年も前のこと」で、その小学校は「いわゆる特殊小学校で、月謝は無論とらないし、教科書なども、たいてい支給していた」とされるから、この「フカガワのT小学校」は、「第一章　国家の子どもを創る教師たち――明治期I」のところで述べた坂本龍之輔が、中心の一人となって設立した特殊小学校の一つと考えられる。「T小学校」は「万年尋常小学校」と同じく、貧しい生徒たちのためにある小学校である。その生徒の一人に君塚きぬ子がいた。きぬ子は級長であったため訓導の葬儀で弔辞を読むことになるが、登壇の際に着物を釘に引っかけて破ってしまい、それが借り物の着物であったため、貧しい家の娘であるきぬ子は動揺して泣いてしまったのだが、かえってそれが葬儀の弔辞に相応しいものとなったということがあった。

きぬ子は戸籍面では一二歳となっていたが、それは届け出を両親が怠っていたからで、実際はそれよりも二つ上の年齢だった。見並行介はきぬ子の両親から、きぬ子が「オ、サカの芸者や《ママ》に、したじっ子として売られて行った」ということを聞き、「義憤」を感じ、「自分の教え子が、しかも、級長をしている生徒が、売女のなかまに落ちて行くことは、忍びなかった」のである。行介はそのことを校長に相談したのだが、しかし校長は、「芸者や」もドブの中だがそこから救い出してもやはりドブの中にいるわけであり、自分たち教育家の任務はドブの中に「しみず」を送ることではないか、と言う。つまり、個々の生徒をドブの中から救い出すことよりも、他にするべきことがあるというわけである。しかし、行介にしてみれば、校長の言う仕事が大切であることはわかるが、目の前でドブに落ちた子どもをそのまま見過ごすことはできない。

きぬ子の父は二度目には信州の「芸者や」に売ったのだが、きぬ子はそこを逃げ出し、行介の下宿に飛び込んできたのである。そして、その夜に二人は男女の関係になったのだが、それは行介が望んでそうなったわけではなかった。彼は漠然と「好きな女性と出っくわ」した後の恋愛結婚を夢想していたのだが、きぬ子とそういうことになってしまったのである。行介は、「彼女さえこなかったら、こんなことになりはしなかったのだ」と思い、そう思うと飛び込んできたきぬ子が「憎かった」とも思う。もっとも、そうは言ってもそれが「非難にも、弁解にもならないことは、行介もよく知ってい た」わけではある。そして、「彼はついに、きぬ子と婚約のあいだがらであること、未来の妻を芸者にしてはおけないこと、それを言い立てにして、彼女をまもってやるより道がないことになってしまった」と思うのである。

『波』という小説は、このあたりから教師小説の性格が薄れ、高橋健二の「解説」（講談社文庫）の言葉を借りれば、「かも知れぬ父親」のテーマが中心になってくるである。つまり、自分は子どもの実の父親ではないのではないかという問題である。この後、きぬ子は男の子を産むが、そのときの子癇できぬ子は死ぬ。行介は残された男の子（進）を育てるのであるが、進が本当に我が子であるかどうかについて自信を持てず、したがって本当の愛情を注ぐこともできない。行介は、進を野々宮高子、襲子姉妹のもとに預けるが、行介は高子にも以前に自分と同じ様な過ちがあったことを知る。また、行介は襲子とも親しくなるが、結婚するにまでは至らない。そして、進は性に悩む年頃になって行介を心配させるが、そうした中で行介は、進の出生に対しての蟠りも消えてこう思うようになる。

こどもなんて、やっぱり、このボールみたいなものなのではないだろうか。祖父母の手から、父母の手へ。父母の手から子へ。子から孫へ、といったぐあいに、次ぎ〳〵に手渡されて行くものではないだろうか。そして、ボールが自分の手に渡ったら、大事に持って、次の人に渡してやるべきだ。

さらに次のようにも思うのである。「そうだ。進はおれの子ではないのだ。そうかと言って、無論、あの男の、子でもないのだ。あのボールのように、じつは、学校の子どもなんだ。社会の子どもなんだ。人類の、宇宙の子どもなんだ」、と。行介はまた、「が、この「おれの子」という考えぐらい、世界に毒を注いだものはないだろう」として、王位継承の問題やお家騒動から運動会の応援や受験に至るまで「おれの子」意識が生んだ弊害と考え、進を「おれの子」云々という発想から離れたところで受け入れようとする。その思いが出てきたのは、行介が三度目の中等教員検定試験で合格したという喜びも手伝っていたのであろうとされている。「もし、ことしも失敗したら、また暗い気もちに落ちこんだに相違ない、が、一枚の通知状が、すっかり彼を明るくした」と語られているのである。

こうして見ると『波』は、前半のテーマ、すなわち教師は貧民の子どもたちとどのように関わるべきかという問題自体は掘り下げられることなく、後半に至ってテーマはまさに「かも知れぬ父親」の問題が主題になってくるので、小説が前半と後半とでは少し分裂気味であると言える。また、出会い頭の衝突のような形で行介ときぬ子とは関係が出来たのであるが、その出来事について行介は自らが教師であることを意識して省みるということはしない。先の明治期Ⅱでは、島崎藤村の『桜の実の熟する時』には教え子に恋心を抱く青年教師について言及したが、その小説の恋愛は教師としてというよりも、女生徒とあまり歳の変わらない若い男性の恋心として理解するべきだと述べた。そして、男性教師は赴任してすぐに恋心を抱いたかのようであった。

だから、そのように理解すべきなのだが、この『波』はそうではないのである。にも拘わらず、見並行介には、きぬ子と男女の関係になってからは、かつて自分が教師であったことをそれほど意識していない。明治時代ならば、小学校教員は国家の国民を育てるという意識が多くの教師においてはそれなりにあったであろうが、大正時代となるとその意識が教師によっては薄れてきたということかも知れない。あるいは、教師も人間であるという意識がはっきりと出てくるのは大正時代からだと考えられるが、『波』の行介のあり方にそれを見ることができると言えようか。時代は新しい様相を帯びてきた。次に見る受験の問題もそうである。

三　受験体制下の教師など――藤森成吉・徳永直・久米正雄

明治から大正にかけて学制が整備され、比較的裕福な家庭に育ち、当人もそれなりに勉学に熱を入れる男子生徒の場合ならば、小学校から中学校、そして高等学校、さらには大学に行くことがエリートコースの道を歩むことであるというふうに思われていて、その結果、上級学校へ入学するための入学試験にパスすることに一生懸命になる者が増えてきた。入学試験に合格するためには、睡眠時間を減らしても勉強しなければならず、一日五時間も寝ては駄目で睡眠時間は四時間に抑えなければ合格しない、すなわち〈四当五落〉である、というような説がまことしやかに受験生の間で囁かれ初めてのも、この大正期である。その受験体制下での受験生の悲劇を語った小説に、久米正雄の「受験生の手記」（大正七〈一九一八〉・五）があるが、受験体制下においては教師も教師なりの苦労があったのである。
すでに明治期のところで見た芥川龍之介の小説「毛利先生」は、受験体制下での中学校で学問的実力にやや欠ける教師の話であった。必ずしも学力の高いとは言えない毛利先生は、受験に有利な授業を期待する、いわゆる進学校の生徒たちからは軽んじられるような教師であり、そこに先生の苦労があった。それは毛利先生の専門が英語であったため、余計に生徒たちは毛利先生に苛立ったわけだが、もしも受験に関係の無い科目の担当する教師が、その科目の授業を極めて熱心に行ったとしたら、どうだろうか。そういう問題を扱った小説が、藤森成吉の「ある体操教師の死」（大正一一〈一九二二〉・六）である。

木尾先生は、或る山国の地方の中学校教師だったが、教師と言っても体操教師で、木尾先生は、「どの生徒からも馬鹿にされた」のである。「一つには、それは先生の頗るあがらない風采から来ていた」のだが、その風采から「ペッカア（啄木鳥《きつつき》）」という綽名を生徒たちから付けられ、さらに先生には何の学問の背景もなく、「先生は高等師範出身ではなく、体操教習所を卒業してすぐ赴任したのだつた」と語られている。そのため、給与も職員中一番低かった。もっとも、そういうことだけならば、まだそれほど生徒たちから問題にされ、生徒たちからそっぽを向かれることも無かったのであるが、いけなかったのは「先生の善良性と真面目だった」ことである。たとえば先生は、体操の授業で「生徒を厳格に、規律的に、軍隊式に叩きあげるつもり」で授業をしていたのである。

しかし、先生が厳格にすればするほど、生徒たちは先生の言うことを聞こうとせず、先生に反抗したのである。さらにこう語られている。先生が「（略）厳格にすればするほど、生徒達は先生の云うことをきかなくなった、先生はその口をとんがらせ、大きな声を更に大きくしてどなりつけた、が、生徒達はびくともしなかった」、と。要するに、生徒たちは木尾先生を完全にナメていたのである。「生徒達はますます手強くなって、ほとんど全校連合で先生に抵抗し出した」とされ、木尾先生の眼の前で先生の綽名を言って罵り返してみたり、ある時は先生の背中に石を投げつけたこともあったと語られている。「そしてその事が学校の外の職員や校長の耳に入った時、先生は反って生徒に対する態度を非難され出した」のである。

　このことが「当時まだ三十前の先生に取って、此の教訓はしんから身にこたえた」（傍点・原文）ので、「それ以来、先生の生徒に対するやり口は次第に柔《やわら》かくなった」のであった。しかし、生徒の方は変わることなく、「みんなが例の綽名で呼び、又どの級もどの時間も先生をおもちゃにした」（同）とされている。しかし、先生は正直に生真面目に振るまい、生徒たちの「軽蔑や不人気を恢復《かいふく》しようと考えれば考えるだけ、あせればあせるほど、ただ一層忠実に自分の職務を尽くすより外ないと思った」とされている。では、木尾先生の何が問題だったのだろうか。その核心について、こう語られている。

　生徒達から云えば、が、単調な体操なぞを本気になってやる気はなかった、勉強は、もう外の学課だけでもいい加減疲れていた、体操の時間位は、せめて気らくにのんきに遊びたかった、そう云う気もちで遊ばせてくれるような先生こそ、彼等にとっては良教師だった、所謂几帳面な良体操教師ほど、彼等に取って面倒くさいイヤなものはなかった。（同）

さらに生徒たちは、「体操なんず、一体何の役に立つだい、そんなものを、誰が糞真面目《くそまじめ》になってやらづい」と思っていたのが、「が、木尾先生には、そう《ママ》生徒の呼吸はわからなかった」のである。彼は、「木馬」でも「スケーティング」でも、また「水泳」や「マラソン」でも、まず自分から模範を示してから、熱心に生徒たちにやらせるのである。生徒たちは、「ほかの学課をあれだけ真面目にやって貰やア、よっぽど力が附くがなあ」と、あるいは「まるで時勢を知っていなくて話にならねえ」と語っていたのである。受験に何のプラスにもならない体操の授業を熱心にする先生は、受験生の生徒たちにとって甚だ迷惑な存在だったわけである。生徒たちは木尾先生の「誠実」を知りながら、それを「反って嫌悪した」し、木尾先生は自分の「努力《どりょく》や苦しみに依って自分をも生徒をも少しも益せずに、反って傷つけ合っていようとは夢にも知らなかった」のである。

やがて、「その二十年近くの自分の惜しまない努力の為めに、いつか彼は精根をすっかり使い切って、木尾先生はまだ「四十幾つ」の年齢でありながら急速に老いていく。ほとんどその「容貌の様子は、まるで六十の老人のように年寄りじみて来た」のであり、ある日、跳躍台の授業のとき、木尾先生は例によってまず見本を見せようとしたのであるが、不甲斐ない失敗をしたことがあった。それから先生は休みがちになり、「つづいて一年間学校へ姿を見せなかった」のである。結局、「一年欠課のあと、先生は免職になった」。もっとも、健康が回復するにつれ、先生は時々学校へやってきて、「昔の先生と話したり、又保養と気まぎらせのように、いろんな学校の用事を手伝ったり」していたが、「頭もいよいよぼんやりして来たらしく」、とうとう先生の家族は隣県の生家へ帰って行った。そして、間もなく、先生は細君とまだ若い二人の子どもを残して死んだのである。

その訃報が報《しら》されると、「生徒達のあいだにも醵金の議が起った、なくなったと聞いて見ると、前の苛酷の記憶はそれとして、兎に角熱心な真面目な、無愛想ではあったが公平《こうへい》だった先生の面影が、みんなの頭へ浮んで来た」のである。もっとも、醵金に反対する者もいたのだが、しかし生徒たちはそれなりに木尾先生の「誠実」と「熱心」さを評価もしていたのである。その点において、生徒たちにとって木尾先生は懐かしさを思い起こさせる教師でもあったと言えよう。しかしながら、受験体制下の生徒たちにとっては、木尾先生はやはり傍《はた》迷惑な教師でもあったのである。

昭和一二（一九三七）年に発表された徳永直の「八年制」という小説については明治期Ⅱのところで論及したが、「八年制」の小説のテーマは、受験体制の事柄や保護者が子どもの学校教育に過剰に熱くなっていることの問題なのである。扱われた時期は、やはり昭和であると考えられるが、受験体制の問題が語られているので、ここで触れておきたい。

主人公の鷲尾は「尋常四年制が六年制に変った、最初の年の卒業生で」あり、「職工から作家になつた男」とされているから、いわゆる労働者作家らしい。彼は真っ当なことを思っている。たとえば、「今日、貧しいか、富んでゐるか、といふことは個人的な努力以外の、社会的な宿命とさへなつてゐるけれど、うけなければならない屈辱感《くつじょくかん》は個々のものとしてのしかかってくる！」、と。あるいは、「いったい「子供」とは何だらう？／学校で、児童と保護者の関係におかれるときは、明らかに「社会的」である。そして、家庭で、子供と親の関係におかれるときは、紛《まぎ》れもなく「私有的」なのである」、と。

あるとき、長男の「受持先生」が鷲尾を訪ねてくる。文士の鷲尾から教育についての感想を承りたいのだと言う。その「受持先生」は、「現在の教育が殆んど詰め込み主義であること。実際的、生活的でないこと、記憶と抽象ばかりで、例へば地理にしても非立体的であることなど」を細かく実例を挙げながら鷲尾に語る。そして、能力別のクラス編成についても自分は「内心反対」なのだが、「何しろ学校としては、校長の面目にかけて一人でも多く、上級学校へパスする児童を増《ふ》やさねばならぬのですから」と言う。さらに、市視学が学校を巡視した際、講堂で視学が訓示中に「不謹慎にも「拍手」したといふこと」から、校長から「君は当分昇給しないものと諦めて貰ひたい」と言われたことも語る。視学の話に共感したからした拍手なのに、である。また、自分は「帳簿」に「×印」が附いていると言う。鷲尾は「おお、教師にも黒表《リスト》があるのだ」と驚く。

鷲尾は「受持先生」から今の教育の状況を聞いて、それが教育の本質から外れているのではないかと思い、とりわけ、試験については「「試験地獄」といふ事柄が、社会的なものであるかぎり、それは決して個々の保護者や、一教育者のせゐではないであらう。しかしその社会的運命に追ひたてられねばならぬ児童こそ、何と不幸な過渡期に生れ合せたものであらう！」と思い、「試験、試験、教育の本質からみて試験といふものがそんなに重要なものだらうか？」というふうに思うのである。

「八年制」は、児童の保護者から見た学校教育や教師たちを取り巻く状況の問題点が語られた小説であった。そこには、「高橋君のお母さんは、××女子専門出で、子供が「総代《そうだい》」でなくなると、狂人のやうに小学校まで日参した」ことや、「後藤君のお母さんは、「まだ宿題が尠《すく》なすぎる」」と父兄会で受持教師に抗議した話なども語られていて、当時において今日で言うモンスターペアレントの問題がすでに出てきていることも知ることができる小説である。「八年制」が現代にも通じる教育問題が語られている小説とすれば、いかにも当時の時代特有の事柄が語られているのが、久米正雄の「父の死」（大正五〈一九一六〉・二）である。これは、「私の父は私が八歳の春に死んだ。しかも自殺して死んだ」という語り出しから始まる短編小説である。

「私」たち一家は信州の上田の町に住んでいたが、「私」の父はその土地の女学校の校長をしていて（ただし、小説では「小学の校長」と書かれてもいる）、その関係から「私」は「『校長の子』といふハンディキャップの下に」生活をしていた。ある夜中に火事が起きたのだが、それは父の学校であった。「火事の原因は小使の過失らしい」ということであったが、問題は「御真影」を収めている「六角塔」が焼け落ちたことだった。校長たる父は、火事の現場に駆けつけて、その「御真影」を取り出そうとしたらしい。現場にいた人の話によると、「校長先生はまるで気狂ひのやうになつて、どうしても出すつて聞かなかつたが、たうとう押さへられて了つたんだ。何しろ入れば死ぬに定まつてゐるからね」ということだった。そして、「その明くる日父は突然自殺して了つた」のである。もちろん、「御真影」を焼失させてしまったことの責任を取っての自殺であった。その自殺は、「左腹部に刀を立て、そして返す刀で咽喉《のど》にあて、突つ伏し、頸動脈《けいどうみやく》を見事に断ち切つて了つたのであった」というのだから、割腹自殺と言っていいだろう。

その葬儀では、沿道の女の人などが自分らを指して何か言い合っていた。そして、『私にはその批評されてゐるといふ意識が何となく愉快であつた。（略）何と云ふ妙な幸福を父の死が齎《もた》らした事であらう！　私はもう偉大なるもの、影が伝ふる感動の中に、心から酔ひ浸つてゐたのだ」とされている。また、一人の黒い洋服を着た人が私の肩を叩いて、「お父さんのやうにえらくなるんですよ。お父さんのやうに偉くなるんですよ。」と言ったのである。末尾で語り手は、「私は此時のかうした感激の下に永久に生きられゝばよかつたと思ふ。」と語っているのである。

このように、父の死もそれを褒める人たちのことも、語り手は感動的な話として語っているのだが、もちろん今日の感覚からすると、これはとんでもない悲劇であろう。写真一枚と人の命とが等価として考えられていたということ自体が、許されない人権感覚であり愚劣なことである。しかし、「御真影」のために殉職した教師たちのことは美談として語られたのである。

前田一男は「『四　人間解放と教師——大正デモクラシー下の教師——』」（『日本の教師22　歴史の中の教師Ⅰ』（前掲）所収）で、教師の殉職が当時大きく取り扱われたことについて、帝国教育会の『教育塔誌』（一九三七年）から次の一文、「大震災に際し日直として勤務中大震に遭い御真影奉安所前にて『御真影御真影』と叫びつつ一死以て奉護し猛火に包まれて殉職す」を引用しながら、こう述べている。

すなわち「（略）天皇制公教育のシンボルである御真影のために殉職した教師たちの行動は、そのまま国家のために滅私奉公できる生きた見本とされたのである」、と。「「美談」の捏造も含めて」、その後の戦時体制が強化されていったわけだが、子どもたちに対して、いかに生くべきかではなく、いかに死すべきかを教える教師の姿が、大正期にすでに明確な輪郭を持って現れ出ていたのである。

大正デモクラシーの影響を受けて教育界においても、明治期の国家主義的教育よりも子ども中心に教育を進めようとする動きが出たことはすでに見たが、他方では教師の「御真影」殉職事件に見られるように、天皇制による締めつけも継続していたのである。大正期の新教育運動も、国家に歯向かうような運動ではなかった。梅原徹は『大正教員史の研究』（ミネルヴァ書房、一九七七・一〇）で、「（略）新教育運動一般は本来、反体制的要素をほとんど持ち合せなかったといって過言ではなく、新教育を実践する教育現場では総じて教育の目的や内容といった、その質的吟味へ立ち入ることをできるだけ避け、むしろもっぱら方法や技術面での改革に熱中する傾向がでてきた」と語っている。

しかし、その一方で教育自治などを要求する運動もあった。これについても海原徹は同書で述べている。すなわち、「もちろんすべての教員組合がそうしたいわば安全無類の道を選んだのではなく、きわめて少数ではあったが、なかには経済的な待遇改善の要求をふまえながら、しかもなお教育自治や教員の自主管理などの広範囲にわたって要求運動や組織化することをめざすきわめて戦闘的な教員組合もあった。その代表例が下中弥三郎をトップ・リーダーとする啓明会であった」、と。啓明会の運動は大正期において注目すべきものであるが、この運動やこれと関わる教師の姿を小説化したものについては、残念ながら寡聞にして知らない。おそらく無いのではないだろうか。

大正時代は、また女性教員が増えた時代でもあり、それは教育における女性教員の独自の役割（たとえば慈母としての感化など）に眼を向けることでもあったが、他方で女性教員は男性教員よりも給与が低かったために財政の負担軽減として採用されることも多かった。そういう問題もあったが、女性教員自体の数が増えたことは、やはり大正デモクラシーの後押しが何らかの作用をなしたと言えよう。

また、児童や生徒の人間性を国家主義的な枠組みの中でのみ形成することが主流であったが、大正時代はすでに見たように子ども中心主義の教育が展開されていった時代でもあった。だから、子どもの感性や心性を文芸の読みを通して伸ばしていこうとする、ロシア文学者で文芸評論家でもある片上伸の『文芸教育論』（文教書院、大正一一〈一九二二〉・九）のような著書が著されたのである。

教育界に留まらず、大正時代というのは、思想や文学の領域においても実に興味深い試みや摸索が成された時代であったが、大正一二（一九二三）年の九月の関東大震災以後、社会は急速に厳しい時代に入っていくのである。

第四章

労働運動・社会運動と教師たち
——戦前昭和期Ⅰ

一　新興教育運動――山下徳治・池田種生・本庄陸男

一九一七（大正六）年に起きたロシアの一〇月革命は、日本の文学運動、社会政治運動に大きな影響を与えた。そのことは、たとえば雑誌『種蒔く人』にも見ることができる。

『種蒔く人』の第一次と言うべき土崎版は大正一〇（一九二一）年二月から四月まで三回刊行され、その後の第二次の東京版『種蒔く人』は大正一〇年一〇月から大正一二〈一九二三〉年一〇月まで刊行されたが、この雑誌は小牧近江たちがフランスのバルビュスらが起こしたクラルテ（光明の意）運動、すなわち第一次世界大戦直後に起こした国際平和運動の影響を受けて創刊されたものであった。刊行の前半期の雑誌には、マルクス主義だけでなくアナーキズムやサンディカリスムの立場の人たち、さらには左翼からすればブルジョアヒューマニズムとでも言うべき思想の人からの寄稿もあって、前半期の『種蒔く人』は思想において広やかな幅を持っていた雑誌だったことがわかる。

それが後半期に入ると、たとえば第一二号（大正一一〈一九二二〉年九月）に掲載されたH生という署名のある「プロレタリアの進行曲」では、アナーキズムが批判され、また第一九号（大正一二〈一九二三〉年六月）の藤森成吉の「破片」でも、真の芸術家は「（略）社会思想的にはアナアキズムを排し、断乎たるコミユニズムの立場を取る」ということが語られ出すのである。つまり、様々な思想を幅広く受け入れようとしていた『種蒔く人』は、「コミユニズム」と言うよりもマルクス主義、さらにより端的に言うならばボリシェヴィズムの立場を標榜する雑誌に傾いて行ったのである。雑誌刊行の後半期に現れたこの傾向は、やはりロシア一〇月革命の影響であると言うことができよう。因みに、文学の領域ではその後、『種蒔く人』に続いて雑誌『文藝戦線』が刊行され、しかし組織上および路線上の分裂があって、『文藝戦線』から離脱した文学者たちが雑誌『戦旗』を発刊するということになる。

文学界に見られる、大正末から昭和初頭にかけてのこのような左翼運動の活発な動きは、文学界に限らず、広く一般の労働運動や社会運動にも現れたが、教育運動もその例外ではなかった。その教育運動で最も大きな影響力を持ったのは一九三〇（昭和五）年八月に創立された『新興教育研究所』であろう。『新興教育研究所』は合法的な組織であったが、この組織は同じ時に『日本教育労働者組合』準備会を非合法に結成する。そして、準備会は同年一一月に『日本教育労働者組合』の創立大会をやはり非合法に開いたのであった。その運動の詳しい経緯や特質等については、それらの組織を論じている文献に譲るとして、ここでは新興教育運動が何を目指していたのか、どういう教育を行おうとしていたのか、ということに関して見ておきたい。

『新興教育研究所』の所長であった山下徳治の『新興ロシアの教育』（鐵塔書院、昭和四〈一九二九〉・一二）――なお、本稿での新興教育運動関係の文献からの引用は、すべて『新興教育基本文献集成』1～5巻〈白石書店、一九八〇・五～一九八〇・九〉に拠っている――によれば、「新興教育は、社会が唯物弁証法に於てのみ発展することを根本思想とするマルキシズムを理論的根拠としてゐる」のであり、したがってマルクスが「フォイエルバッハに関するテーゼ」で「哲学者は世界をたゞいろ〳〵に解釈して来た。だがそれを変革することが問題なのである」と述べたように、新興教育も他の教育学説と同列にあるような学説ではなく、「（略）変革的意義を有つことに於てのみその新しき出現が問題なのである」とする教育学説なのである。

このように、新興教育運動というのは、端的には教育におけるマルクス主義運動であったわけだが、山下徳治がとくに強調していることは、教育と政治との関係である。彼によれば、「教育は政治そのものではない」が、「併し政治が教育に対して制約的である限り、教育は政治を離れては社会的現実性をも失ふことになる」ということである。つまり、教育を超政治的あるいは超階級的に捉えるのは誤りなのである。もちろんそれは、山下徳治が教育を政治の問題に絡めたいから、そう言っているのではなく、事実として教育と政治とが絡まっている以上、そのことを無視するべきではないという主張なのである。そうであるのに、どうして教育関係者はそのことを見ないのか、というわけである。さらに、次のようにも語っている。

革命前の帝政ロシアに於ける名物の一つは、国民の文盲であつたやうに、吾が明治教育の特質の一つは、凡ての教育者を政治的暗愚に陥れることに依りて、政治を社会の民衆的批判の遙か彼岸に置き、その政策の運用を容易ならしめんとの隠然たる意図に外ならなかった。また教育者自らも、政治的無知を以て教育の聖潔を保ち、神聖なる教職を完ふする所以と心得て尚今日に及んで

ゐる。（傍点・引用者）

ここに述べられていることは、すでに「第一章　国家の子どもを創る教師たち――明治期Ⅰ」のところで見た問題と関わっている。明治政府は自由民権運動に多数の小学校教師が関わっていたことに驚き、以後は小学校教師を一切の政治から遠ざけるために、「小学校教員心得」などの通達を出したのである。「凡ての教育者を政治的暗愚に陥れる」というのは、そのことを指しているのである。さらに山下徳治が強調しようとしていたのは、新興教育運動と大正期の自由教育または新教育との違いである。「たま〳〵新時代の要求に従つて生れ出たものであるかの如き粉飾の中に現れたる高踏的新教育は教育者が夢想したユートピアであつて、それは現代社会の悩みそのものから奮闘的に出生したものでも亦形成されたものでもない」（傍点・原文）、と。つまり、大正の新教育というのは、階級の問題や政治の問題を全く閑却したところで行われた「高踏的」な試みでしかなかったというのである。

この大正期の自由主義教育または新教育に対する、新興教育運動からの批判は、池田種生の『動きゆく社会と教育の展望』（現代教育社、昭和七〈一九三二〉・七）においても語られている。たとえば、「自由教育家と称する人びとが現在の如く、富有家庭にのみ施され得る教育と、富有家庭の子弟の高い月謝によつて養われてゐる自分の経済的地位を見ず、ある程度まで今日の政治と関係なくしては成立しないことを真剣に考ふるならば、そんな教育などはゐれられないはずである」、と。あるいは、「所謂自由教育、新教育を称へる一派」のやった教育とは、「自由そうで不自由な教育、新しそうで古い新教育」であって、「所謂新教育なるものが資本主義経済組織の上に咲いたもろい花にすぎない」と述べている。さらに新教育については、「精神的観念的な新教育」という言い方もされていて、池田種生が新教育をどのように見ていたかをよく知ることができよう。

また、『動きゆく社会と教育の展望』には、「教育に社会性をぬいては残るものは何もないといってよい」として、「私は勇敢に言ひたい「社会改造なくしては教育の改造はあり得ない」と」とも語られている。山下徳治の場合は、教育と政治との関わりが問題にされていたが、池田種生は政治はもちろん広く社会との関係で教育を考えるべきだと述べている。たとえば、「汚い政治といひ、よごれた社会といつても、教育者が生きてゐる以上、そして今の社会でこの教育制度で働いてゐる以上、それから切り離して教育はあり得ない」と語っている。そして、大正期の自由教育あるいは新教育に対する批判も込めてこう述べている。繰り返しになるが、池田種生の言説のまとめとして次に引用したい。

社会を離れて教育なく、経済を離れて教育のないことを私は叫び、教育者の社会的経済的認識をつとに求めたのであつたが、自由教育といふ一見華かさうな議論が教育を幻惑して、遂にその正しい眼を開かせずにゐた。

そうであるのに、教職は聖職であり、教育者は資本家でも労働者でもなく、精神的な麗しい仕事をしている超階級的存在であるかのように、教員たちも思わされてきたのではないだろうか、そして結局、教員は「国家主義の奴隷」となっているのではないか、というのである。池田種生の論は山下徳治と同方向ではあるが、より詳細に論じられていると言える。

新興教育運動の重要人物で、小説『石狩川』（昭和一三〈一九三八・九〜一四〈一九三九〉・二）で有名な本庄陸男の新興教育論、すなわち『資本主義下の小学校』（自由社、昭和五〈一九三〇〉・一〇）についても簡単に見ておきたい。同書において本庄陸男は端的に、「まこと今日にあつては、教育は支配階級の重要なる観念生産の工場である」と言う。その「観念工場」たる小学校で「三十万近い小学校教員」が、子どもたちに「ブルジョアジーの観念を注ぎ込む筒先となつてゐるのだ」と述べ、さらに彼ら教員たちは、「（略）日々、教壇の上から、罪のない子供に、嘘とお伽噺を教へてゐる」として、国に尽くすこと、戦争に喜んで行くことなどを教えていると述べている。小学校の科目についても、「歴史と地理に現はれた軍国主義と国粋主義の謳歌は、来るべき戦争の予想した感情の訓練である」とされている。

そういう小学校とは、まさに支配階級の「自己階級の観念注入の工場たる小学校」であり、そこで働いている教員とはどういう存在かと言えば、「教員は、支配階級の忠実な番犬であつた。その観念生産工場学校に於いて、支配階級のイデオロギーを、被圧迫層の児童に吹き込んで暮らしてゐた」のである。あるいは、「彼等は、一定の教科書に、嘘偽《ママ》とお伽話《ママ》の数々を教へながら、謹厳な面構へを児童の前に曝し出し、教室といふ絶対的な境地にあつて、ブルジョア階級のための、おはなしを授けてゐる傀儡である」、と。そして、その「観念生産の工場」たる小学校では「校長といふ工場監督者」

の下に、「首席といふ中ぶらりん」の中間管理職がいて、その下の一般教員も含めて教員というものは「支配階級の奴隷である」と言うのである。

もちろん、いつまでも教員たちはその状態に留まっていてはならないのであって、教員は「変革のための運動」を起こさなければならず、したがって児童に対しての教育についてもこう述べる。「即ち、児童をして、徒らに天上の空想に遊ばしむるやうなあやしげなものではなく、今日の問題を直視することにより、現実の生活を、正しき自己の理想に革めて行くことである」、と。あるいは、これまで教員が支配階級のイデオロギーを児童に吹き込んできたことに対して、「併し乍ら、少なくとも此の国に於ては、かゝる事象の反対に、教員こそ、新社会の建設的捨石とならねばならぬ」と述べているのである。

こうして、山下徳治や池田種生、さらに本庄陸男の論を見てくると、彼らはとくに過激なことを言ったわけでも、奇矯な言を吐いたわけでもなく、むしろ教育の実態をよく押さえての発言だったと思われる。実際にたとえば、明治期のところでの文部卿福岡孝弟《たかちか》署名入りの「小学校教員心得」や森有礼の講演録を見ても、小学校教育とはまさに国家の支配層に従順で忠実な人物を形成することに最大の目的があったことがわかる。新興教育の論者たちは、そのことを強く意識して批判しているわけである。

つまり、公正中立な教育というものはあり得ず、多くの場合支配層に有利な教育が行われていて、公正中立さというのは見せかけのイデオロギー（虚偽の意識）に他ならない、それならば被支配層に有利な教育をこそ行うべきではないかというのが、新興教育の運動であったと言える。その際、すでに述べたように、大正時代の自由教育や新教育に対する批判とその主張が言わばセットになっているのは、大正の自由教育や新教育がイデオロギーを超越した教育を行っているかのような言説を語っていたからである。また、本庄陸男は『資本主義下の小学校』で「細民教育」に触れて、それは都市の「一隅に掃きよせられたルンペンプロレタリアの児童を、「国家将来のために」救済せんとするの仕事であった」と述べている。「救済」は本人のためというより国家のためなのである。坂本龍之輔の献身的で自己犠牲的とも言える仕事が、結果的にはまさにそうであったことを考えると、本庄陸男が同書で「その犠牲的よろこびを享楽してゐる中は、支配者の前で、支配者の北叟笑みの下で死にたいのだらう。善良さは、時々、愚昧の意味を表はしてゐる」と述べている言葉を肯定したくなる。

新興教育運動に直接関係したか否かに関わらず、新興教育運動に代表される思想的な潮流は大正末から昭和初年代にかけて多くの教員に影響を与え、当時いわゆる左傾する教員も珍しくはなかったのである。以下、この時代の教員たちを描いた小説を見てみたい。

二　目覚める教師たちⅠ——平田小六・三好十郎

平田小六の『囚はれた大地』は、一九三三（昭和八）年一一月から翌一九三四（昭和九）年五月まで「文化集団」に連載され、同年ナウカ社から単行本として刊行された小説である。戦後の昭和二四

（一九四九）年一月に改造社から出版された単行本には「序」が付されていて、「この国の大部分の民衆」は「貧困と無智の中」に置かれているが、「私の内部にめざめた最初の感情は、こうした未開と不遇の中に生れ、死に、愛し、よろこび、悲しみ、ながら生きる彼等の人間性に対する無限の共感と愛着であつた」と述べたあと、こう語っている。すなわち、「こうした青年の感傷的な共感と愛情は、やがて社会的な正義感、反抗へと変つていくのが自然な発展の順序ではあるまいか？　私自身の少年時代の苦い経験も加わつて、私は農民の悲惨を資本主義社会の矛盾として理解したのである。私はこの惨めで小さな農民を見殺しにしている人々と社会を呪つた。それに抗議し訴えたく思つた」、と。実際、『囚はれた大地』はその意図がよく表れた小説となっている。それとともに、この時代の教員の一つの典型が造形されている。次にその梗概を見てみよう。なお、本稿で引用している『囚はれた大地』は戦後の改造社版に拠っている。

——物語の舞台は東北地方の貧しい農村で、主人公の木村猾助《きむらけんすけ》は若い小学校教員であった。その農村には恋人のヨシノを金持ちに奪われる青年の佐藤清司、その姉で売春婦として売られ肺病を病んで帰村した峰のいる一家や、失業して飢餓の線上で生きてきた与一、その他、嘉四やサダ（子）、兵一などの若者たちが、大地主の搾取とそれに反抗できない大人の農民たちの間で生きていた。そうした中で、清司や兵一ら村の若者たちは、農民組合結成に立ち上がるのである。一方、木村猾助は小学校教員としての義務を果たしながら、その誠実な性格が村人たちにも知られて、村人たちから慕われるようになる。学校での授業も、彼は彼なりに工夫した試みで行ったりしたが、それが郡視学によって譴責されることになる。また木村猖助は、校長とも対立し同僚の教員たちからの支持も得られないということになり、学校教師の職自体にも情熱を失い始めるが、他方では農民女性のサダと結婚し、さらに村の若者たちの農民組合結成の動きとも繋がっていく。しかし物語の最後で、私服の警官が学校の職員室で木村猖助を待っていたのであった。――

以上が簡単な梗概であるが、『囚はれた大地』を教師小説として見た場合に興味深いのは、彼が授業を工夫しながら行い、そして郡視学からの譴責を受けるという体験をした中から日本の教育について、その問題の本質的部分に眼を見開いていくところであろう。その開眼は彼の社会意識の深まりとも関係しているのである。たとえば、「彼を動かした最大の教育理論は、あらゆる教育者達の教科書や論文ではなくて、自分の受けた教育の反対、その逆の態度を子供達に向けることであつた。そしてそれ以外の教育の仕方は悉く虚偽であるときめてしまつた」のである。具体的には、彼は最初の一年間文部省国語教科書を全く地方語に翻訳したのである。「そうすることによつて彼等の日常語からはほとんど外国語ほどにも違う国語を肉体的に習得することで出来ると信じた。次には日課目のうちから修身課を除外した」のである。当初は校長もその試みを「あぁァ、結構でごいす、熱心なことでごいす」と支持していたのである。

しかし、木村猖助のそうした授業を参観した郡視学は、木村を呼びつけて譴責したのであった。まず、郡視学は方言の使用についていろいろと理屈はあるだろうが、と言ったあと、「けれども、教員があの下等な百姓の言葉で教授するばかりでなく、いちいち読本に書いていることを方言に翻訳しかえるなどということは言語同断だ、（略）あれは直ちにやめ給え！」と高圧的に言う。木村猖助は必死になって、「国語教育とは……いや、我が国の画一的な教育が謬っているのです。百姓達にはもっと必要な別な教育が必要なのです。そうです、彼等は別な教育を欲しています。彼等はそれを喜んでいるのです。そして……」と抗弁するが、「興奮」して「あわてた」ため、国語教育における方言の問題だったのに、「（しまった、俺は教育そのものを否定してしまって！）」ということになったのである。

もっとも、木村猖助は「教育そのものを否定」したのではなく、日本の文部省による教育そのものを「否定してしま」ったと言うべきだろう。郡視学は「ははははは……」と「傍若無人な笑い声」で笑い、そして「国家の教育がどうだろうとは、君等の如き一教員の云々すべきことではない。君等はそれを黙つて遵奉していればいいんだ！」と言ったのである。そして、「君等という言葉に異様な響を含ませながら視学は蔑んだ冷たい眼で木村を見て、何か郡長の意見を求めるようにした」（傍点・原文）と語られている。このすぐ後、木村猖助は、「国家権力」あるいは「国家の意志」というものを実感として感じるのであったが、しかしそれは「絶対的なものでも、権威のあるものでもないような気がした」のである。そして、そう感じたことを、「そのことはずつと後まで彼に輝かしい印象として残るものになつた」とされている。「輝かしい印象」というのは、郡視学を通して感じさせられた国家権力に、自分は怖じ気づくことなく立ち向かったことに対してであろう。

さて、そういうことがあった後、木村猖助は日本の教育や学問について、それは「畢竟矛盾した超論理的な仮定の上に築き上げられる以上、科学的な学問の形態を備えることが出来ぬばかりか、ほとんど信仰に近いものとなるより外はない、と結論するのであつた」が、彼自身は学校での生活も「行き詰っている」と感じていた。こう語られている、「彼は学校にいる間じゆう自分が絶えず嘘をついているという風に感じて、（略）虚無的な皮肉な態度で教員達に当り散らしたり」したのである。校長は「事なかれ主義」であり、若い教員も「若いくせに世故にたけた」ところがあったりで、「（もう教員なんかやめてしまおう！）」と思うこともあった。職場やそれを取り巻く社会の矛盾に気付けば気付くほど投げやりな気持ちになったのだが、やがて彼はそのような精神状況から立ち直るのである。

階級の問題、社会の問題にぶつかり、時として「虚無的」にもなるが、木村狷助はやがてその状態から抜け出し、単なる反抗者ではなく、その反抗を真に効果的にするための戦略を身に付けたような、しっかりとした頼りがいのある闘士になっていく。それについては次のように語られている。「木村は今では学校に居て校長に喰つてかかつたり、何かの機会に自分の意見を述べたりする気持を失つていた」のだが、それは「そういう喰つてかかるべき対象をより広いものに見出したからである」、と。校長などに対しても、「木村はそういう相手に、面と向つて反駁したり、呶鳴り立てたりする無駄な努力の代りに、無関心を装うていて、それとは反対の側から自分の意見を実行してゆくよりほかはないと考えるのであつた」、と。

物語は、農民組合（具体的には木炭輸出組合）結成に対して地主側からの妨害があり、それに対して村の若者たちと彼らを支援する木村狷助の活動が描かれる話として展開していき、その間に木村狷助と村の娘との結婚があったりする。このように『囚はれた大地』は、小学校の一教員が農村の現実を目の当たりにして社会に対しての問題意識を深めていく物語として読める。おそらく、この木村猖助のようにして目覚めていった教師たちが、少なからず居たのではないかと考えられる。『囚はれた大地』はそのことを窺うことができる小説である。ただ、この小説は教師と子どもたちとの関わりや交流についてはほとんど描かれていないのが、残念ではある。授業の場面もわずかしか無い。方言を用いて行った国語教育などの話は、興味深い問題を示唆しているのであるが、話は郡視学との対立の方にいってしまい、その国語教育の試みが持つ可能性などの問題が展開されているわけではない。もっとも、その方向に話が展開されていったなら、小学校教員の目覚めや成長のテーマは、むしろ脇に追いやられてしまったかも知れないが。

小学校教員の社会意識の目覚めが語られている、この当時の文学作品としては他にも、たとえば三好十郎の戯曲『首を切るのは誰だ』がある。これは一九二七（昭和二）年五月一六日に書き上げられたが、活字となって雑誌に発表されたのは翌一九二八（昭和三）年五月号の「左翼芸術」に於いてである。

劇の舞台は「或る地方の県庁内、会議室」とされていて、その「会議室」で郡視学と小学校校長の恩田（六〇歳）が「本県教育界の大事件」について、お互いに責任のなすり合いをしているところに郡視学や県視学が入ってきて、県視学は誰が詰め腹を切らされることになるのかについて、「私共が皆そんな事にならぬ様に善後策を講じようとしているんじゃないか」と言う。そのとき、内務部長と一緒に入ってきた学務主任は県知事の本田（五〇歳）が来ることを知らせる。小学校教員の鈴木（二八歳）と農民の山田耕兵衛（四五歳）、それに体は大きいものの知力の発達が遅れているとされる息子の耕一が現れる。耕一は一八歳とされているが、まだ小学生なのである。耕一は先日来の小作争議の事について小学校の生徒を集めて「煽動演説」をして、その内容は「不敬にわたる点があったと言う報告」が警察から県に来ていたのである。

その演説に関して主任が、「……でお前は小作料が上ったのがいけないと言うのかね？」と問うと、耕一は「いけないも何もありません。……どだい、なぜ人の作った米を取るだ？」（傍点・原文）と言う。主任がさらに「米を取る」ことについて尋ねると、耕一は「そうではねえか。人の作った米を取るのは泥棒だよ。泥棒しちゃいけねえって（指して）先生も教えますだから泥棒は悪いです。俺は、はあ、泥棒は悪いと言ったまでだ」と言う。耕一の論は単純であるが、単純であるが故に否定できない説得力がある。もちろん、耕一の言う「泥棒」とは搾取のことを意味しているのである。主任が米を作る田地は地主のものだと言うと、耕一は「そんな事は知りまっせん。……俺のお父つぁんの田地が、なぜ地主さんのもんです？　田を拵えているのはお父つぁんだ」と反論する。

さらに郡視学が「それで、地主の味方をする者は、みんな悪者だと言ったそうだな！」と言うと、耕一は「言いました。泥棒の味方だから悪者だ。田を作っている俺のお父つぁんは、こんな汚えなりをしているのに、地主さんは働きもしねえのに立派な風をしているだ。……悪者の味方はみんな悪者であります。学校でそう教わっただ」と堂々と論を展開するのである。主任が教員の鈴木に「そうかね、君」と問いただすと、鈴木は「はい、いいえ。……はい、そう教えました。しかし地主がそうだとは言いません。唯単に……抽象的にその……」と歯切れ悪く答えるのである。そして、知事が耕一の受け持ち教員である鈴木の「引責辞職」のことを言うと、鈴木は家には何もできない父と母がいることを言いながら、「お願いです、退職にしないで、せめて転任にでもさせて下さい」と縋り付く。そのとき、しかし、それも聞き届けられないことを見て取ると、鈴木教員は「……（耕一をジッと見上げて呟く様に）本当だ！　お前の言う事は本当だ。お前の言った事は本当だ」と言い、さらに鈴木教員はこう言う。

「いや、本当です。悪いのは地主だ！　いや、何もかにもだ。みんな悪いんだ！　……ねえ、私は月給は五十円です。五十円で一週に三十八時間だ。校長は百円だ。そしてホンのチョイと修身を教えるばかりだ。視学さんは百三十円で何もしていない。課長さんは百七十円で、何もしない。知事さんは……。山田、お前の言った事は真理だ！　マルクスは……。」

鈴木は「見るがいい！　下積みになっているものが、みんな搾り取られているんだ！　本当だ！　畜生！　ロシヤでは……」ということまで口走るのである。その直後、内閣が倒れたという「確報」が入り、知事も「休職」ということになってしまう。「わが輩を辞職させたのは誰だ？」という知事の問いかけに対して、耕一は「ハッハッハッ。首を切ったのは誰だ？　誰かが誰かの首を切るだ。その誰かの首を又誰かが切る。又誰かが切るだ。（略）ハッハッハッハッ。」と応え、鈴木教員は「本当だ！　本当だ！　お前の言う事は本当だ！」と言うのである。

劇はさらに続く耕一の元気な哄笑で終わるのだが、この劇の面白いところの一つは、知力の発達が遅れているとされている教え子である耕一の、その単純明快な論に、教員の鈴木がむしろ説得されているところであろう。耕一の知識は乏しいであろう。しかし、だからこそ物事の本質を迷うことなく摑み取るということがあるのである。耕一は、地主と小作の関係は実は搾取の関係であることを鮮やかに指摘する。おそらく、それ以前からマルクス主義の本を少しは囓っていたであろうと考えられる鈴木教員は、目の前でその論が展開されたことにほとんど感動さえしている。鈴木は以前より漠然と考えるところもあった社会の真実を、言わば実感を持って改めて認識した教員なのである。その意味で彼も目覚めた教員であったと言える。

三　目覚める教師たちⅡ——谷口善太郎・本庄陸男

谷口善太郎は戦後は衆議院議員（当選六回）として活躍した政治家であったが、戦前には小説を書いたり映画制作にも関わった多才な人物であった。彼が書いた小説に『幼き合唱』（一九三二〈昭和七〉年七月作、新日本文庫『綿・幼き合唱』所収）があり、小学校教員が主人公の小説である。作品の末尾に、この小説で語られている話は、「一九三〇年の出来事である」とされている。

主人公の佐田万次郎は貧しい漁師の次男だった。本来なら小学校を終えたら漁師の仕事に就くはずであったが、佐田の頭脳の優秀さを高く評価する小学校の校長は、直々に佐田の家にやってきて、〈万次郎のようないい頭はめったにあるものではなく、放っておくのは惜しい、師範学校なら学資が出るので、そこへ進学させないか〉と両親を説得したのである。そして佐田は「K師範」に入学したのだが、貧しさから本も買えず、友人たちとの交際なども満足にできなかった。しかし懸命に学問に精進し、「艱難《かんなん》の五年間」を何とか過ごして遂に新任の辞令をもらったのである。

教員に成り立ての頃の教育に対する彼の姿勢については、こう語られている。すなわち、「――教職は神聖で金銭目当ての仕事ではない。純真無垢《じゅんしんむく》の児童を一個の完全な人格に作り上げてゆくこと、そこに初等教育の使命と真髄《しんずい》がある。教師たる者はその仕事の超社会的な天職たるを信じて、立派に第二の国民を育て上げてゆかねばならぬ。／この倫理をたたきこまれて、彼がK師範を出たのはこの三月であった」、と。まさにこれは、「第一章　国家の子ども作る教師たち――明治期Ⅰ」のところで見たように、初代文部大臣森有礼たちが考えていた小学校教員の〈理想像〉そのままと言える。あるいは佐田は、ナイーヴにその「倫理」を信じて、〈師範学校精神〉を具現化したような教員になろうとしていたのである。そのように意気込んで佐田は小学校に赴任したのだが、しかしそこで見たものは、〈師範学校精神〉のようなイデオロギー（虚偽の意識）では通用しない、厳しく且つ汚れた現実であった。

たとえば、同僚の教員たちに関して、「それから彼は見た。――校長のいる間だけ学校に居残る彼等を、校長の机へ花を飾る彼等を、校長と共に散歩する彼等を。／「神聖」な教壇に、阿諛と屈辱の蛆がわいていたのだ」、と語られている。しかし、そのことはそれなりに受け止めておくこともできた。問題は、市および府の視学と全市八十校の校長たちが佐田の勤めている小学校を視察に来ることになったときに起きる。もっとも、視察準備のため、学校側が生徒を駆り出して学校中を大掃除させたときに、その仕事の中で生徒自身が分業や協業の能率がいいことを発見したりするという収穫もあった。他方では、大掃除のような教授外の仕事では快活であった生徒が、一度教師から教育めいたことを言われると、たちまち萎縮するということもわかってきた。

佐田は、これは「間違った今の児童教育のおかげだ！」と思い、「児童の生活、児童の心理を少しも意に介せぬ教育そのものの罪だ」と考え、だが悲観してはならぬと思って、「おれはやろう。おれはもっと児童の生活にはいって行って真理を真理としての教育に挺身して見せるぞ！」と心の中で叫んだとされているが、語り手は続けてこう言う、「だが、これはこの若い教師の錯覚だった。今の教師にはそういう自由はなかった。もし、彼がその自由をふりまわすならば……」、と。そして「果たして、彼は間もなくこの「自由」のためにひどい復讐《ふくしゅう》を受けることになった」と語る。それは視学や校長が視察した、佐田の「読み方」の授業においてであった。

「読み方」の授業での教材は、私財を投げ打って村のために用水池を作った昔の庄屋の話であった。生徒に自由に質問させる授業をしていた佐田は、この授業でもそれを行ったのだが、斎藤という生徒が「今でもこんな親切な人はあるでしょうか?」と問い、佐田は「それはあるかも知れません」と答えたものの、斎藤がさらに「でもお父さんはないと言いました。今の金持は自分のふところばかりを考えていて、めったにたくさんの人のために計らないと言いました」と言ったのである。すると佐田も、「そうです、それは残念ながらほんとうです」と受けて、その斎藤が語った家庭での話に関して、「（略）今の上に立つ人はなかなか他人のことを考えてくれません。世の中がそれだけ悪くなったのです」と言ってしまったのであった。

「言ってしまって彼はハッとした」のだが、やはり自校の「校長は真赤になっていた。拳を握っていた。その拳がぶるぶる震えていた」のであった。校長はその場で「果たして、今先生の言われた通りに、斎藤の父が言うことがただしいだろうか」と授業中の佐田に質問したが、佐田は「はい、わたしは正しいと思っております」と答える。もちろん、校長は視学や他の校長の手前、佐田のような「いやしくも赤化教員に等しい言辞を弄することは言語道断だと思った」のであった。後で校長は、佐田を呼んで全同僚のいる前で罵倒することがあった。同僚の一人がこの問題を何とか穏便に済ませようとして、佐田に対しては校長に詫びを入れさせ、さらに視学や他の校長たちにも先ほどの発言の撤回と詫びを言わせようと取り計らってくれたのだが、佐田はそれを肯んずることなく、先ほどの発言をなおも続けようとするのであった。「社会の現実は、用水池を作った庄屋のような人間をますますなくしています。毎日の新聞をご覧なさい」云々、と。

以上のように、やや詳しく『幼き合唱』の内容を見たが、佐田という青年教師は、教材についての児童の質問に触発されて、社会の問題を真摯に捉え直して語ろうとしたのである。佐田は師範学校を卒業した時点ではとくに左傾していたわけではなかった。社会の問題については、自身の貧しい生い立ちから深く考えるところもあったであろうが、そういう問題よりも、むしろ師範学校精神に対して忠実な青年教師だったのである。それがこのように〈変貌〉していったのである。このように、当時の体制にとっての言わば牙城の一つであったとも言える小学校教育と師範学校から、反体制の旗幟を鮮明にする教師が出てきたとすれば、それはやはり体制側に衝撃を与える出来事ではあったと言えよう。

一九三四（昭和九）年五月号の『改造』に発表された、本庄陸男の『白い壁』は、小学校教員の杉本が主人公と言っていいが、杉本自身の境遇や思想のことなどはほとんど問題ではなく、彼を視点として彼の眼に映った子どもたちのことが語られている小説である。

物語の場所は東京深川の細民街の小学校で、杉本は尋常四年生の四十名近くいる「低能児学級」を受け持っている。杉本は彼らを「せめて普通児並みの成績に近よらせたいために、それからそれが駄目ならば可能な限り職業教育を受けさせたいために」奮闘していた。しかし杉本には、彼らは本当に「低脳児」なのだろうかという疑いも一方ではあった。たしかに、たとえば川上忠一という少年は「当代の心理学者」による科学的な知能測定では八〇に満たないのであるが、他方で忠一は「（略）こんなに淀みなく胸にひゞく言葉をまくし立てる」こともできる。だから、「それほど本当のことを何の怖気もなくぱつぱつと云つてしまふ子供たちから、受持教師の杉本は低脳児といふ烙印を抹殺したいとあせるのであつた」と語られ、杉本は「低脳児といふ烙印」に対して懐疑的であったのである。

『白い壁』に登場する子どもたちは、すべて不幸な子どもなのである。柏原富次は母親から学校を休まされ、「コルク削りの内職手伝ひ」をさせられている。父親は学校に行くことは大切だと言うのだが、父親は病の床に伏せっていて、その妻すなわち富次の母親に抗弁することができない。富次は「発育不全」でもあった。塚原義夫は視力が〇・五しかなく、そのため「注意散漫」となってしまうのだが、父親は眼鏡を買ってやろうとしないのである。父親は、「べら棒めえ、そんなお銭がころがつてたらば、だなあ――こちとら親子がな、おう、先生！　三日がところお飯《まんま》にありつけようと云ふもんだ」と言う。また、元木武夫の継母は嫌がる武夫を奉公に出そうとする。奉公に出ることは嫌だと、武夫は杉本に訴えるのだが、母親は「手、手前はさつき、神様の前で、承知しましたと吐たぢやねえか、継母だと思つて舐めやがつたな……こら、畜生ツ！　武！」と髪を振り乱して言い、父親は父親で倅に暴力を振るおうとさえするのである。

子どもたちが学校に行きたがり、校舎の「吹きつさらしの屋上運動場」で放課後も遊んで家に帰りたがらないのは、家での彼らの生活が辛く惨めだからである。彼らにとっては、たとえ勉強が苦手であっても学校の方が家よりも比べものにならないくらい楽しい所なのである。「白い壁」というのは、雨の日でも子どもたちの視力を傷めないために内部の壁という壁は真っ白く塗られている小学校の校舎の、その壁を表していて、校長はそれが自慢のようなのだが、しかしそういう設備よりも細民街に生きる子どもたちの生活環境を改善の方が断然重要なことは、言うまでもないだろう。

『白い壁』に登場する教師の杉本についての描写には、『幼き合唱』の佐田万次郎のような目覚めが明示的に語られているわけではないが、細民の子どもたちに愛情を覚えて接する杉本が、子どもたちの不幸の原因がどこにあるかを理解していくことが十分に予想される小説となっている。あるいは、社会的政治的な問題に目覚める直前の教師像が描かれた小説だとも言える。もちろん、目覚めたとしても、その後には厳しく辛い政治的社会的現実が待っていた。

四　時代の悪気流に抗う教師――三浦綾子・石坂洋次郎

三浦綾子の小説『銃口』上・下（小学館、一九九四〈平成六〉・三）は、戦後ほぼ半世紀経って書かれた小説だが、『銃口』の上巻が扱っている時代は、戦前昭和の初頭から昭和一〇年あたりにかけての時期である。ここには時代の悪気流の中で懸命に教育の理想に従って生きようとした教師のことが語られている。本章では『銃口』の上巻の物語だけについて論じ、下巻で語られている物語については次章で取り上げるつもりである。

物語の舞台は北海道の旭川で、主人公の北森竜太は尋常小学校に通っていた。その小学校には河内という先生がいて、当時の天皇制下の教育イデオロギーを疑うことなく実践しているような教師であった。ある時、浅田という生徒が「奉安殿を掃除する竹箒を股に挟んだ」ので、河内先生は浅田をきつく叱るということがあった。「奉安殿」とはあの「御真影」が〈安置〉されているところのことである。その時、そこに居合わせた坂部先生は「天皇は生徒たちの恐れの対象ですか、敬慕の対象ですか」と河内先生に言い、さらに「河内先生、天皇は、浅田の今の姿を見て、不快に思われるお方ですか、頬笑ましく思われるお方ですか。奉安殿に背を向けるなとは、天皇が欲し給うた教育ですか。」ということを言って、その場の浅田を救ったのである。

もっとも、ここで坂部先生は天皇について言及しているのだが、本気で現天皇（昭和天皇）がそのようにあり得べき君主であると考えていたとは思われない。坂部先生が天皇は「敬慕の対象」ではないかというのは、河内先生が浅田に対して行うかも知れない処罰等を封じ込めるための、言わば方便としての理屈であったと考えるべきだろう。だから、その後、浅田と竜太をつれて教室に戻った坂部先生は、「あんな、必ずしも河内先生が悪いんじゃないんだ。世の中が少しおかしくなっているんだ。ご真影が燃えて切腹したり、教育勅語を読みまちがえたそれだけのことで、長年立派に勤めてきながら校長を辞めて行く、そんな世の中だから河内先生は……」と語るのである。これはまだ子どもの児童たちに語った言葉であるから、坂部先生の本心はこれだけではわからないが、おそらく坂部先生は左翼思想の持ち主だとは、少なくともこの時点では言えないだろう。この時点以後も、そのように言うべきではないと思われる。ともかく坂部先生は、ファッショ化に急速に傾いていっている当時の悪気流に対して、眉を顰めて憂慮している、ヒューマニズムの立場に立つ、そしてまさに良識のある教師であった、と捉えるべきであろう。

たとえば坂部先生は、竜太たちにこう言う。「みんな、この坂部先生が怒る時はな、たとえばここに足の悪い友だちがいるとする。その友だちの歩き真似《まね》をして、からかったり、いじめたりした時は、猛烈に怒る。体が弱くて体操ができない子や、どうしても勉強ができない子を見くだしたりした時は、絶対許さない。また、家が貧乏で、大変な友だちをいじめたりしてみろ、先生はぶんなぐるぞ。只《ただ》ではおかん」、と。こういうことを子どもたちに真正面から言う教師は素晴らしい教師と言っていいだろう。こういう教師に出会えた子どもは幸せである。竜太はその子どもの一人であり、坂部先生との出会いによって竜太は自分の人生を築いていく方向を決めたのである。先に引用した坂部先生の話の少し後に、語り手は次のように語っている、すなわち「この坂部先生との出会いが、竜太の一生を大きく左右することになろうとは、むろん竜太は知る筈もなかった」、と。

坂部先生語録とでも言えるのではないかと思われるようなことを坂部先生は言っている。それらがいずれも竜太に影響を与えたと言える。たとえば坂田先生は、「遅刻っていうのは、みんな悪いと思うよな。だけど、何でもいいとか悪いとか、簡単に決めるのは、あやまちのもとだと先生は思うよ」と言う。これは、貧しい家計を助けるために、朝早くから納豆売りをして学校に遅れてしまう中原芳子のことを庇いながら言った言葉である。あるいは、「（略）人が信じているものをやめれとか、信じたくないものを信じれとは、決して言ってはならんのだ」という言葉、さらには「竜太、どうしたらいいかわからん時は、自分の損になるほうを選ぶといい。大体それがまちがいないと思うよ」、「いい返事は幸せを呼ぶ」といった言葉などである。

竜太たちの卒業のお別れのとき、坂部先生は改めて、「人間はね、みんな人間だ。上も下もない。人間は平等なのだ」ということを言う。坂部先生なら当然出るべき言葉であるが、この言葉には坂部先生の教育への思いやその姿勢が込められていると言えよう。したがって、生きている一人の人間を〈現人神〉などと言っていた当時の支配的思想を、坂部先生が苦々しく思っていただろうことは十分推測できることである。もちろんそれは、前述したように、坂部先生が左翼思想を抱いていたからではないのである。ヒューマニズムの立場に立つ彼の人権意識あるいは人権感覚から自然と出てくる考え方であったのである。坂部先生に影響を受けた竜太は、「（略）坂部先生のような先生になるのが、ぼくの理想なんです」と坂部先生に言う。坂部先生は「先生はうれしいよ」と言うものの、坂部先生は「竜太、竜太には（略）誠実に、一人の男になって、社会に影響を及ぼして欲しいんだ。教師の道より、もっとお前に合う道がお前にあるかも知れない」とも言う。

しかし、やはり坂部先生のような教師になりたいと思った竜太は師範学校に進んだのである。そして、師範学校を卒業した後、一九三七（昭和一二）年九月に最初の赴任地の空知郡幌志内の学校に赴任する。そこには、坂部先生とは違った個性の持ち主であったが、坂部先生と同じく尊敬に値する先輩教師がいた。男性教員の木下先生である。たとえば、学校の訓育主任が、最近は転入者が増えて「本校のこの買食い禁止の良風が乱される心配があります」と言ったとき、木下先生は「買食い、買食って、そんなに買食いって悪いもんですかね」と、「言葉はおだやかだが、みんなはぎくりとしたよう」な異論を提出するのである。木下先生によれば、炭坑で両親が働いている家庭の子どもが多いところでは、親に代わって家事をする子どもに親が駄賃を与えるので、その金で煎餅や大福餅を子どもが買って食べることが、なぜいけないのか、というわけである。買食い禁止の校則があるなら、それは「つまらん校則」だと言うのである。

そう言う木下先生を見て竜太は、「要するに木下先生は、正しいと思うことを、只《ただ》一人でも、やり遂げる勇気のある人間だということなのだ」と思うのである。また或る日——小説では「昭和十三年二月二十一日」とされている——、朝礼で校長が、生徒たちにこの一年間で一番強く心に残っていることは何かということを聞いたのだが、それに対して五年の級長や高等二年の副級長たちは、家の猫が死んだこと、あるいは運動会の徒競走で一等を取ったことなどを述べた。それに対して校長は、この一年間で日中戦争が全面化していったこと、その戦争で日本の兵士が戦っていることを、生徒たちが全く言及しなかったことを取り上げて、それが「情けなかった」と語ったのである。むろん校長は、日本が戦争していることを生徒たちは述べるべきであったと思っているわけである。しかし、木下先生は、日常生活の中で「生徒たちにとって、戦争が身近なものにならないというのは無理もない」ことだと述べる。ここで木下先生は単に子どもを庇っているだけでなく、校長のような軍国主義一色に染まることに対して、異論を提出しようとしているのである。

木下先生は他にも、竜太にとって言わば師表となるような言動をする先輩教員であったが、堂々と正論を語る彼は、竜太の研究授業を大いに評価したことがあってから、「そして半年後、突如木下先生は僻地に左遷された」ということになったのである。その前の一九三九（昭和一四）年の冬休みに入って、木下先生を中心に作られた「教授法を学ぶ会」という勉強会で、木下先生は竜太の教育方針を支持し激励を与える話をする。それは、「（略）教育は全人格的でなければならないと、まあ極めて平凡なことを、生意気にも校長さんに言ったわけですが、わたしは基本的に、北村君と同様小学校教育は国語力に負うところ大きいというのが持論です。読むこと、書くこと、理解すること、言葉を綴ること、つまり綴り方ですね、これらをいろいろ興味を持てるように教えていくのです」、という話であった。

因みに、この勉強会で竜太は木下先生がキリスト信者であることを知り、また木下先生を見ながら、「ふっと竜太は坂部先生の顔を思い浮かべた。どこか共通の印象が二人にはあった」と語られている。実際、竜太にとって、坂部先生と木下先生とは真に心から尊敬できる先輩教師だったのである。また竜太は、二人の先生から共に「生活綴り方教育」の大切さを教えられたことにもなったのである。この「生活綴り方教育」が治安当局から危険視されて、坂部先生は獄に繋がられることになるが、それは『銃口』下巻について論じるときに見てみたい。

さて、この章を終える前に石坂洋次郎の『若い人』について触れておきたいが、その前に『麦死なず』について触れておくと、石坂洋次郎の戦前の小説で教師が主人公のものは『麦死なず』(昭和一一〈一九三六〉・一〇刊、改造社)がよく知られている。たしかにこれは教師(中学校)が主人公の小説ではあるが、しかしこの小説では、主人公の教育者としての面よりも、主人公とその妻とが革命運動やその闘士たちとの関わり合いの方が主たる話なのである。だから、ここでは『麦死なず』は割愛したい。

『若い人』は、昭和八〈一九三三〉年五月から昭和一二〈一九三七〉年一二月までに「三田文学」に全一八回に亘って連載された小説で、単行本としては前編が昭和一二〈一九三七〉年の一月に続編が往年一二月に改造社から刊行された。しかしここで引用するのは、その改訂普及版（前編が昭和一四〈一九三九〉年一月、続編が同年二月に改造社から刊行）である。

——舞台は北国のミッションスクールで、間崎慎太郎は五年生の生徒である江波恵子の作文を読んでから彼女に関心を覚えるが、一方では同時に赴任した同僚の橋本スミ子にも好意を抱く。物語は、江波恵子と橋本スミ子との間で揺れ動く間崎慎太郎の恋の行方をめぐって展開されていく。間崎慎太郎と江波恵子との関係ならば、島崎藤村のところでも見た、若い男性教師と教え子の女生徒との恋の物語であり、実際にも二人は結ばれるところまでいく。しかし、間崎慎太郎は橋本スミ子への好意を払拭することもできない。それを見た江波恵子は間崎慎太郎と別れる。そしてその後、間崎慎太郎と橋本スミ子は上野行きの列車の中にいた。——

『若い人』をこの説のテーマの観点から見ていくと、橋本スミ子のあり方とそれを批評する間崎慎太郎の橋本スミ子観に興味深いものがあると言えよう。間崎慎太郎は、「彼の均整とれた健康な肉体は、彼がディオニソス的な放縦熾烈な虚無主義《ニヒリズム》に陥ることから彼を引きあげ、保護してくれる」のであり、彼は「二日と続けて懐疑主義者であることが出来なかつた」と語られている。心身とも健康で、というよりも健康すぎて物事を深く考えたり懐疑したりすることのない青年であったということである。

そういう彼からは、左傾化している橋本スミ子は、次のように思われるのである。すなわち、「かの橋本先生の輩なぞ、頭ででつち上げた偏質《ママ》的な理論をこのぼやけた風物画の上に押しつけて身勝手にイキ込んで居るが、結局私的な空しさを詫びしさを敵本主義にわめき散らして居るに過ぎんのだ」、ということになるのである。あるいは、「貴女がたの理論には隙間が無い。だけどその理路整然とした一体系の風貌は、凡そガッチリとは反対な、その身支度に一部の隙も見せない華奢な紳士のやうな印象を与へ勝ちなのは、結局、理想と現実との距離の縮め方に大きな手抜きが行はれて居るからでは無いかと思ふのです」、と。また、「科学的だとか弁証法だとか階級だとか意識と環境だとか、言葉はいろ〳〵新しい。けれ共それ等の言葉を理解する貴女がたの態度は、嘗ての青年達がボードレエルやヴェルレーヌを読んだ場合と同じやうに、ひどく高踏・放縦なものに感じられるのです」、と。

おそらく、当時の左傾化した教員の中にはこの間崎慎太郎の批評が当たっている者が、かなりいたのではないかと推測される。要するに間崎慎太郎は、青年たちのマルクス主義受容は要するに新しい物好きのモダニズムの一種なのだと言っているわけだが、たしかにその要素は大いにあったのである。また、私的な恨み辛みを公的な大義名分で包んでいるのではないかということも言っているのだが、それも多分に当たっていたのである。もっとも、だからと言って、彼らにあった正義感を否定することはできない。しかし、そういう弱点が昭和初頭の左翼運動には確かにあったのであり、その弱点が露呈するのは転向の時であった。彼らの多くはその弱点部分に躓くようにして転向していったのである。

しかしながら、なるほどこのような間崎慎太郎の橋本スミ子批判には鋭いものがあったと言えるが、東京への修学旅行で女生徒たちを引率して皇居にも行ったときに、間崎慎太郎は「まことに此処こそは彼女等のすべての薫育教養の大本に照臨し給ふ高く尊き現し神のまします神域であるのだ」というふうに感じ入るくらいであるから、その知性の程度はお世辞にも高いとは言えないであろう。もっとも、この箇所は微妙なところで語り手の感想なのか間崎慎太郎の感想なのかが区別しにくいものとなっているのだが、ここは間崎慎太郎自身の感想に語り手の感想を重ねて述べたところだと解釈するのが妥当であろう。

それはともかく、間崎慎太郎から批判されたような弱点を持ちながらも、女生徒たちにマルクス主義的な歴史論の授業を熱心に行う橋本スミ子は、やはり一本筋の通った女性教員と言えると思われる。橋本スミ子も、その思想と言わば生身の彼女自身との間には幾分隙間があったり問題もあったりしたであろうが、しかし彼女も当時の悪気流に精一杯抗していこうとした一教員であったことは確かである。しかし、ファッショ化が進んで行く内に、その悪気流に抗しきれず、逆にファッショのお先棒を担ぐような教員も出てくることになるのである。

第五章

軍国主義下の教師たち

——戦前昭和期Ⅱ

一　軍国教師として――三浦綾子

三浦綾子には自伝小説が四作あるが、角川書店の雑誌「短歌」に昭和四七（一九七二）年四月号から昭和四八（一九七三）年三月号まで連載された『石ころのうた』（昭和四九〈一九七四〉・四刊、角川書店）は、三浦綾子が高等女学校入学から戦後の昭和二三（一九四八）年までの時期を扱った作品であり、その時期は昭和一〇年代の軍国主義の時代とほぼ重なっている。舞台は北海道の旭川である。

女学校時代から話が始まるが、当時から敗戦に至るまでの時代の間、語り手の「わたし」（すなわち著者の三浦綾子と言っていい）は政治的支配層の語る言説をそのまま信じる、実にノン・ポリティカルな若い女性であった。この時期を回想してこう語られている。「当時「国体の本義」という本が、国民教育の書として、幅広く読まれた。天皇が著しく神格化され、その天皇に生命を捧げることを光栄とする教育がなされはじめたことも、わたしたちは何の抵抗もなく受け入れた」、と。しかし、「抵抗」がなかったのは三浦綾子たち生徒だけではなかった。この叙述の直ぐ後で、「わたしの記憶する限り、わたしの身近で、戦争反対をとなえたり批判したりした教師はいなかったような気がする」と語られている。おそらく、「わたしの記憶」は間違っていないと考えられる。昭和一〇年代においては、大正末から昭和初頭にかけて盛り上がりを見せていた新興教育運動や労働組合結成に向けての教員の運動は、治安当局の弾圧によって急速に力を失っていったのであるから、「わたし」の周囲に「戦争反対をとなえ」るような教師はいなかったであろう。

たとえば、海老原治善は菅忠道・海老原治善編『日本教育運動史3　戦時下の教育運動』（三一書房、一九六〇・一二）の中の「第一章　自由主義教育運動から郷土教育運動へ」で、「（略）自由主義教育の発展形態としての郷土教育運動を推進した郷土教育連盟も、一九三三年（昭和八年）の長野教労弾圧事件以後、急速な上からの日本精神主義運動の前に、運動は困難をきわめていった」、と述べている。「長野教労弾圧事件」というのは、長野県下の新興教育運動に参加していた教師たちが、一九三三年二月に治安維持法違反として大量に検挙された弾圧事件のことで、小学校教員二〇四人を含む計二三〇人が検挙され、起訴者二九人、裁判での実刑者は一三人、行政処分を受けた者は一一五人を数え、全国的にも〈教員赤化事件〉として大きな衝撃を与えたとされている事件のことである。

そして、この事件以後、文部省による日本精神に基づく教員の再教育が組織的に行われるようになる。『日本の教師22　歴史の中の教師Ⅰ』（前掲）に収められている、「青森県　H・H生（二七歳）」と「静岡県　J・S生（二七歳）」の「「日本精神」の講習を受けて」と題された「感想」文を読むと、二人ともかつての自らのマルクス主義体験や左翼体験がいかに浅薄なものであったかを語り、これからは「皇国精神の真髄に徹し、我が大和民族の使命を死守」することの重要さを語っているのである。これは偽装転向でなかったとしたら、やはり無惨なまでの敗北であると言うべきであろう。あるいは、情けないまでに完璧に洗脳されたと言える。ともかく、先鋭的であったはずの教員でさえも、こういう有様であったのだから、後は推して知るべしであろう。三浦綾子の女学校時代、そしてその後の小学校教員時代というのは、実にそういう時代であったのである。

ただ『石ころのうた』の中で、女性の数学教師で中村トクという、「ちょっと冷たい感じのするほど理知的な美人であった」先生が、今日も兵隊が出征して行ったということを語った後、「そして、瞬時言葉をとぎらせ／「皆さん、人の命って、本当に大事なものですよ」／といったかと思うと、ハラハラと涙をこぼし、ハンケチをしばらく目に当てられた」ということがあったと語られている。この先生は急病でその後一ヶ月と経たぬうちに亡くなったのだが、「ハラハラ涙をこぼされる以外、教壇からは何もいえない時代だったのだ」と、語り手の「わたし」は語っている。もっとも、このように語り手が言うのは、後になってからの感想であって、女学校時代も教職に就いてからも「わたし」は当時の支配的イデオロギーを疑うことなく信じていたのである。

すでに、マルクス主義の革命運動は徹底的に弾圧されていて、先に「長野教労弾圧事件」に触れて述べたように、体制批判をすること自体がもはや難しい時代になっていたのである。だから、昭和十年代に青春期に入る「わたし」辺りの世代が、そういう理論や思想に接触する機会は稀だったと言えるが、ましてノン・ポリティカルだった「わたし」が、国家体制に対して批判的意識を持つことなどは不可能であろう。「わたし」の最初の赴任校は、「この学校のあり方が、軍国主義の最先端を行っている」ような小学校であったが、「わたし」はそのことに気付かなかったと語られている。この学校では校長が率先して軍国主義教育を行っていて、それに対して教員の間にも不満があって、「四十名近い教師たち」は校長派と反校長派との二派に別れていたのだが、反校長派についても「しかしこの教師たちにしても、朝の出勤時間の早いことに、生理的苦痛を感じていたに過ぎず、軍国主義そのものには、さして反対していなかったように思われる」、と語られている。

そういう中で、山下孝吉という三〇歳くらいの教師について、「彼は、軍国主義にのめりこんで行く教育に反対し、校長の教育方針に反対だった」とされ、山下孝吉教師は「温厚で、いつもにこにこしてい」て、父兄にも同僚にも評判のいい教師であったようだが、「(略)彼が自分の生きる姿勢を、おだやかに、しかし堂々と押し通したことに、わたしは今でも頭が下がるのだ」、と「わたし」は語っている。山下孝吉教師のイメージは、『銃口』上における、北森竜太の勤務先の先輩教師であった木下先生と重なるところがあるのではないだろうか。そうであるならば、木下先生像を作るにあたってこの山下孝吉教師が参考になっているのかも知れない。

しかしながら、「頭が下がる」のは後のことであって、当時の「わたし」の、社会や戦争に対する意識は、すでに見てような世代的問題があったにせよ、あまりに幼すぎてほとんど無知と言ってもいいのではないかと思われるほどである。たとえば、「恥ずかしい話だが、わたしはほとんど新聞を見たことがなかった。ラジオも持っていない」とされ、「「お国のすることは正しい」/「お上のすることは、まちがいない」/こう信じていたのは、何もわたし一人ではない。それが庶民の大方の在り方であった」と語られている。教師は知識人の一人なのだという自覚も、ましてや自負もないのである。知識人とは、自身の身近なことだけでなく、自分から離れた遠い事柄や問題にまで眼が届いてそれらの問題を自身の人生と関係づけて捉えようとする存在だとするならば、この「わたし」は全く知識人ではない。本人も言うように「庶民の大方の在り方」の内に自足している人物である。

このように「わたし」は自身を「庶民」の一人、すなわち知識人ではなく大衆の一人として捉えているのである。おそらくこういう捉え方は、明治時代や大正時代の小学校教師にはなかったであろう。彼らの多くは自身のことを知識人の一人、あるいは少なくとも知識人に近い存在として捉えていたと考えられる。大正期はともかくとしても、明治期は確実にそうであったであろう。しかし、旧制の帝国大学をトップにした学制が大正期に入って整備されるにしたがって、教師を養成する師範学校や高等師範学校の系列は、それら旧制大学をトップにした学制の系列より一段下に位置付けられることになったが、そういうことも「わたし」の「庶民」意識の在り方と関わっているかも知れない。

また、当時の「わたし」はこう思っていた。「天皇のために、よい教師であろうという、当時としてはごく一般的な立場に立っていたのだった」、と。戦争が益々激しくなっていた昭和一九年に学校に少年航空兵募集のポスターが貼られたのだが、「わたし」は小学三年生の男の子たちにポスターを指し示しながら、こう語るのであった。「大きくなったら、あなたがたも、み国のために死ぬのよ」、と。そして続けて、「何と愚かな教師であったことだろう」と、後になっての「わたし」の思いも書き添えられている。後になってからの思いはまた、「なぜ、十六や十七の少年が、敵艦めがけて死んで行くのを、わたしたちは手を叩いて眺めていることができたであろう。つまり、そのような心境にならせるのが戦争というものなのだ」というふうにも語られている。

「わたし」は、多くの人が戦争を肯定し賛美して疑わない気持ちになっていった、その「戦争中の思想統一の恐ろしさ」を語っているのだが、教師はむしろ率先してそうした危うさの中に子どもたちを引っ張っていくことがあったと言えよう。「わたし」はそうした教師の一人だったのである。たとえば、「「天皇陛下の赤子《せきし》を育てる」／という、錦の御旗をかかげた教育の在り方に情熱は持っていても、その天皇がいかなる存在か、また、戦局がいかに動いているかを知る、聡明な触覚は持ってはいなかった」、と。しかしながら、「わたし」の回りにはそういう「聡明な触覚」を持った人がいなかったかと言えば、いたのである。ただ、当時の「わたし」にはそのことが見えなかったのである。

そういう「触覚」を持っている人物としては、『石ころのうた』には「危険思想」の持ち主とされている「E」という青年もいたのが、ここではやがて「わたし」の勤務校となる旭川市の「啓明小学校」の校長である横沢校長について見ておこう。彼は「わたし」を採用しようと思って面談するのだが、「わたし」にそのときこう語るのである。「わたしは、自由主義が一番いいと思っているんですがね。どうも時代が変ってきて、一体どうなるんでしょうか。軍国主義で人間を教育できるとは、到底思えないんですよ、わたしは……」、と。「この言葉を聞いて、わたしは非常に驚いた」のであるが、同時に「情ない校長だ」と思うのである。軍国主義に頭を全く洗脳されていた、当時の「わたし」としてはそうであろうが、後になって「わたし」は、自由主義を評価していた横沢「校長のあり方は、今にして思えば正しかったのだ」と思うのである。

この横沢校長は警察から幾度か家宅捜索を受けたことがあったようである。それは、道内の教師たちも何人か検挙され、特に絵や綴り方の教師たちに弾圧の手が伸びたのであったが、横沢校長はそれらの教師たちから先輩として慕われていた関係から捜索を受けたらしいのであった。横沢校長は当時にあって珍しく一本筋の通った校長であったと言えよう。もっとも、横沢校長とは違って決して褒められた筋の通り方ではないと私は考えるが、『石ころのうた』の中でも、大正期で見た久米正雄の「父の死」のように、「御真影」の焼失について「戦時中、この写真が焼けたため、自殺した校長も何人かいた」と語られている。こういう校長たちも一本筋は通っていたと言えようか、間違った通り方であるが。

さて、「わたし」がどっぷりと浸かっていた戦時中の皇国教育イデオロギーというものを、次に見ておきたい。

二　皇国教育イデオロギー――能瀬寛顕・長谷川瑞

能瀬寛顕の『新日本の学校訓練』（厚生閣、昭和一二〈一九三七〉・二）を読むと、当時の軍国主義日本における皇国教育イデオロギーというものの大凡《おおよそ》を知ることができる。能瀬寛顕は冒頭の「緒言」の中で、「吾々は国家活動の一部面として教育を実施せる」のだと述べ、教育とは国家のためだということをまず掲げる。言うまでもないが、ここには教育は子ども自身の成長のためだとした、たとえば大正時代の自由主義教育の発想などは微塵も無くなっている。さらに能瀬寛顕は「欧米の教育学的考察では、日本的教育の組織を観ることはできない」として、その「日本的教育の組織」の特徴として、

「学校は教授の場所ではなく、人物養成の道場であり、大きな家庭でもある」と述べる。「大きな家庭」であるから、「校長を父として受持を母として学友を考へ」るのである。こういうふうに、或る組織（この場合は学校）を「道場」であり「家庭」であると捉えるのは、旧日本軍においてもそうであったのであり、これは丸山眞男が『日本の思想』（岩波新書、一九六一・一一）で論じているように、その〈私的な親しさ〉が下位の者に限度の無い献身と奉仕を強要することに繋がったのである。下位の者にとって、それは過酷なことであった。

それはともかく、能瀬寛顕によればこの点が、「（略）欧米の如く個人主義的観点から社会の組織を考へる所謂「社会主義」的立場を排して、国体のため、公のために自己を尽すこと」を考える「日本的教育」の特質なのである。「個人主義」と「社会主義」とを無造作に繋げる思考は粗雑であるが、能瀬寛顕は続けてこう述べている、「公のために一命を犠牲にする事が軍隊的教育の精神であり、之が日本的訓練の最高峰といはねばならぬ」、と。「公」はまた「他」とも言い換えられていて、「奉仕」とは「他のために己を尽す事」であり、その「他」とは、「其れは「君国」である。而して「家」である」とされ、続けて「詰り、君のため国のために尽す「忠」は国民としての奉仕である」と述べられている。そして、「（略）君国のために自己の一切を其の事に捧げつくして、自己といふ観念を無にするものであるから、之を（略）「国体主義」といふのである」、と。

このあたりまでの紹介で皇国教育イデオロギーがどのようなものであるかについては、その見当がつくと思われ、あるいは馬鹿〳〵しく感じられるかも知れないが、皇国教育イデオロギーの言わば正体を見定めるために、さらに見ておきたい。能瀬寛顕は、日本人は「祖先を神聖化して、「尊祖」即ち「敬神」といふ、より一段高次の精神的階級観念をもつものである」と述べる。「精神的階級観念」という言葉が精確には何を意味するのか不明であるが、それは措くとして、「尊祖」「敬神」に関して能瀬寛顕は次のように述べている。「その祖先の最高は天照大神にましますから、最大の尊祖は直に敬神となることはいふまでもないこで《ママ》あると共に、その直系に当らせ給ふ《ママ》　天皇陛下を敬することはやがて、国と家の霊を慰めんとする理想を追ふことにもなるのである」、と。

ここで「天皇陛下」の上が一字分空白になっているのはミスプリントではなく、当時は「天皇」や「天皇陛下」の文字の上を詰めて書くのは不敬に当たると考えられていたからである。つまり、「天皇」（の文字）の頭の上は空けておかなければ畏れ多いというわけである。

結局、「（略）国民の一致団結によつて皇室に御尽し申すのであるといふ所謂億兆一心の共同生活を内的に体認する」ことが大切なのである。「つまり、「上御一人に尽す」といふ強い純粋な国民魂をもつて自己の日常生活を営み、自己と周囲の関係を円滑にしてゆくのが日本人本来の面目である」ということになる。そのことを学校という場で言うならば、「要するに、利己的学習を避けて、学級を「吾等の学級」と考へさせ、之に向つて自己の働が幾らかでもお役に立つ（学級協同の学習に参加される）やう自らを誡め且つ励ますやう、その学習態度を養成することが肝要である」ということになるのである。もちろん、繰り返して指摘しておくと、「自己と周囲の関係」や「学級協同」ということが強調されるのも、つまるところ、「（略）それは只一途に「君国」のために己を尽くすことであ」

るからである。

　能瀬寛顕が「尊祖」「敬神」ということを述べ、それを「天照大神」と繋げて語っているのを見たが、彼は他方で、「元来、我が国民は上に尽し奉る赤誠をもつてゐる。その最も強く表れたのが封建時代の武士階級の道念であらう。即ち、「主君」、「お上」に尽すことを以て唯一絶対の道を考へ、それを国民の第一資格と信じたのである」として、「忠」の理念の重要さを語るのである。要するに、「天照大神」を信仰する神道と封建道徳とをここでも無造作に繋げて、皇国教育イデオロギーの説明としているのである。これは思想のごちゃ混ぜである。そのことにさすがに気が咎めたのか、能瀬寛顕は先の引用文に続けて、「主君」「お上」に尽くすような、「かうした精神を吾々が均しく持ち得る所以は遠く高ケ原《ママ》時代よりの農本的生活様式によるところ頗る大であると思ふ」というふうに、取って付けたような理屈を語っている。

　もちろん、これはいい加減な理屈付けである。このようなことに関しては、久保義三が『天皇制と教育』（久保義三編著、三一書房、一九九一・八）の中の「序章　天皇制と教育」で述べていることが参考になるであろう。すなわち、「天皇制ファシズムは、その特性にふさわしく、それなりに一貫した教育観を組織しえなかった。国体史観に基づく教育観にしても、異質の思想の断片が、相互に抗争しながら無責任に癒着しあっていた。個人と全体、科学と神話、自発性と服従などが無造作に結合しながら、基本的には治世と科学、国民の自発性に対する恐怖によって、それらは教育のなかで抑圧されていった」、と。たしかにそうである。『新日本の学校訓練』においても、「天照大神」云々ということが語られる一方では、「「生活の科学的訓練」換言すれば合理的生活の指導」ということが言われるのである。それでは、「天照大神」云々は「科学的」なのか、と著者の能瀬寛顕に問うても無駄であろう。著者の頭の中では、まさに「異質な思想の断片」が混在して「癒着」していたからである。

さらに、教育についての当時の思潮を知るために、もう一冊の著書を見ておきたい。それは千葉師範附属小学校に勤務していたと思われる長谷川瑞の『国民学校皇民錬成　学級訓育と総合教授』（弘学社、昭和一四〈一九三九〉・一一）である。これはファッショ化が一段と進んだ時期に出された著書である。長谷川瑞も同書で能瀬寛顕と同じく、日本の教育は欧米の個人主義とは異なると述べる。すなわち、「（略）欧米に於ける個人主義、自由主義に基づく自己のために知り自己のために行ふと言ふ観念を打破して、天皇の御ために日本民族国家発展のために知り且つ行ふのだと言ふ精神を修練することである」（傍点・原文）、と。さらに修身や国史などの教科の勉強と相俟って宮城遙拝や伊勢神宮遙拝、神社清掃を行うことによって、「児童の全生活を国体に帰一し、皇国の道に帰一せしめ度いと考へる」と述べる。

本書にはルソーやフレーベル、ペスタロッチさらにはヘルバルトなどへの言及はあるものの、それらの言及は欧米の「個人主義」や「自由主義」の教育を批判するために彼らの名前が引かれているにすぎないので、「我が国の教育は、明治天皇が「教育ニ関スル勅語」に訓へ給ふた如く、一に我が国体に則り肇国の御精神を奉体《ママ》して、皇運を扶翼するをその精神とする」のである。だから学級運営においても、「（略）学級を協同社会として成立せしむる紐帯をなすものは、個人の利益と云ふ個人主義的な精神ではなくて、国体を同行し皇運を扶翼し奉るといふ精神なのである」（傍点・原文）ということになる。さらにより端的に、「次に学校は国家の成員たる国民をして「国家の中にはめこむ機関」であり」と述べられ、したがって学校は「（略）国家の理想、精神を体得せしめる場として経営されねばならない」というのである。

そのような学校での「教師は国家の所有する文化を愛するが故に、国家を代表し之を次の世代を形成する児童に伝達し、固有文化の伝統をまもりつゝ、絶えず文化を更新創造せしめる能力を養ふために学級を構成し」なければならないのである。そして、その学校および学級では、「其処では個人の自由を主張すると言ふ欧米的な精神は全く消去されて、個を全体に奉仕せしめ、自己を殺すことによつて全体を生かすと言ふ日本精神の精華が遺憾なく発揮されるであらう」と語られる。もっとも、個性の尊重などが全く否定されているわけではない。しかし、「「個性の尊重」と言ふ事は、我が国に於ては、個人のための自由主義的・個人主義的なものではなく、実に「全体の生長」「国家の発展」「皇運の扶翼」の為の「個性の尊重」である」とされる。つまり、あくまで「全体」「国家」のためにある「個性」、あるいは「全体」「国家」の下位に位置付けられる「個性」であって、それらを上回ったり、ましてやそれらを脅かすような「個性の尊重」であってはならない、というわけである。しかしそれならば、「個性」の「尊重」とは言えないだろう。このあたりの論述にも、先ほど見た、「異質の思想の断片」が「無責任に癒着」し、「無造作に結合」している様子が見られるのである。

以上のような言説は、昭和一〇年代になって教育界においてもまさに跋扈《ばっこ》し始めたと言えるが、もちろんそれ以前にもすでにそういう言説自体が語られることは珍しくなかった。そもそも、明治期に出された「教育勅語」自体が、その元凶と言えるわけであるから、そのことは当然であった。たとえば、東京高等師範学校の訓導であった川島次郎の『修身教科書問答』（厚生閣書店、昭和五〈一九三〇〉・五、再版昭和六〈一九三一〉・五）には、昭和一〇年代に入って益々声高に主張され出した、教育における国家主義イデオロギーが当然のごとく語られている。すなわち、「「勅語の旨趣に基づいて道徳の実践を指導する」とは結局忠良なる臣民として即ち「よい日本人」として、その本分を全うするやうにその生活を導くことである」、と。

そして修身教科書の価値は、まず第「一」に「国家の手によつて編纂せられ、国家の要求を表はしてゐること」とされる。要するに、まず国家ありき、なのである。そしてその国家の中心、根幹が皇室だとされるわけである。その皇室に関する教材は「知らせる」部分が多いのだが、「が、その知るといふことは直ちに尊崇景慕の情と結合しなければならない」と語られる。この時期の『修身教科書問答』の内容および表現はまだ「教育勅語」における徳育、皇室および国家に対する重視という範囲を大きく超え出てはいないが、しかしながら昭和一〇年代に入ると、先に見たような、まさにイデオロギッシュな皇国教育の言説が語られ出すのである。この時代の小学校教育について、入江曜子は『日本が「神の国」だった時代――国民学校の教科書を読む――』（岩波新書、二〇〇一・一二）の中でこの時代に言われた「皇国民錬成」とは、「具体的には、低学年において天皇と天皇制への賛美、忠義、愛国心などを感覚的に、つまり説明なしで刷り込むことであり、高学年においては強力な日本人としての自覚、とくに大東亜共栄圏の盟主日本の国民としての自覚をもつ「皇国民」を養成することにあった」と述べている。

『石ころの歌』の三浦綾子は、この節で見てきたような皇国教育イデオロギーを疑うことなく信じ、そして入江曜子が述べているような中味の「皇国民錬成」を熱心に行っていた教師だったと言えよう。おそらく、そのことに対する慚愧の念と反省もあって、『銃口』の物語は書かれたのではないかと推測される。

三　戦争下の教師――三浦綾子

『銃口』下の冒頭部分で、一九四一年一月十日の早朝、勤勉な教師たちが教壇から姿を消したとされている。その数は六十人とも八十人ともいうと語られている。そして、「これが北海道綴り方連盟事件の始まりであった」、と。北森竜太もその事件に連座して警察に連行されたのである。この事件については、作者の三浦綾子は担当弁護士であった高田富與の記録から次のような文章を作中に引いている。

……この事件の捜査なり検挙なりの端緒がどうであったか、私のよく知るところではないが（中略）中央検察庁の何人かが、生活教育や生活綴り方教育、殊にその研究などの団体に対して、治安維持法違反の疑いを持ち、これを地方に指令したのではないかと思われ、この指令によって先《ま》ず北海道綴方教育連盟に着目したのが、容疑の発端ではないかと思う。

さらに引用されている高田富與の文章によると、この中央の指令に誤りがあったらしいのであるが、取り調べに当たった検事や警察官は教育実践のことなどもよくわからないままに、ともかく被疑者たちを治安維持法違反の犯罪者に仕立て上げようとしたようなのである。『銃口』下の物語においても、検察や警察による的外れの検挙によって、竜太たちは警察に留置されたのである。坂部先生もその一人であった。先に見たように、竜太は少年時代から正義感のある人物であったが、ノン・ポリティカルなタイプであった。だから竜太は、警察に留置されてからも、「(おれのどこが治安維持法に触れるというのだ。おれが天皇陛下の写真に、子供の時から一度でも欠礼したことがあったか)/(天皇陛下以外の誰かに、日本を治めて欲しいとねがったことがあったか)」と思うのである。実際、竜太の言うとおりである。ノン・ポリティカルな彼には、反体制思想の欠片も無かったのであった。

やがて、旭川警察署に拘置された竜太は無理やりに退職願いを書かされることになる。退職願いを書かされた時点で、竜太はようやく自分の立場がおぼろげにわかったのである。またそれまでの竜太は、法というものや国民の生活の安全を図るはずの警察の働きというものに、何の疑いも持っていなかったのだが、「だが、只素直にそう信じてきた竜太にも、どこかおかしいということがわかってきた」と語られている。刑事が警察署内で竜太に坂部先生とわずかな時間だが会わせてくれることがあった。その年の四月のことであった。坂部先生は「逆さ吊り」などの拷問に遭って憔悴してしまい人相も変わるほどであったが、その精神の姿勢は変わることはなかった。坂部先生は「竜太、人間が人間として生きるというのは、実に大変なことだなあ」と言い、しかし、人間は人間でなければならない、「竜太、苦しくても人間として生きるんだぞ」と語る。さらに「絶望してもいい。しかし、必ず光だけは見失うな」と語る。

竜太は坂部先生の強い言葉に自分の弱さを省みるのであったが、しかし坂部先生は弱さにおいては「同じだよ、竜太」ということを語る。だが、自分が自分を投げ出したら誰が拾ってくれるのか、「自分を人間らしくあらしめるのは、この自分しかないんだよ」と言う。そして、社会のこの状態はいつまで続くのかという竜太の問いに対しては、坂部先生は「よくても悪くても、いつまでも今日の状態がつづくと思うな。そして希望を持つんだ。きっといい人生が待っているとな」、と竜太を励ます。やはり、坂部先生は立派な先生であったと言えよう。しかし、この拘留生活で体を壊した先生は、七月の初めに警察から衰弱した体で戻ってきたものの、その一ヶ月後に亡くなったのである。竜太がこのことを知ったのは、八月下旬に竜太が「保護観察扱」として釈放されてからであった。坂部先生の死を知った竜太は「絶望の淵《ふち》に沈んで」しまいそうであったが、後に妻となる中原芳子の励ましと、「自分の人生を投げ出してはならない」と言った坂部先生の言葉に支えられるのである。

坂部先生は、その後の竜太にとっても人生の師表となった教師であり、戦後になっても竜太は「坂部先生ならどうするか」と考えることがあったように、それだけ尊敬できる教師だったのである。おそらく、この坂部先生には、作者の三浦綾子の思いが込められていたと考えられる。『石ころのうた』のところで見たように、三浦綾子自身は当時の軍国主義の風潮に無批判に流されるだけの教師であったのだが、そういう自身に対する反省もしくは慚愧の念が、こういう教師にいて欲しかったという思いになり、それが坂部先生像として形成されたのではないかと想像されるのである。

その後、竜太には召集令状が来て、昭和一七（一九四二）年の二月に入隊し、そして中国大陸に出征する。竜太は警察の取り調べを受けたときに、警察を含めての日本の社会秩序のあり方というものに対して、「どこかおかしいということがわかってきた」と思ったのであるが、しかしなお当時の社会やその組織に対して批判的に見るということを、竜太はしないのであった。徴兵されて軍人になってからも、「一方竜太の心には、天皇のために死ぬということを誇りとする思いもあった。（略）「皇軍《こうぐん》」という言葉が竜太は好きだった」とされ、また〈苟も酒色に心奪われ、又は欲情に駆られて本心を失ひ〉ということの無いようにと誡めた戦陣訓など、「竜太は日本の兵士に、こんな教えは不要ではないかと思っていた頃があった。（略）他の一般日本国民と同様、竜太はまだ日本の軍隊を知らなかった」とも語られている。

正義の存在だと思っていた警察に懐疑的な眼を向けるようになったのなら、同様に軍隊組織にもそういう眼を向けていいはずであるが、そうはならないところが竜太なのである。つまり、竜太はやはりお人好しで依然としてノン・ポリティカルな感性と知性から抜け出られない青年だったということである。おそらく作者は、竜太のような、必ずしも鋭い知性と判断力を持っているとは言えず、ましてや英雄的な存在とは決して言えない一人の青年を主人公にすることによって、当時の日本の一般的な青年の姿を描き出そうとしたのであろう。

さて、兵士として大陸に渡ってからの竜太にはドラマティックな出会いがあった。それは、一九四五年八月一五日の敗戦直後に、敗走の兵であった竜太と山田曹長が抗日義勇軍の部隊に捕まったのであるが、その部隊を指揮していたのが、以前日本のタコ部屋から脱走して農家に隠れていたところを、竜太の父の北森政太郎に助けられたことがあった金俊明だったのである。そのとき父の政太郎は「たとい朝鮮人でも同じ人間だ」と言ったのだが、その「凛と言い放った政太郎の言葉に、男の顔に安堵の色がみなぎった」とされていた。その「男」が金俊明だったのである。金俊明は竜太の家にそれから「二十日余り」匿われていた。因みに、そのときに金俊明と竜太の姉の美千代との間には、淡い心の交流があったようである。金俊明はかつて自分が助けられた恩義から竜太たちを釈放しようとする。むろん、金俊明の部下たちには竜太たちを助けることに異論もあったのであるが、自分が代わりに撃たれてもいいとまで言って、「熱誠を傾けて」竜太たちの助命を懇願する金俊明に説得されて、抗日義勇軍の部隊は竜太たちを釈放したのである。

そういうことがあって、無事に日本に辿り着いた竜太に、帰還して間もなく、中原芳子の勧めている学校の横尾校長が、市内の学校に勤めてはどうかという話を持ってきてくれたのであった。しかし、竜太は自分には教師の資格がないと言って、一旦はその話を断る。実は、竜太たちが下関の駅まで復員してそこで握り飯を食べていると、二人の男の子が物欲しげにそれを見詰めていたとき、同行の山田曹長はすぐに一つを与えたが、竜太はそれを惜しむ気持ちが働いたのであった。そのときのことを自己嫌悪とともに思い出し、「自分の教え子に対する優しさは、恵まれた環境にあっての優しさだ」と気づき、自分には教師たる資格は到底ないと思っていたのである。

しかしこのすぐ後に竜太は、自分が兵役中に親切にしてもらった近藤上等兵が部下を庇って戦死したという知らせを受け取り、気持ちに変化が出てくる。そして、竜太は父母と芳子に次のように語る。自分は日本に帰ってからむなしい気持ちになったりしたが、「でも、今日近藤上等兵の最期を知って、何かが自分の中で始まるのを感じた。甘ったれちゃいけない。立ち上がれ、という声を聞いたような思いになった。ぼく、やはり教壇に帰ることにする。教壇に立って、近藤上等兵のように生きた人間のいることを、生徒たちに教えてやりたいんだ」、と。やがて、竜太は自身の母校である大栄小学校に勤めることに決まる。そこには芳子の勤める啓成校の横尾校長が栄転することになっていて、横尾校長は竜太と今は亡きあの坂部先生の妻でやはり教師をしている坂部冴子先生の二人を連れていくことを主張したのである。

それは横尾校長が、坂部冴子先生と竜太とが共に「綴《つづ》り方《かた》事件」に巻き込まれて、「思わぬ苦境をなめたことに、深い同情を抱いたためである」とされ、また、「と共に、思想弾圧の恐ろしさを身をもって体験したこの二人こそ、真に教育者として熱情を傾けることが、横尾校長の思いの中にあった」とも語られている。横尾校長については、「戦時中も軍国色に染まらず、かなり自由な教育をした横尾校長の評判は高かった」と語られている。おそらく、この横尾校長は『石ころのうた』で語られている、旭川市の「啓明小学校」の校長であった、あの横沢校長がモデルであろうと考えられる。横沢校長は軍国主義では人間を教育できないと語り、自由主義の教育を貫いた人で、綴り方事件のときには検挙された教師たちに慕われていた関係から捜索を受けたこともあった人物である。それはほとんどそのまま小説中の横尾校長に重なるであろう。

なお、かつて竜太の受け持ち教師で、坂部先生とも対立していた河内三造は、「軍国主義者追放の嵐が吹き荒れ」る中、教壇を去ったと語られている。この後、物語は末尾に至って一気に時間が流れ、一九八九年二月二四日になる。昭和天皇裕仁の葬儀が行われた日である。芳子が竜太に、「昭和も終わったわね」と言うと、竜太は「うーん、そういうことだね。だけど、本当に終わったと言えるのかなあ。いろんなことが尾を引いているようでねえ……」と語り、「竜太が答えた時、不意に強い風が吹きつけてきた。二人は思わず風に背を向けて立ちどまった」というように、意味深な終わり方をしているのである。

たしかに、二〇一五年の現在においても、竜太の言うように「いろんなことが尾を引いている」と言える。未だにあの戦争の正当性を語る、どう見ても賢いとは言えない為政者たちが、我が物顔で国会議事堂を歩いたりしているようでは、たしかに本来はとっくに終えていなければならないはずの問題の、その「尾を引いている」と言えよう。

それはともあれ、すでに述べたように『銃口』上・下は、三浦綾子の〈こうありたかった〉という思い、あるいは〈こういう教師にいて欲しかった〉という思いが語られている小説と考えられる。もちろん、生活綴り方の運動やいわゆる北方性教育運動の中には、その種の教員もいなくはなかったかも知れないが、しかし、大半は当時の軍国主義に屈服していったのである。それも、弾圧されて無理矢理という形だけではなく、本章の第一節で見たように、自らの方から進んでそのイデオロギーに尻尾を振った教員たちも、少なからずいたのである。だから『銃口』上・下は、横尾校長や木下先生にはモデルがあったようだが、彼らとともに坂部先生像に——坂部先生にはモデルはあったか否かは不明であるが——、とりわけ坂部先生像を通してあり得べき教員の姿を、こうあって欲しい教員の姿を虚構の中で造形した小説と言える。

四　反軍国主義を貫く教師——下村湖人

すでに「第三章　新しい教育観を持った教師たち——大正期」の第二節で下村湖人の『次郎物語』については触れていて、物語の第三部から本格的に登場する朝倉先生について、彼が生徒の心を読んで適切な指導をする優れた教師であるとともに、根っからの反軍国主義者で且つ権力に靡かない人であったことを、その箇所で述べた。また永杉喜輔が、『次郎物語』の第三部までは下村湖人の人生と重なる叙述が多く話は明治期のようであるが、第四部に至って話は急に昭和期に入っている、ということを述べていることを紹介した。そして、読者がそのことに気付かないと指摘していることも併せて述べた。ただ、第二部や第三部が明治期であるということについては私に異論があったのだが、しかし第四部以降で話が急速に昭和期に入っていることは間違いないのである。朝倉先生が物語の中心人物の一人になって活躍するのも戦前昭和期の第四部以降である。ただ、第四部以降は、戦後になって出版されている。つまり、戦後になってからでないと書けない事柄が書かれているのである。

さて、第四部（一九四九・四刊）では次郎は中学五年生である。物語ではいきなり、朝倉先生が講演会の後で少人数の座談会に出席したときに、五・一五事件について自分の意見を率直に言ったところ、それを一部の軍人が問題にし憲兵隊までが動き出したということが語られる。その座談会での話の内容は、〈将来日本を亡ぼすものは恐らく彼らだろう〉というものであった。「彼ら」とは言うまでもなく軍人である。次郎は「朝倉先生だけだよ、今の時勢にそんなことが堂々と言えるのは。」と言うが、事態は急速に悪化して朝倉先生は中学校を辞めなければならなくなる。朝倉先生を慕う生徒たちから朝倉先生の留任運動のためにストライキをしようという意見が出る。それに対して次郎は、「ストライキのような卑怯な手段で先生に留任してもらう」というのは、先生に対して「ひどい侮辱」を与えることだと言ってストライキには反対し、「血書」を書いて自分たちの気持ちを表そうと言う。しかし結局は、「血書」を書いても朝倉先生の辞任を食い止めることはできなかった。

そのことを見ていた、次郎の父の俊亮は、「血書」を書いた次郎には「英雄的な誇りを感じているように思えてならない」ので、今のような時代こそ、そうであってはならないことを語る。父の俊亮も立派な人物として登場し、すぐ後には朝倉先生と肝胆相照らすような仲になるが、俊亮は次郎にこう語る。「静かに、理知的にものを考えて、極端に言うと、つめたい機械のように道理に従って行く、そういう人間がひとりでも多くなることが、この狂いかけた時代を救う道だよ」、と。この俊亮の言葉は朝倉先生の言葉でもあったと言っていいだろう。ただ朝倉先生は、自分のために「血書まで書いてくれる教え子がいる」ということには「私はうれしいんだよ」と素直に喜んでもくれたのである。しかし、事態が落ち着くまでは、自分のところには来ないようにと言う。「今の時代は、やたらに犬ばかりがふえて行く時代だからね」、と。そして、そう言う「朝倉先生の声は低かったが、めずらしく憤りにみちた声だった」と語られている。

次郎の回りには、父の俊亮や朝倉先生など、当時としては珍しく反軍国主義の考え方をしっかりと持っている大人たちがいるのだが、俊亮の後妻のお芳の弟で、したがって次郎にとっては叔父になる、やはり教師をしている徹太郎もそういう一人である。徹太郎は言う、「軍国主義と独裁政治と秘密探偵とは切っても切れないものだが、日本も今にそんな国になるかも知れない」、あるいは「教育の軍隊化は教育の自殺だと思うが、教育者自身の中にかえってそれを喜んでいる者がある。それは、規律という口実の下に、生徒を安易に統御《とうぎょ》することが出来るからだ」、と。この徹太郎も反軍国主義を貫いた教師の一人である。

もちろん、徹太郎のような教師は少数派であり、残念ながらと言うべきであるが、ほとんどの教師はそうではなく、むしろ時代の流れに無批判に飲み込まれたまま、日々を過ごしていたのである。あるいは、内心忸怩たるものを感じながらも、流れに身を任せていたという教師もいたであろう。たとえば、次郎の中学校の西山教頭もそういう一人かも知れない。彼は次郎たちにこういうことを語る。

「――時代は満州事変を契機として急転回しつつある。革新のためには多少の犠牲もやむを得ない。そうした犠牲を否定する人があるが、それは古い考え方に捉われているからである。どんな人格者であろうと、古い考えに捉われて新しい時代を理解しなければ、葬られるのが当然である」、と。これは配属将校のいる前での話であったから、その将校に迎合せざるを得なかったというところがあったかも知れないが、しかし、次郎たちの思いを正面から受け止めてやろうという誠意など無かったことを考えると、むしろこれが西山教頭の本心でもあったのではないかとも推測される。

当時、軍国主義者や反動的な政治勢力は、〈今の時代は以前と違っていて、考え方を切り替えなければならない〉ということをよく言った。時代は「急転回」しつつあるのだ、と。戦前昭和の革新官僚と言われる、実は反動的でファッショ的であったにすぎないと言ってもいい官僚たちが、よく言っていた科白《せりふ》もそういうものだった。それはアジテーションなのである。そういう言説が跳梁《ちようりよう》している時代には、まさに俊亮が言うように「静かに、理知的にものを考えて（略）冷たい機械のように道理に従って行く」ことが大切であろう。朝倉先生も、朝倉先生が主催していた「白鳥会」という、生徒たちの集まりの会でのお別れ会で、やはりそういうことを次郎たちに話し、また今の時代の危険性を語った後に、次のように語っている。この朝倉先生の話は長いので、その一部分だけを次に引用したい。

「私は、今は、時代に反抗するようなあらわな活動を何も諸君にのぞんでいない。今は、いや、時代が極端に傾いてしまって、それ以上傾きようがなくなるまでは、むしろしずまりかえって、ただ諸君の良心の自由を守ることに専念してもらいたいと思っているのだ。」

また朝倉先生は、「諸君」は「真に冷静で良心的な国民」であるべきだが、しかし「表面の現象に欺かれて知性が眠り、判断力が鈍り、良心がその自由を失ってしまう」ことがあり、「純真な青年ほど、そうした過失に陥りやすいのだから、よほどしっかりとしてもらわなくてはならない」と語り、「諸君に言い残すことは、ただこの一点だ」として、こう語る。

「つまり美しい言葉や表面の現象に欺かれて良心を眠らせることがないように、たえず知性をみがき、判断力をたしかにして、ものごとの真相を見究《みきわ》めてもらいたい、というのが私の諸君に対する最後のお願いだ。」

朝倉先生が学校を辞めていった後、次郎も「諭旨退学」処分を受ける。その理由は、「教師に対する反抗心が強く、すでに二年生のころから宝鏡先生に対して不遜の言動があり、最近では、配属将校に対してさえ甚だしく無礼な態度をとり、しかも反国家的な言辞を弄《ろう》してはばからない」云々というものであった。ここで宝鏡先生のことについて言っておくと、以前に数学の宝鏡方俊《とみてるみちとし》先生が書いた符号の誤りを次郎が指摘したことがあったのだが、もともと自分の学力に自信が無かった宝鏡先生は、次郎に「お前は教室を騒がすけしからん生徒じゃ」と言い、次郎も自分の正当性を主張して譲らず、二人が言い合いになったことがあった。宝鏡先生のことというのは、そのことである。もっとも、やがて次郎は朝倉先生から話を聞いて、宝鏡先生に対して自分にも言いすぎた点があったと考え、宝鏡先生が女学校に転任していくときにはその引っ越しを手伝ったということがあったのである。この宝鏡先生の姿は学力不足の教師に見られる悲哀を表している。やはり教師は自身の学力を努力して高めなければならないことをまず考えるべきだろう。

さて、『次郎物語』第五部（「大法輪」、昭和二八〈一九五三〉・三〜昭和二九〈一九五四〉・三）では、中学校を退学した次郎は、その三年後に上京して大久保にある朝倉先生の「仮寓《かぐう》」に身を寄せることになる。そして朝倉先生は、以前の「白鳥会」の精神を共同生活の隅々まで生かすという塾を作るのである。「友愛塾」である。この第五部については、永杉喜輔は『下村湖人伝　永杉喜輔著作集4』（国土社、一九七四・一〇）の中で、「そこでは朝倉先生が晩年の湖人の生き写しで、次郎が仮空《ママ》の人物になっている」と述べている。同書によれば、第五部に登場する「大河無門」は実際に塾生としていた大河平《おこびら》聖雄《としお》がモデルで、朝倉先生の先輩となっている田沼先生は、下村湖人が熊本の旧制第五高等学校に在学していたときの一年先輩の田沢義鋪《よしはる》をモデルにしていて、その田沢義鋪のイメージは次郎の父の俊輔の造形においても作用しているようである。なお、田沢義鋪が東京郊外の小金井に建てた青年団指導者養成所である「浴恩館」が、第五部の「友愛塾」のモデルになっているのである。

第五部の中で注目すべきところは、まず当時では大手を振って歩いていた右翼の親玉のような荒田老人と陸軍省の平木中佐がやってきて、朝倉先生や塾生たちを挑発しようとするのであるが、朝倉先生はそれをうまく躱《かわ》して切り抜け、塾生たちに自分の信念を語るところであろう。荒木老人は朝倉先生に向かってこういうことを言う。すなわち、「時勢はどんどん変っておりますぞ」、「自由主義では、日本はどうにもなりませんな」、「どうか、命令一下、いつでも死ねるような青年を育ててもらいたいものですな」、と。平木中佐も塾生に向かって次のように言う。「諸君にとって大切なことは、いかに生くべきかでなくて、いかに死ぬべきかだ。大命のまにまにいかに死ぬべきかを考え、その心の用意が出来さえすれば、おのずからいかに生くべきかが決定されるであろう。（略）日本は今や君国のために水火をも辞さない勇猛果敢な青年をもとめているのだ」、と。

もちろん、これらの言葉は愚劣の極みであると言っていいが、当時はこういう言辞がむしろ立派なものとされていたわけで、当時の異常さを改めて思い知らされるだろう。他方、朝倉先生は次郎にたとえばこういうことを話す。「現在の日本の指導者の大多数は、正面からは全く反対の出来ないようなことを理由にして、自分たちの立場を正当化したがるきらいがあるが、そうしたずるさは、ひとり指導者だけではないようだ」、と。あるいは塾生たちに、「（略）君らには、自分で自分を大切にする自主性というものがまるでない。更に言いかえると、君らは多数をたのみ、多数のかげにかくれて、何よりも大切な自分の良心を眠らせることに平気な人間なのだ」、と。さらには、「……くれぐれも言っておきたいのは、人間にとって良心の自由をまもるほど大切なことはない、ということだ」、と。

「自主性」とか「良心の自由」というのは、当時の風潮やその中心にいた軍部が一番忌み嫌った言葉の一つであった。当時においては、個人の自主的な判断を停止させて上部の命令通りに動く人間が模範的な人間だったのだから。物語は、この後二・二六事件のことなどが語られるが、物語の最後で朝倉先生は「全国行脚《あんぎゃ》」の旅に出ることになる。そして次郎と大河も朝倉先生とともにその旅に同行しようとするのである。物語はここで終わる。なお、『次郎物語』の後半では、次郎の恋愛問題も語られているのであるが、それは教師像の問題とは直接に関わらないので、本稿ではそれについて言及することはしなかった。それはともかくも、『次郎物語』では各部が終わると、それまでの物語を振り返ったり今後の物語についての方向を少し提示してみたりする語り手が登場していた。第五部においてもそうであり、こう語られている。

次郎の生活記録は、こうしていろいろの問題を残したままその第五部を終ることになるが、この記録は、見ようでは、かれの生活記録と言うよりは、むしろ、満州事変後急速に高まりつつあったファシズムの風潮に対する、一私塾のささやかな教育的抵抗の記録であり、その精神の解明である、と言った方が適当であるのかも知れない。

たしかに、とくに第四部から第五部までの物語は、軍国主義的なファシズムに対しての朝倉先生の抵抗の話が中心となっていると言えよう。先ほど見たように、永杉喜輔の説によると、朝倉先生像には作者の晩年の下村湖人が投影されているようなのだが、しかしそのことはあくまで人物像においてそうであるということであって、朝倉先生という存在そのものはやはり虚構である。おそらく、こういう先生が戦前戦中の日本にいてくれたら、という著者の思いから生まれた教師像ではなかったかと思われる。その点において、三浦綾子が『銃口』上・下で造形した坂部先生像と共通しているのである。

さて、本章の最後に戦前昭和の日本において信じられないようなユニークな教育を行った教師と小学校について少し触れておきたい。それはテレビタレントの黒柳徹子が『窓ぎわのトットちゃん』(講談社、一九八一・二)で紹介した「トモエ学園」のことである。これは全校で五〇人くらいの生徒しかいない、東京の小さな小学校で、教室も広場に置いてある六台の電車を使ったものであった。校長の小林宗作(本名・金子宗作)は、一般には日本でリトミックを普及させた人として知られている。彼は昭和一二(一九三七)年に「トモエ学園」を創設し、「トモエ学園」は昭和二〇年に空襲で電車の校舎が焼けるまで続いた。

この「トモエ学園」の素晴らしいところの一つは、校長の小林先生がとにかく子どもの話に耳を傾ける人であったということである。時には一人の子どもの話を数時間も聞くことがあったらしい。校長がそうだと、自然に他の教師もそうなるわけだが、「トットちゃん」によれば、それは小林先生が子ども一人一人を「ちゃんとした人格をもった人間として、あつかってくれた」ということから来る姿勢なのである。もちろん、「トットちゃん」のこの見解は後になってからのものである。さらに「トモエ学園」の授業は「自習」の形式が多く、しかもどの科目からやっても良く、わからないときに先生のところに聞きに行くか、先生に自分の席に来てもらって「納得《なっとく》のいくまで教えてもらう」のである。また、太平洋戦争が始まってからは英語は敵性言語だとされたが、「トモエ学園」はそんなことにかまわず、英語の得意な転校生に英語を教えてもらったりして、実に自由な学校なのである。席も毎日自分が好きなところに座っていいのである。

もちろん、少人数制だったからこういうことが可能であったということもあるだろうが、戦前昭和の時代にこういう小学校があったこと自体が驚きである。やがて国民学校と呼ばれるようになる当時の小学校とは、全く逆方向に教員も児童も向いている小学校である。同書で黒柳徹子は「この中に書いたことは、どれも作りものじゃなく、実際にあったことでした」と語っている。「トモエ学園」にある自由さが、良い教師を育て、そして子どもを育てるのではないかと思われる。昭和の戦中期の息の詰まるような学校の話を見てくると、「トモエ学園」の存在が不思議に且つ貴重で素晴らしいものに思われてくるだろう。

第六章

〈民主国家〉の教師たち
——戦後期

一　民主主義と教師――阿久悠・石坂洋次郎・若杉慧

阿久悠の『瀬戸内少年野球団』（一九七九・一一刊）の中で、敗戦直後の当時、多くの教師たちが感じたと思われることがさりげないエピソードで語られている。よく知られているように、戦中の教科書はそのまま使用されたのではなく、記載されていた軍国主義的な箇所が墨塗りされて使われたのだが、そのことについて小学校教師の中井駒子の思いとして、「二十歳になったばかりの駆け出しの女教師には荷が重いことであった」と語られている。おそらく教科書の墨塗りでは、若い教師よりも年配の教師たちの方が、より一層気が重かった出来事であったと思われる。

しかし、中にはいち早く転身しようとした教師もいたであろう。そのような一人が、この小説では五十歳の五十嵐先生である。彼は戦中には軍国主義的な「精神鍛錬の実践者」であったのだが、こう語っている。「戦争に負けたんや。何もかも変ったんや。変った価値観の中で日本は新しく生まれ変ろうとしているんや。とまどいもある、ためらいもある。けど慣れていかないかん。ええな。正木。世の中に慣れていかないかんのや」、と。それに対して小学校生徒の正木は「民主主義やな」と応え、五十嵐先生も「そや。男と女は平等や。人間は平等や。民主主義はそこから始まるんや。無駄な抵抗したらあかんぞ。慣れるんや」と語る。

小熊英二は『〈民主〉と〈愛国〉　戦後日本のナショナリズムと公共性』（新曜社、二〇〇二・一〇）で、敗戦後の教育界では変更された制度と変わらない教育という矛盾した状況が生まれたと述べた後、その結果「「鬼畜米英」や天皇崇拝を説いていた教師が、突然にアメリカと民主主義を賛美するという形態で現われた」と語っているが、五十嵐先生のあり方はその一例だと言えよう。そこにあるのは、政府や国家あるいは支配層に、とにかく付き随うことのみを是とする姿勢であるが、おそらく五十嵐先生と同様に当時のほとんどの教師たちにおいては、戦中の軍国主義的教育に対する真摯な反省もなければ、また民主主義の意味や価値を深く捉えてみようとする志向も、少なかったと考えられる。もっとも、小熊英二が同書で述べているように、「多くの教育者たちは、内心では悔恨を抱えていた」と推測される。しかしながら「教育界全体の戦争協力を総括するという動きは大きくならなかった」のである。

五十嵐先生は器用な人でも狡猾な人でもなく、むしろ好人物だと考えられるが、五十嵐先生の言動から窺われるのは、時代の動きに翻弄される、無力な小市民としての教育者の姿であったと言える。「慣れるんや」という言葉にそのことが端的に示されていよう。このような教師は全国にたくさんいたと想像されるが、他方で戦後は、民主主義の思想と感覚を真に身に付けようとした教師を輩出した時代でもあった。また、その民主主義は新しい時代の希望の代名詞でもあったのである。『青い山脈』(一九四七・六〜一〇)などの、教師が主要人物として登場する、戦後の石坂洋次郎の小説は、その空気をよく伝えている。

『青い山脈』の物語は、東北の(学制改革以前の)或る旧制高等女学校で起きた偽ラブレター事件によって騒動が起こり、騒動は進歩的な教師である島崎雪子先生の排斥運動にまで進展するものの、島崎先生に好意を寄せる学校医の沼田医師の尽力で無事解決するという話である。この島崎先生は『青い山脈』の主題を端的に語る人物でもある。たとえば島崎先生は、生徒たちにこう語るのである。

「いいですか。日本人のこれまでの暮し方の中で、一番間違っていたことは、全体のために個人の自由な意志や人格を犠牲にしておったということです。学校のためという名目で、下級生や同級生に対して不等な圧迫干渉を加える。（略）／それもほんとに、全体のためを考えてやるのならいいんですが、実際は一部の人々が、自分たちの野心や利益を満たすためにやってることが多かったのです。」

そして、島崎先生は校長に対しても、「県立の学校に対する劣等感だとか、男女問題に関する考え方が低く卑しいこととか、卒業式の日に卒業生が下級生をひっぱたくという、世界のどこにもないような野蛮な伝統だとか、まあ、一口にいえば、非常に封建的な風習が、この学校には深く根を張っていると思います」と堂々と主張する。沼田医師にも、「生徒の環境が封建的であるほど、生徒自身にしっかりとしてもらいたいというのが私の気持です」と語る。このように語る島崎先生は、したがって女性の主体性の問題に関しても、「思ったこともロクにいえず、すぐ泣きたがる現在の少女の感傷性というものは、決して自然なものでも健全なものでもなく、婦人がこれまで強いられて来た社会の境遇のためにゆがめられた気質だと思いますけど……」と語るのである。

このように島崎先生は、これまで女性たちが「封建的」な「環境」に縛られてきたことを言って、その「環境」からの解放を言い、女性の主体性の確立を主張しているのであるが、これは『青い山脈』の女性の中で島崎先生一人が言っていることではない。芸者の梅太郎も、「（略）戦《いくさ》に負けたから人並みの理屈をこねる訳じゃないんだけど、大体いままでのやり方が間違っていたよ」と語り、男性たちは家の中でも世間へ出ても「みんな孔子様や孟子様をちぎって食ったように固苦しくしている」が、それでは納まりがつかないから、「私どもの所へやって来てはうさ晴らしをする」として、こう語っている。「女が必要なら、素人の、ちゃんとした婦人を相談相手にすべきだわ。――どうもね、（略）そこらあたりにも、日本の婦人が、之まで間違った扱い方をされておったということが現われているように思うんだけど……」、と。

『石坂洋次郎集　新潮日本文学全集27』（新潮社、一九六九・一二）の小松伸六の「解説」によれば、作者の意図は「封建的俗物性に対する民主的知性の戦い」にあったようだが、学校と社会の民主化の必要性を、衒《てら》いも躊躇もなく健やかに堂々と語る島崎先生の弁舌に象徴的に表わされているように、その意図はまずは成功していると言えよう。しかしながら、女性の自立の問題に関しては作者がどれほど深く考えていたかと言うと、やや怪しいものがある。たとえば物語の最後のあたりで、島崎先生はこう思うのである。「学校の仕事を通しても、自分を成長させていけるであろう。しかし、チョークの粉に塗れた老嬢になりたくなかった。結婚して、子供を産み、家庭の主婦になるという、女として、もっと充実したコースを通って、自分の人格を豊かに培っていきたいと思った」、と。女生徒に対して島崎先生は、女性が主体性を確立することの重要性を語りながらも、今日の観点から見るならば、自分自身の人生の選択に関しては、彼女はそれまでのジェンダー規範とその価値観に縛られていたということになるだろう。あるいはここは、やはり古いジェンダー規範の中にあったと思われる作者の、あくまで男性側から見た、女性にとっての望ましい幸福観が語られている箇所というふうにも言えようか。

その問題はともかく、このように『青い山脈』には、付け焼刃ではない真に民主主義的な考え方を持った教師が登場しているのである。この教師像は当時において有り得べき教師像の一つであったと考えられる。石坂洋次郎は敗戦後のほぼ二年後にこういう教師を小説に登場させているわけだが、そういう人物の造形が可能だったのも、「第四章　労働運動・社会運動と教師たち――戦前昭和期Ⅰ」で見たように、すでに戦前において石坂洋次郎が進歩的な女性教師像を『若い人』正・続（一九三三・五～一九三七・一二）で造形していたからでもあった。それは女学校の橋本スミ先生であり、橋本先生は授業で女生徒に階級闘争の歴史観を教え、商業学校の生徒たちと「史的唯物論の研究会」を始めるなど、その進歩性は先鋭的と言えるほどのものであった。このような女性教師を小説中に登場させていたのだから、石坂洋次郎にとって島崎先生のような進歩派の女性教師を造形することは難しいことではなかったであろう。橋本先生の先鋭的な進歩性を少し割り引けば、島崎先生になるわけであるから。ともかくも、島崎先生のその進歩的で民主的な姿勢は明るく向日的であり、小説自体もそういう色調であった。『青い山脈』は、日本が民主国家建設に向かって出発した時期に実に相応しい小説であったと言える。

ところで、朝日新聞社が戦後創刊した雑誌「朝日評論」に、昭和二一（一九四六）年一一月から昭和二二（一九四七）年三月までの間に三回にわたって連載された小説に若杉慧の『エデンの海』がある。これは、青年教師と女学生の恋愛を物語ったもので、その点で石坂洋次郎の『若い人』を連想させ、その戦後版という趣きが無くはない。角川文庫版『エデンの海』の高山毅「解説」によると、『エデンの海』は『若い人』より「文章や思索の感覚が洗練されて」いるということを、石坂洋次郎が述懐しているようである。もっとも、その評価は読み手の解釈や判断によって意見の別れるところであろうが、ともかくも『エデンの海』には、『若い人』の戦後版の性格があることは否定できないだろう。

ただ、戦後版と言っても、作中に「この海の一里半沖にある無人島」の「K島」に「新しく軍の火薬廠ができ」、たくさんの軍関係の人が附近の町や村に入りこんできたことや「憲兵」が登場する話が語られているところから、物語は明らかに戦前もしくは戦中の話である。しかしながら、そうではあるものの、物語の舞台が瀬戸内の女学校であることもあって、物語全体が温暖で且つ明るい色調で包まれていて、やはり戦後でなければ書くことができなかった小説であると言える。

独身の男性教師を採用した例が無いという瀬戸内の女学校に南條教師が赴任する。こう語られている、「明るい太陽、海の反射、段々畠にみのるレモン、オレンジ、「制服の処女」の群れ――独身の男教師は採用した例がないというこの南国の女学校に、南條は破格の足音を立てて登場したのである」、と。彼は、鄙俗な環境に自分の運命を屈従させてはならない、同僚に対しては冷淡且つ謙虚であろう、生徒に対しては魅力ある教師であろう、と思っている。そこに、美貌と野性的で真率な魅力を持った女生徒の清水巴が現れ、南條を惹きつけ、やがてその魅力で彼を圧倒していくのである。清水巴は運動会と遠泳の折、二度も頭に怪我をし、とくに遠泳のときの怪我は三針縫わなければならない後頭部の裂傷であり輸血も必要であったが、清水巴の血液型であるＡＢ型に一致した南條の献血によって、怪我の手当ができたのであった。

このすぐ後、海辺に出た南條は、「悲しみも、歓びも、生の恐怖もまた希望も、一つの沈黙に溶けて揺れうごいていた」という海に「呼応」するような感覚を、自らの「身内」にも覚え、さらに「すると不思議な熱感に似たものがまたしても体の其処から沸きあがるのを感じた」ということが語られて、物語はほぼ収束するのである。南條と清水巴は少し前に、島崎藤村の『新生』について語り合うことがあったが、そのときに南條が「じゃアぼくがいま学校を逃げ出せば、きみはついて来るというのか、」と問うと、清水巴は「ええ、先生が許してさえくだされば、」と答えたことがあった。続けて南條が「形の上では石をもて追われることになるんだぜ、」と言うと、清水巴は「かまいません」と答えたのである。さらに南條は、そうなったときの自分たちのことを「エデンを追放」されたアダムとイヴに譬えたのであった。『エデンの海』の題名はここから採られたのであろうが、それはともかく、南條と清水巴とのこれらの会話から、物語のその後の方向は大凡の見当がつくであろう。

前述したように、物語の時間が戦前もしく戦中に設定されているのだが、物語全体が明るい色調で語られていること自体に、戦後の息吹が感じられるだろう。あるいは清水巴という個性からもそのことを感じ取ることができるのではないかと思われる。たとえば、清水巴が南條と一緒に馬に乗ったことがあり、それが生徒たちの間で噂になったとき、三年生の清水巴は四年生の上級生たちから「忠告をうけ」(傍点・原文)たことがあったのだが、そのときに清水巴は次のように昂然と言い放ったのである。「わたしのしたことがいいとは思つてません。でもわたしがたとえばおじいちゃんと馬に乗つたりしたんだつたら、あんたたちただ手をたたいて笑つてただけだと思うわ。あんたたちみんな南條先生が好きなのよ。けどわたしのように本当に先生を好いてる人は一人もないんだわ」(同)、と。さらに、「あんた達をいくら先生が愛しなさつても、わたしの分け前が減るんじゃないということが、本当に先生を好きになつてからわかつたの。もしまたあの先生を好きな人があつたらわたしと競争してもいいいわ」、と堂々と言うのである。

先に『青い山脈』の中で、島崎先生が日本女性に主体性が無いことを批判して、「思ったこともロクにいえず、すぐ泣きたがる現在の少女の感傷性というもの」について、それは「婦人がこれまで強いられて来た社会の境遇のためにゆがめられた気質だ」ということを語っているのを見たが、清水巴はそういう日本女性の「ゆがめられた気質」から完全に抜け出た女性と言うことができよう。こういう女性がヒロインとして小説中に登場してきたということは、やはり民主主義が語られ出した戦後という時代が小説創作の背景にあったからこそだと言える。清水巴は「思ったこと」を自分の意見として主張できる、新しい女性なのである。物語の時代設定は戦中もしくは戦前であっても、やはり『エデンの海』は戦後の色調で語られている物語であると言える。

二　教師の戦争責任と主体性の確立——石坂洋次郎

『青い山脈』の二年後に発表された、同じく石坂洋次郎の『山のかなたに』（一九四九・六～一二）では、物語の色調の明るさ自体は変わらないが、単に民主主義の進歩性を大らかに語っているだけでは駄目なのではないかということを、戦中の自分たちのあり方への自己反省をも含めて考えている教師が主人公として登場するようになる。それは、六・三制が施行される以前の、いまだ旧制中学校であった学校の上島健太郎先生である。上島先生はこう語る、「軍があんな風だったのも、結局は、日本の社会がひどく遅れておった、日本人の民度が低かった——そういう所に原因があると思うんだ」、あるいは「（略）古いものへの闘いと云っても、いまのように、自分をヌキにした外部への闘争だけでは不十分なので、各人が、自分の中にしぶとく蔓《はびこ》っている、古い歪んだ気質に対して、苛烈な闘争を挑んで、これを克服する」、と。民主主義を主張すること自体に間違いはないにしても、軍国主義時代を生きてきた自分自身への深甚な反省が必要なのではないのか、ということを上島先生は語っているのである。これは教師一人ひとりの戦争責任の問題と繋がる発言と言える。

小説ではその中学に予科練帰りの一団が不良化して一般の生徒を脅したりしている問題が語られて

いて、またその問題にどう対処するかということが物語のプロット進行役ともなっているのだが、彼ら不良たちの存在には学校側にも責任があることが地の文で語られている。すなわち、「（略）戦争熱を煽る教育をして来た職員室は、母校を代表する軍国選手として出発した予科練達を、いまさら訓戒する倫理的な根拠を持っていないのであった」、と。だから、彼らを諌める「倫理的な根拠」を持っていない教師たちは、不良化した予科練帰りが傍若無人な振る舞いをしても、それに対して為す術《すべ》が無かったのである。予科練帰りの不良たちは、教師たちによる戦中の教育の或る意味で〈成果〉でもあったからである。このことは、戦後の教師たちが意識の奥底に抑圧し封じ込めたいと思っていた事柄が、不良グループという形になって現出したというふうに言えようか。そして、その不良の一団に立ち向かって彼らを言わば成敗したのは、教師たちではなく団結した一般生徒たちであった。

ここで注意したいのは、上島先生が「（略）僕はやはり、日本人はもつと賢くならねばならないと主張したいな」と語り、「（略）要するに、われ〳〵日本人がもつと自主性を豊かにすることだと思うね」とも語っていて、おそらく上島先生は生徒たちが「自主性」を持つような教育を試みていたと考えられることである。実際にも生徒の一人はこう言っている、「そうだ、全体主義はいけないよ。どこまでも各人の自由意志を重んじる民主主義でいこう」、と。このような生徒たちの「自主性」が、予科練帰りの不良グループに立ち向かわせたわけで、そう考えると不良グループに対しての、一般生徒たちの勇気を振り絞っての立ち向かいは、教育の最重要課題とは生徒の自主性を育てることである、という戦後の教育理念が成功した実践例であったとも言えよう。

上島先生は他の箇所でも、民主主義の理想に対しても「その理想が果して正しいものかどうか、二度も三度も、いや絶えず、自主的に吟味し、批判してゆく必要がある」と述べ、あるいは「現在の日本人というのは（略）自主性が乏しいんだからね」というふうに、「自主性」の重要性を語っている（傍点・引用者）。上島先生は戦後の日本人が「自主性」を持つことに対して楽観的ではないものの、その必要性を繰り返し語るのである。

ところで、「第五章　軍国主義下の教師たち――戦前昭和期Ⅱ」の「四　反軍国主義を貫く教師――下村湖人」で見たように、『次郎物語』第五部で朝倉先生が「友愛塾」の塾生たちに熱を込めて語っていたことも、やはり「自主性」を持つことの重要性であった。戦中下の時代には個々人の「自主性」の大切さを言うことができなかったから、朝倉先生は敢えて塾生に語ったのであり、それは当然なことであったと一応言える。ただ観点を変えて言うならば、戦中から下村湖人がそのように考えていたというよりも、むしろ「自主性」の大切さが盛んに言われ出した戦後に『次郎物語』の第五部が書かれたことを考えると、戦後になって下村湖人もその「自主性」の問題の重要性に改めて気付くところがあって、その問題を一つのテーマとして戦前期の物語を作ったとも考えられるだろう。

この場合の「自主性」とは、自分で考えて判断し行動することであるが、実は敗戦後の思想界や文学界においてもやはり問題になったのが、やはり日本人の「自主性」をいかに確立するかということであった。ただ思想界や文学界では「自主性」という言葉ではなく、「主体性」という言葉が遣われていたが、その意味するところは基本的に同じであった。それはまた、自我の確立というふうに言われることもあったのである。

たとえば文芸批評家の小田切秀雄は、『文学的主体の形成』（一九四七・八）所収の論文「文学と自我」で、「日本の人民全体がおのがじし個として確立すること、新しい自我の社会的な成立、これがこんにちの文学の中心問題だ」と述べ、言わば半封建的要素が色濃く残る戦前の日本社会の中で微睡《まどろ》んでいた日本人に対する反省意識を語っていた。自我の確立が不十分であったからこそ、状況に流されるだけで戦争も阻止し得なかったという反省があったわけである。後に小田切秀雄は、そのような未だ主体として確立していない自我のことを「臣民的自我」と呼んでいる。さらに、小田切秀雄も加入していた雑誌「近代文学」の同人であった平野謙や荒正人の場合は、その問題を国家に対してだけではなく、むしろ左翼の前衛党に対して革命活動家の主体性をいかに確立するかという位相で取り上げたのである。

もっとも、『戦後日本の民主主義革命と主体性』（葛西弘隆訳、平凡社、二〇一一・四）でヴィクター・コシュマンが述べているように、特高警察を持っていた強圧的な国家と左翼の前衛党とを「類比」させながら、それらの組織に対しての個の主体性の問題を語ろうとした雑誌「近代文学」の同人たちの論について言うならば、やはりその「類比には無理があ」ると言えよう。それはともかくも、「近代文学」の同人たちにも、戦後の最重要課題が人々の主体性の確立であると意識されていたのである。

このことは文学界だけでなく哲学などの思想界においてもそうであった。

戦後すぐの哲学界では梅本克己を中心の論者として〈主体性論争〉が起こるが、そこで梅本克己が問題にしたのは、客観主義的で科学的な装いを持つマルクス主義がたとえ正しくても、そのマルクス主義革命運動に参与するべき個人の主体性の問題については、マルクス主義体系には〈空隙〉があるということであった。つまり、個人がいかにしてマルク主義革命運動に関わっていくかという、個人の主体性の問題に関しては、マルクス主義の体系自体は何も語っていないのである。マルクス主義体系における〈空隙〉とは、そのことである。梅本克己もこのような位相で、革命における主体性を問題にしたのであった。さらに言うならば、経済学の領域でも経済史学者の大塚久雄が戦後に問題にしたのも、主体性のことであった。すなわち、大塚久雄は一七世紀イングランドの独立自営農民に戦後日本で普及されるべき、経済における近代的主体性のモデルを見たのであった。

当時の文学界や思想界におけるこういう動向を見てみると、当然のことではあるが、教育界でもその同時代の空気に包まれ、且つそれらの動向と連動していたことがわかる。すなわち、主体性あるいは「自主性」を持った人間をいかに育てるかという課題である。そのことが敗戦直後の教育界で問題にされたということが、『山のかなたに』の上島先生の発言からも知ることができよう。もちろん、そのように「自主性」の重要さを語ることの裏には、戦中における教育に対しての苦い反省があったわけで、そしてその問題の方に目を向けると教師たちは屈折せざるを得なかったのである。とくに上島先生にはその苦い意識があったのだが、その問題を不問に付して戦後の教員生活を難なく戦中と同様に続けた人もあったであろう。

たとえば『山のかなたに』では、英語教師であったにもかかわらず、戦争中は「英語亡国論に共鳴」して自分の授業時間を軍事訓練に割いたりしていたのに、戦後は「態度を豹変」させて幹部職員の「戦争責任を追究する急先鋒の一人」になった川井先生が登場している。いささか単純な民主主義謳歌小説であったと言えなくもない『青い山脈』とは違って、『山のかなたに』は戦後教育と教師たちを囲繞していた複雑な問題の様相が語られているわけである。この川井先生から言わば小狡さを差し引きば、その教師像は先に見た『瀬戸内少年野球団』の五十嵐先生に重なるであろう。そうすると、戦前や戦中の教育の問題や、そしてそれを担ってきた教師たちの問題は、『山のかなたに』では先に見た予科練帰りの不良グループと川井先生に具現化されるという、やや矮小化された形で提出されていたと言えよう。これらの問題は教育の根本と関わる重たい問題だったのだが。また、『山のかなたに』は軽い筆致で且つ明るい青春物語として語られていたために、今述べたような重たい問題は少々見えにくい小説となってしまったとも言える。

戦中の戦争教育や軍国主義教育の問題を教師はどう反省するか、さらには民主主義教育を教師はどう進めるべきかという問題が、戦後の教師たちに突きつけられたのであり、石坂洋次郎は『山のかなたに』でそれらの課題を小説中に盛り込んでいたのである。ただ、先にも述べたように、この小説は肩の凝らない面白い読物として新聞に連載され、読者にもそういう気軽な読物として受け容れられたと考えられる。

三　女性教師たちの苦悩と生き甲斐——壺井栄

後に日教組のアクティヴな活動家になった荻野末は、『ある教師の昭和史』（一ッ橋書房、一九七〇・一）で、十五年戦争中の自らを反省して、「わたしもまたその激流のなかにころがるひとつぶの石ころにすぎず、おし流されていき、やがて、みずからすすんで流れそのものになっていきました」と語っている。おそらく戦後の多くの教師が同様の思いを持ったであろうが、その中で『次郎物語』の朝倉先生のように、反戦平和の姿勢を密かに堅持した教師もあったと思いたい。壺井栄の名作『二十四の瞳』（一九五二・二～一二）の大石久子先生は、その一人である。

壺井栄の郷里である瀬戸内海の小豆島を舞台にしたこの小説は、昭和三（一九二八）年に女学校を出たばかりの大石先生が分教場に赴任するところから始まる。したがって、この物語のほぼ大半は戦前戦中の話であり、そしてその後の戦後に至るまでの二十数年間が語られている物語になっている。この戦争の期間を通して、最初に大石先生が担任をした教え子十二人の子どものうち、五人の男の子の中で三人が戦死し、残った内の一人は戦争で失明している。七人いた女の子のうち一人は死に、一人は消息不明になっている。先生の家族も夫は戦死し、末っ子の女の子である八津は、食べてはいけない青い柿の実を食べて急性腸カタルで急死する。飢えがその悲劇を惹き起こしたのだから、大石先生は「戦争はすんでいるけど、八津はやっぱり戦争で殺されたのだ」と思う。戦後、大石先生の家族は先生と男の子二人の三人になった。

こう見ただけで、『二十四の瞳』は分教場の先生と子どもたちが戦争に翻弄された物語であることがわかるが、この小説が映画化もされ多くの人々に知られるようになったのは、分教場の子どもたちの純朴さと同様に大石先生も純朴な人柄の先生であり、彼らの心の繋がりが感動を呼んだからである。もう一つは、大石先生がおそらく戦前昭和においては珍しく反戦平和の姿勢を持っていたことも挙げられよう。もっとも、彼女の反戦平和の姿勢には何の思想的背景も無いのだが、しかしながらたとえば生徒の一人の森岡正が「先生、軍人すかんの？」と聞くと、大石先生は「うん、漁師や米屋のほうがすき。」と答え、理由は「死ぬの、おしいもん。」と素直に本心を語るのである。さらに教え子の男の子たちが出征するときには、大石先生は「いちだんと声をひそめ、／「名誉の戦死など、しなさんな。生きてもどってくるのよ。」」と彼らに声を掛ける。当時の軍国主義に少々誑かされていた、我が子の大吉が一九四五年八月一五日にショックを受けて「お母さん、泣かんの、まけても？」と言うと、母である大石先生は、「バカいわんと！　大吉はどうなんじゃい。うちのお父さんは戦死したんじゃないか。もうもどってこんのよ、大吉。」と諌めるのである。

大石先生は特定の子どもを贔屓することもなく、一人ひとりの子どもを慈しみ、貧しい子には深く同情する先生であり、またはっきりと戦争を否定する先生である。前述したように、大石先生の戦争批判には思想的背景など無かった。与謝野晶子が日露戦争で出征する弟に向けて、「君死にたまふこと勿れ」（一九〇四・九）の詩を詠ったときとほぼ同様の思いを、大石先生は語ったと言える。その反戦平和の思いは言わば母性愛的感情に基くものであったと言えよう。あるいは、佐野美津男が『小説のなかの教師』（日本評論社、一九八一・六）で指摘しているように、大石先生は昭和期にあってはすでに死に絶えた「大正デモクラシー」の、少なくともその雰囲気を身に付けた先生であったとも言えなくはない。作者の壺井栄は、そのように大石先生を造形したと考えられるのである。しかし、そうであるならば、果して戦中に大石先生のような教師が本当にいたであろうか、という疑問も出て来なくはないだろう。

原田彰は『教師論の現在　文芸からみた子どもと教師』（北大路書房、二〇〇三・六）で、『二十四の瞳』は敗戦後の時点に立って戦争を反省する視点から書かれていたので、「そこには「このような教師がいてくれたなら」という作者の願いや祈りがこめられていたのではなかろうか」と述べている。たしかにそういう「願い」があったであろう。この小説が発表された前年の一九五一年には、日教組は〈教え子をふたたび戦場に送るな〉というスローガンを採択している。壺井栄がそのスローガンをどれだけ意識していたかはわからないが、『二十四の瞳』はまさにそのスローガンの精神で物語られた小説であったと言えよう。反戦平和の精神において大石先生は、たとえ思想性が無くとも、教師として一つのあり得べきあり方だったのであり、あくまで子どもへの愛情や善意という点ではまさに理想の教師であったのである。

もっとも、大石先生に問題も無くはない。たとえば大石先生は教材研究をした様子はないし、また当時は共産主義者は「アカ」と呼ばれていたが、大石先生はそのことも知らない。大石先生は女学校を出ていたのだからもう少しは社会のことも知っていていいはずだが、彼女の知的世界は狭く、向学心もあまり無いようである。大石先生は子どもたちの知性を伸ばすのには相応しいとは言えない教師である。だから、彼女の教師としての素晴らしさは、やはり母性的な愛情の深さにあったと言える。

戦後の時代をやや下ることになるが、壺井栄には女性教師が主人公である小説『忘れ霜』（一九五五・一一〜一九五六・五）がある。岩手県の森岡市に住む胡桃沢《くるみざわ》初子の家は、父親がかつて小学校の校長で、初子のすぐ下の妹も小学校の教師であり、もちろん初子もそうであるという教師一家である。さらに父の弟も小学校の校長であり、その叔父一家も小学校の教職に就いている者が多いとされ、他の親類も同様であって、教育界の「胡桃沢一統といった方があたっているかもしれない」と語られている。初子は叔父の媒酌で同じく小学校教師の佐藤と結婚する。佐藤は戦中には「撃ちてしやまん、と横書きしたのを各教室へぶらさげることを進言した」教師だったが、戦後は「終戦と同時にいち早く民主教育を口にし、それを実行に移したのも彼である」とされ、「天皇制批判の急先鋒に早変わりしていた」ような人物であった。先に見た『山のかなたに』の川井先生と同様の、機を見るに敏なタイプの教師であるが、佐藤は川井先生よりも一層俗物性の強い教師なのである。

初美と結婚した佐藤は、青森県と隣接した「僻地」の小学校への転出をあえて希望し、初美とともにその山間の小さな小学校に赴任する。教員が夫婦の二人だけという小学校である。初美は最初はその赴任を嫌がったが、赴任してみると初美先生を慕う子どもたちに囲まれてそれなりに充実した教師生活を送るようになっていた。だが、四年目の終わりに佐藤は転出の運動を成功させ、自分ひとり山の小学校から下りるのである。新任地は「沼宮内《ぬまくない》に近い新田小学校」で、佐藤はそこの校長として抜擢されたのである。山から下りるときに佐藤が、「僻地の三年は町の学校の十年に価する」と初美に言ったことから窺われるように、「僻地」への赴任は出世への布石であったのだ。初美もそういう「佐藤の出世主義」に気づいてはいた。先に川井先生よりも佐藤の方が、より俗物性が強いと述べたのは、彼には計算高い「出世主義」があるからだが、またその「出世主義」が佐藤をして周囲の人間に対して不誠実たらしめて、したがって佐藤を思いやりの無い人間にしているからでもある。こういう教師は、世間の人が思っているよりは意外に多いかもしれない。

そういう佐藤に気づきながら離婚の直前まで佐藤に未練を持つ初美の姿は、哀れであると言えるし、爽やかな印象だけを残す大石先生と異なっていて、女性教師も当然のことながら一私人としては女性であることを、この小説は改めて感じさせるものになっていると言える。あるいは、大石先生よりも生身の女性教師の、その全体の陰翳が描かれているとも言えようか。しかしながら、初美も小学校の子どもたちに慕われていて、彼女が病気等で山を下りるときには子どもたちから「初美せんせ、早く帰《け》ってけろ」と声を掛けられ、初美はその声に励まされてまた山に戻るのである。子どもたちとの関係においては初美は大石先生と変わりはない。さらに言うなら、小学校の生徒の一人で貧しい炭焼きの父親一人で育てている少年を、初美は貰い受けて育てようと思うまでになっていて、大石先生の善意よりも一歩進み出ているとも言えよう。小説の最後で初美は妹への手紙の中で、「（略）へんぴな山のなかの子供の笑顔にほだされて生き甲斐を感じたりする女教師も、ガッコの先生の家系をほこる胡桃沢一統なら、一人ぐらいはあってもよかろうと、突っぱなして考えて、にやりとできるほどになったのも、山のおかげです」と語る。

おそらく作者の壺井栄は、大石先生や初美先生のように、子どもたちとの関係のみが教師の仕事の全てであるというような教師こそ、あり得べき教師像だと言いたかったのだと思われる。石坂洋次郎が語ったあり得べき戦後の教師像は、民主主義を真に理解した上で実践する教師像であった。壺井栄のそれは、母性愛に基くような愛情を生徒たちに降り注ぐことのできる教師であった。戦後において、戦中までの教育理念や教師像が一先ず御破算になった時点で、教育現場において新たな教育理念や教師像が模索されたわけだが、石坂洋次郎と壺井栄はそれに対してのそれぞれの答を小説で提示してくれたわけである。ただ、教育現場や教師を取り巻く状況は、以後ますます複雑になっていき、民主主義理念と愛情とが戦後の教師や教育に必須なことに間違いはないとしても、その二つさえ堅持していればいい、というふうには行かなくなる。その問題については次章の「第七章　困難に立ち向かう教師たち――高度成長期とその前後」で論じてみたいが、その前に戦後民主主義を体現しているような教師が登場する小説を見ておきたい。

四　戦後民主教育の体現者――三好京三

戦後に出発した民主教育の理念を、その後においても素直に体現しているような教師が主人公となっている小説がある。三好京三の『俺は先生』（文藝春秋、一九八二・二）である。主人公の郷内哲也は戦争末期には航空士官学校の生徒であり、当時の多くの若者のように素朴に〈聖戦〉を信じていた青年であったが、一度も出撃することはなく敗戦を満州で迎えた。日本に帰ってからは、父母の郷里である岩手県の小森川村に一旦腰を落ち着けて、「これからは放浪生活が始まる」と思っていたところ、近隣の実業学校から代用教員の話があり、哲也は教師生活を始めることになる。その後、中学校で教えることもあったが、主に小学校の教諭として哲也は子どもの教育に熱意を傾け、妻が最初のお産で赤ん坊を産んだ直後に失血死するという不幸に見舞われるが、それを乗り越えて哲也は同僚たちからも尊敬、信頼される教師になっていくのである。

最初、代用教員になることになったとき、それまでは教師の仕事など考えてもみなかった哲也は、まず知人にペスタロッチとデューイの本を借りて読むことをしている。教育とは何かを学ぶためであったが、この勉強熱心な姿勢が哲也の優れたところである。さらに、学力が低い子どもたちには、学習したという「成就感」を持つことが大切であるという考えから、それには「作文以外にない」と考えて、一人一人の作文を丁寧に読み、それらを纏《まと》めて文集も作る。子どもに基礎学力が乏しいのは家庭での教育が不十分であり、そしてそれは母親の学力に問題があるからだということに気づくと、哲也は母親に学校に来てもらって、その母親の「分数の勉強」までも面倒を見るのである。また、学級の母親たちに本を読んでもらおうと、「おかあさん文庫」を作って本の貸し出しを始める。そのほか、「親と子どもと教師とが結びあうためのかけ橋」であると考える「学級だより」も、精力的に出したりするなど、教師仲間からは「不死身の哲」と言われるほどの働き振りなのである。

もちろん、哲也が熱心に働くのは、昇進や出世を願ってではない。哲也は、「どうせ転任するならば、誰もが嫌う不便なところに行こう」と思うような先生なのだ。教育熱心なのは、「真底、子どもを教育によって変えなければ社会の頽廃した流れは変わらないと思っている」からである。小説では明示的には語られていないが、このような哲也の教育への思いは、軍国主義時代を振り返って「俺たちはだまされていたんだ」と語る哲也に、〈聖戦〉イデオロギーを単純に信じてしまった自身への苦い反省も、おそらくあったからだと考えられよう。

やがて、哲也は「日教組教研全国集会、国民教育運動分科会の岩手県代表」に選ばれる。ここで、注意しなければならないのは、本来なら言うまでもないことだが、日教組という組織は〈偏向教育〉を推進する政治的な団体ではないということである。後で扱う小説『人間の壁』の作者である石川達三は、『経験的小説論』（文藝春秋、一九七〇・五）で日教組に属している「ひとりひとりの教師を見ると、左翼的な人はむしろ少ない」と述べた後、次のように語っている。「殊《こと》に教育研究集会に出てくる教師たちにとっては、教育という大問題をかかえていて、左翼運動までに手が廻らないというのが実状であるらしかった」、と。日教組が戦後民主主義の立場で教育を推進していこうとするから、戦後民主主義を忌み嫌う政治的保守層の眼には、日教組の教育が〈偏向教育〉に映るのである。偏向しているのは、一体どちらであろうか。

それはともかく、哲也が参加した教育研究集会も、哲也と同様に「満足の行く教育実践というのはない。いつも不満がつきまとう」というような思いを持って集まった教師たちの、いかにその不満を少しでも満足に近づけるかということをめぐっての学習会だったのである。そこにあったのは、子どもが真に自立した大人になるための準備段階としての学習で、子どもたちにどうすれば学力を身に付けさせることができるか、という問題についての真摯な研究心だった。

　先に触れたように、教育研究集会に参加している教師たちの純粋な教育的熱意を超えて、日教組に関しては政治的な対立の問題もあったわけだが、この小説はそういう問題に入ることなく、哲也とその周囲の教師たちの、教育への善意と熱意が爽やかに語られている物語となっている。因みに、戦後の教育界で大きな問題となった勤務評定に関しても、この小説では、哲也は「わたしは、勤務評定は校長先生にではなく、教育の株主であるお父さん、お母さんにしてもらいたいと思っています。どうぞきびしく評定していください」（傍点・原文）と語り、哲也が「発音式カナズカ《ママ》イ」に拘ったことへの批判があったものの、全体としては高い評価が返ってくる話として終っている。実際の教育現場では勤務評定の問題も厳しい政治的対立に発展していったのだが、小説ではそれには触れず、あくまで子どもと保護者の方に眼を向ける哲也の、その教育者としてのあり方のエピソードとしてさらりと語られているだけである。

　物語の終わりの方で、新たにできる「障害児の学級」の担任には哲也にこそなって欲しいと、校長から頼まれる。それだけ、哲也は信頼されていたわけだが、そうなると哲也は秀才コースを進んできた自らを省みて、「先生は、できない子のことがわからない、という作文もあったはずだ」と思い、自らのノートに書きとめていたその作文を読み返す。そこには、「先生は、学校時代に一番のビリになったことがないから、一番のビリの気持がわからないだろう」、「一番のビリの者にもわかるような授業をしてくれ」とあった。哲也は、「このような子どもの叫びが聞こえなくなったとき、教師は失格しているのである」と反省する。

このようにすぐに謙虚に反省するところが、哲也が優れた教師であることの証しであり、哲也はまさに理想的な教師であって、学区内の村人たちも一様に哲也を褒めるのである。たとえば哲也は、「貧乏人の子でも差別しないで、マデ（丁寧に）教えてくれる」、「幼い弟や妹を学校に連れて行ってもおこらないから、子守をしながら勉強する子どもが肩身のせまい思いをしないですむ」、などの評判である。障害児教育を始めても、哲也の向日性的でヒュウマンな理想主義精神は挫折することはない。哲也はこう思う、「どの子にも可能性がある。どの子も美しい種子をかかえている。そして教師は、どの子にも輝く笑顔を与える任務を持っているのだ」と。

小説は四十歳代になった哲也が望んだ相手と再婚するというハッピーエンドで終る。再婚は一九七〇年とされているから、この小説は敗戦から二五年間の物語である。おそらく読者は哲也のような先生にこそ教わりたかったと思うであろう。それほど哲也は理想的な教師であって、哲也のような教師は実際には極めて珍しいだろうが、作者はこの小説でありうべき教師像を語るとともに、そのことによって、言わば戦後民主主義教育の具現化された姿を提示したかったのではないかと考えられる。

ところで、哲也が勤める小森川小学校の、その分校に勤めている三木浩三が、「僻地教育にこそ、教育の原型はあるんです」と語るところがある。これは、作者自身の考えでもあったようで、三好京三はルポルタージュ『いい先生見つけた』（潮出版社、一九八二・三）の中で、「（略）わたしは一四年間の分校体験の中で、僻地、小規模校にこそ、教育の原点がある、という実感を持つようになっている」と述べている。その分校での体験を基にして語られたのが、『分校日記』（文藝春秋、一九七七・一二）に収められた三つの小説である。三好京三の実像に近いのは、哲也よりもこの三つの小説に登場する男性教師であると思われる。

「峠の声」「白樺分校」「雪の長持唄」の三つの小説は、連作的な物語になっていて、夫婦の教師が分校に赴任するところから始まる。「峠の声」では妻の「女《おな》ゴ先生」の語りで物語は進行するのだが、赴任当初は分校の子どもたちの方言や村人たちの態度に違和感さらには偏見をも持っていた「女ゴ先生」が、子宮筋腫で入院して手術した後、退院して村に入るときには「やすらぎ」を覚え、子どもたちの「女《おな》ゴ先生ェ、女ゴ先生ェー」という声にも、「じっと聞き入っていました。快い声でした」と思うようになる話である。彼女は偏見から抜け出たのである。

「白樺分校」は、分校に勤めている二組の教師夫婦の話である。若い夫婦の女性教師が「妊娠中毒に骨髄炎を併発して」入院することになり、やがてその夫と離婚する。その離婚は妻の過去に対しての夫の不信感が原因のようなのだが、真相は語られていない。そのことよりも、物語の山場は、遠いところを子どもたちが入院中の先生を見舞いに来て、若い女性の先生は子どもたちの心情に触れることで、離婚の痛手からも回復する箇所である。子どもたちが見舞いに来るところは、『二十四の瞳』

の中の、怪我で療養中の大石先生を子どもたちが遠いところを見舞いに来るというエピソードに少し似ているが、「白樺分校」での見舞いの話も先生を慕う子どもたちの純朴な思いが現われているわけである。

しかし、ただそれだけではないだろう。分校の子どもたちは、赴任してきた先生たちがすぐに転任したがるのを心配していることが小説では語られていて、見舞いに来た背景にはその心配もあったと想像される。このような心配は「峠の声」でも語られている。分校の子どもたちには、自分たちが教師から見捨てられるのではないかという不安があるわけだが、しかし教師がそうでないことを示せば、子どもたちは教師を心から慕ってくるようになる。そうなると、教師と子どもたちとは心の奥底でしっかりと結びつくことができ、学校生活はその信頼関係の下で展開して行くだろう。その意味で、「白樺分校」で年長の男性教師が「僻地にこそ、教育はあるんです」と語っているのも頷ける。授業においても「僻地」の分校にこそ、理想的な実践できることが語られているのが、「雪の長持唄」である。『いい先生見つけた』(前掲)で、三好京三は高村光太郎の詩「道程」を使って分校での授業をしたと述べているが、「雪の長持唄」には「道程」を教材にした授業の様子が具体的に描かれていて、小説の読みどころとなっている。

このように見てくると、たしかに「僻地にこそ、教育はあるんです」という言葉には真実があると思われてくるが、しかし「僻地」の学校は政治的に言わば無風状態に置かれているからこそ、子どものことのみに向き合った理想的な教育が可能なのであって、たとえば教育委員会からの圧力が直接にかかる都市部の大規模校などではそうは行かないであろう。もちろん、その中でも何とかして理想的な教育を実践しようとしていた教師たちもいたのである。

教育学が専門の佐藤学は『教師花伝書――専門家として成長するために』（小学館、二〇〇九・四）の中で、日本の教育の歴史を振り返って、「なかでも大正自由教育の伝統と戦後民主主義教育の伝統の価値は大きい。この二つの時代は、いずれも日本の教育の歴史的転換期であった。その転換期において、日本の教師たちは世界に誇るべき教師の専門家文化を花開かせたのである」と述べている。たしかに、大正期自由教育と戦後民主主義教育には素晴らしいものがあったと言える。そのことは、本書でも見てきた通りである。また、戦後民主主義教育は大正自由教育の精神を受け継いでいるところがあったと言える。戦後に欧米から入って来た民主主義だけでは、あのような教育実践が可能であったとは考えられないのではないだろうか。やはり、大正自由教育の伝統があったから戦後民主主義教育が可能であったという面もあったであろう。しかし、戦後民主主義教育にとっては、すぐに厳しい時代がやってくるのである。

第七章

困難に立ち向かう教師たち
——高度成長期前後から現代へ

一　教育反動化と非行化の中で――石川達三・平澤誠一・野呂重雄

『人間の壁』は、一九五七年に佐賀県で実際にあった、当時の佐賀県教職員組合の定員削減反対のための休暇闘争を題材にした物語である。佐賀県では県財政の赤字を解消させるために、約七五〇〇名の教員の半分に対して昇給・昇格をストップさせ、約三〇〇名の首切りを決定したのである。小説では、小学校教師の主人公である、まだ若い志野田ふみ子先生（後に離婚して「尾崎ふみ子」。以下、「尾崎」姓で統一する）はその馘首予定の人員に入っていたとされる。当初彼女は「組合というものを、何となくいやなもののように感じていた」のだが、その反対運動に巻き込まれていく内に、その思いが「間違いであったかも知れない」と思うようになり、組合の活動に積極的に関わるようになっていく。その間、やはり教師であった夫の志野田建一郎と離婚する。そして、その後に同僚の中年男性教師である沢田先生を淡い恋心で慕うようになるが、沢田先生との再婚を諦め、尾崎先生は生涯を教師として一人で生きていこうと決意するのである。

石川達三は、この小説のために日教組の教育研究全国大会を参観したり、日教組の中央執行委員会を傍聴するなど、丹念な調査をしたようで、日教組の活動がどのようなものであるかについて、たとえば支部教研集会での国語分科会や理科分科会などで先生たちが授業の質と効果を上げるためにいかに工夫しているか、ということについて小説では詳細に叙述されている。「第六章〈民主国家〉の教師たち――戦後期」で、日教組についての石川達三の偏見の無い見解を紹介したが、その見方はこれらの実地の見聞から生まれたものである。

西郷竹彦が『文学のなかの教師像』（明治図書出版株式会社、一九七〇・九）の中で述べているように、「（略）『人間の壁』ははじめて、集団、組織の中における教師というものを描いた長編小説といっていい」と思われる。さらには、教師とくに女性教師をめぐる困難さというものにも、作者の眼は届いているのである。教師については、たとえば「十代の青少年の犯罪は教師の責任だ」と語る歯科医のことを思い浮かべながら、尾崎ふみ子先生はこう思う、「あの人たちは教師を聖職だと言う。聖職という名前で縛りつけて、教師の権利をさえも認めないで、完全な教育ばかりを要求する」、と。一クラス「六十人ちかいすし詰め学級」では生徒一人ひとりに注意を行き渡らせるのは不可能であるが、その状況の改善を組合を通じて教師が要求したりすると、今度は生徒よりも組合活動に力を入れている、というような批判をするわけである。教師をめぐるそういう困難さである。

また、女性教師というものについて尾崎先生は、「教室では、女教師は女であってはならない。女らしくてはいけないが、しかし清潔な女でなくてはならない」と思う。スーザン・ブラウンミラーは『女らしさ』（幾島幸子他訳、勁草書房、一九九八・七）で、一般企業などにおいても、女性は女性らしくあらねばならないけれど、しかし他方でいかにも女性らしいというのもいけない、というダブルバインド状況に女性たちは見舞われていると語っているが、女性教師は猶《なお》のことそうであろう。男性教師には無い困難さである。このジェンダー規範が齎《もたら》す価値観は子どもたちをも縛っているのだ。たとえば、

「子供たちは敏感だ。身だしなみの悪い女教師をはっきりと軽蔑《けいべつ》する」と尾崎先生は思っている。さらに親たちもジェンダー規範から来る見方に縛られている。尾崎先生はこう感じ取っている、「六年生は男の先生の担任にしてもらいたいと言うのだ。父親ばかりではなく、母親までがそう言う。むしろ母親の方にその気持が強い。女教師を信用していないのだ」、と

このような尾崎先生の思いは、二十世紀終わりのフェミニズムが取り上げた問題であるが、フェミニズム的な観点からの問題ということで言えば、尾崎先生はこうも思っている。「男の心のなかには、支配者の意識が深く根をおろしている。ことに家庭の父となったとき、妻の良人となったとき、支配者意識は強くはたらき出す。志野田建一郎がそうだった」、と。尾崎先生は、このような男性の「支配者意識」を遅れた封建的意識の産物だと捉えているようだが、封建的意識を克服したとしても「支配者意識」の問題は尚《なお》あることを明らかにしたのが現代フェミニズムであったことを考えると、『人間の壁』で語られている諸問題は今日の社会の問題にもそのまま通じると言っていいだろう。『人間の壁』が多くの人とりわけ今の教師たちにも読まれるべき小説である所以である。

他方で、『人間の壁』は教師たち自身に潜む問題にも触れている。たとえば、「グループ作業の指導の方法」に関して、それぞれの教師たちは「何かしらの工夫をこらして」いるのだが、「それを同僚の教師には事前にしられまいとする一種の秘密主義がありはしないだろうか」と尾崎先生は思う。そして、それは「（略）教師としての自己の能力を誇示したい気持、立身出世主義につながる利己的な気持ではないだろうか」、と。しかしながら、「（略）そういう教師たちの弱点を補うものが、すなわ

ち教職員組合ではないだろうか」、というふうにも尾崎先生は考えていて、それは左右の政治対立という問題とは局面の異なる、日教組の中にあるべき教育的良心にのみ眼を向けようとする尾崎先生の、言わば理想的組合活動観でもあったと言えよう。

そのように組合活動を捉えるのではなく、組合活動を自身の立身出世の手段として利用しようとしたのが、尾崎先生の元夫の志野田建一郎であった。彼はその横しまな野心を組合幹部に見抜かれてからは組合を脱退し、今度は悪質な反日教組の本を出版したりするようになる。ひょっとすると、この志野田建一郎の人物像にはモデルがあったのかも知れない。沢田文明は『日教組の歴史/風雪の日々に』下巻（合同出版、一九六七・一）で、教科書会社と癒着のあったことを指摘され、教科書会社への出入りを慎むように言われた、日教組の書記であった男性が、その後日教組を飛び出してからは反日教組の宣伝を旨とした本を相次いで出版したことを述べている。その男性が志野田建一郎のモデルであるとはもちろん断定できないが、そのような、まさに低劣な裏切り行為があった事実を、石川達三は取材の中で見聞したのであろうと推測される。

おそらく『人間の壁』を読んだ読者が、印象深く思い、かつ暖かい気持を抱いた人物は、やはり沢田先生であろう。沢田先生は生徒の身体測定のときにも一人ひとりに声を掛けて、子どもたちの健康状態に留意するような先生である。国分一太郎は『復刻版　君ひとりの子の師であれば』（新評論、二〇一二・一〇、初版は一九五九・一二）で、「（略）とにかく「先生は、バカみたいに、からだのことを、いのちのことを心配しているなあ」と思われるくらいな存在になっていいのです」（傍点・原文）と述べているが、沢田先生はまさにそういう先生である。彼は、障害児を虐めた男子生徒に体罰を加えたということで学校を追われることになるが、貧しい子や弱い子に暖かい眼差しを注ぐ沢田先生も、あり得べき教師の一人であろう。彼は教師が労働者であることを否定しないが、「自分の心のなかで、教師の仕事を聖職にまで高めたいんだ」と考えている。もちろん、沢田先生の思いは個人としては立派である。尾崎先生が沢田先生を（敬）愛するのも頷ける。おそらく、沢田先生のような存在こそ、日教組は組織から遠ざけるのではなく、組織に包摂していかなければならなかったのではないだろうか。

物語は、実際の出来事に沿って佐賀県教職員組合の敗北に終る展開になっている。勤務評定問題や反動的と言っていい教科書検定の問題など、教師たちを取り巻く状況はいよいよ反民主化の方向に進んでいくわけだが、その中でもそういう動向に抗して、教育の理想を追い求めた教師たちがいたことには勇気づけられる思いがする。

さて、日高六郎と大江志乃夫の監修で日教組及び国民文化会議共編の『教育反動　その歴史と思想』（一ツ橋書房、一九六八・六）には、一九五〇年代半ばに生徒たちの「不良化防止のための道徳教育」ということが言われ始めたとして、石原慎太郎「太陽の季節」に見られるように、「この頃、青少年の非行化・不良化が大きな社会問題になっていた」と語られている。平澤誠一の『彩りのある季節に』（新日本出版、一九八五・四）は、その「非行化・不良化」の問題も語られている小説である。

私立高校で組合活動が原因で不当に懲戒解雇された元高校教師の冬木透と、離婚経験があり子どもも一人いる、やはり高校教師の稲生久美子《いのうくみこ》との恋愛と、そして冬木透たちの闘争とが縦軸となって進む話であるが、この小説の山場の一つは、稲生先生の高校の生徒である女生徒の設楽《しだら》ゆう紀を、ヤクザ組織から救い出す場面である。ゆう紀は今は不登校の生徒なのだが、母子家庭の娘で以前に母親が付き合っていた男にレイプされた体験があった。彼女がグレ出したのはそれ以降で、やがてヤクザ組織と少し繋がりが出来てしまい、ヤクザたちから売り飛ばされそうになっていた。そういうとき、稲生先生はゆう紀たちのいる場所に乗り込んでヤクザと渡り合って、ゆう紀を救い出すのである。稲生先生は生徒を救うためには捨て身になることもできる、勇気のある先生である。作者の平澤誠一は、この稲生久美子先生のあり方にこそ非行問題に立ち向かう教師のあり得べき姿がある、ということを言いたかったのであろうと思われる。もっとも、実際には家庭もある生身の教師に、そういう行いが可能であるかどうかはなかなか難しい問題であろう。

ところで、『俺は先生』で理想的な教師像を描いた三好京三であったが、常識を桁外れに逸脱した子どもを預かったとき、しかも家庭で引き受けたとき、思ったようには行かなかったことを描いたのが、「子育てごっこ」(『子育てごっこ』〈文春文庫、一九七九・一二〉所収)である。この小説は、教室や学校での良い先生が、家庭内の子育てにおいて必ずしも良い教育者であるとは限らないことを示している小説と言えようか。子どものいない教師夫婦は、五年間全くの不就学の女の子を養育することになる。夫は「以前から問題児の指導についてはある程度自信を持」っていたのだが、言うことを聞こうとしないその子に対して、結局は「叱咤《しった》と拳固だけを与えるようになった」のである。妻の方も、その子に甘く優しく接するだけであり、その子に対しては「教師ではなく凡庸な女になってしま」う。

そういう中から、教師の夫は教育というものについて根本的な懐疑も持つようになる。すなわち、「自分を殺す抑止力だけが平安な生命を保証するもののようである。公教育などというものは、そのような平安をめざして平均的社会人を育てるしかないのかもしれぬ」、と。

「子育てごっこ」の話には後日談と言うべき小説「親もどき」（前掲文庫本所収）があって、その女の子はそれなりに落ち着いた、したがっていわゆる社会常識も身に付いた少女として成長したようなのであるが、教師の夫が突き当たった懐疑には重要な問題が孕まれていると言えよう。それは教育にある正負二面性の負の面の方である。教育は言うまでもなく子どもの健やかな成長を目的とするものであるが、それは反面においては子どもを社会常識に沿って規格通りの型に嵌めることにも繋がるものである。たしかにそういう面があるであろう。規律と訓練で縛るところが教育にはあるとも言えるわけだから。そのことを考えるとき、『俺は先生』や『人間の壁』の主人公の教師たちは、そういう問題にはあまりにもナイーブすぎた、あるいは鈍感であったと言えるかも知れない。

おそらく、規格に収まることを拒否する子どもたちには、二つの道が残されているだろう。一つはいわゆる非行化するか、あるいは極端な場合には全く逃亡してしまうかである。そして、全くの逃亡の極限は自殺である。藤原審爾の小説『死にたがる子』（新日本出版社、一九七七・二）はその問題を扱った小説で、小説の中で精神科学が専門の樺島教授は、子どもの自殺問題に関して、「（略）たしかに今日の教育は、社会への適応の知識だけつめこむだけで、人間そのものの成長をはばんだ結果を示しているよ」と語る。私は民主主義教育を支持したいが、その教育にも言わば鋳型の中に子どもを嵌めこもうとするところがあるだろう。そういう問題に対して教師はどう向き合うべきだろうか。

この問題に対して一つの極端な解答例を与えている小説が、たとえば野呂重雄の『天国遊び』(一ツ橋書房、一九六九・一二)に収録されている「子供の捨て場所」である。高校教師の横田は生徒に向ってこう語る、「働いたってしょうがねえ。それは美徳じゃないぞ。工場いっても会社いっても、働くな働くな。ごろごろ寝ていろ、寝ていられるだけ寝ていろ、こせこせするな、わかったか!」、と。言わば徹底したアナーキーの勧めである。あるいは、横田教師は生徒たちにこうも言う。「工場はジャカスカ製品つくって、儲けるだけ儲けて、吐きだした煙りはおれたち貧乏人の頭にふってきて空気は汚染、喘息や気管支炎や奇病はふえるばっかり。(略)おいしい空気と、あったかい日光と緑の野原と川をとりもどしたきゃ、おまえらガツガツ勉強だ勉強だとさわいで、生存競争に血道をあげるこたァねえ。家で寝ていろ」、と。

作者の野呂重雄は「あとがき」で、市民社会を否定すべきプロレタリアが存在していない現状において、「なおかつ状況に否定をつきつけていくために」横田のような人物を造形したのだということを述べている。現代社会さらには現代文明に対して徹底的にアンチテーゼを突き付ける教師である。先ほど述べた、教育にある正負の二面性の負の面に眼をやるならば、横田教師が語ることにも説得力があるように見えてくるだろう。もちろん、横田教師のアンチテーゼはやはりアンチテーゼでしかなく、その向こうにどういう世界が開けてくるのかはわからない。横田教師の論はその点において〈建設的でない〉という異論が出てくるであろうが、しかし思考の世界で一度は横田教師のようにラディカルな展開をさせてみることも大切であろう。それによって、これまで見えなかったものが見えてくるということもあるだろう。

さて、教育の持つ二面性に眼を向けながら、この複雑化した社会の中で教師はどうあるべきかを、教師を主人公にした小説からさらに続けて考えてみたい。

二 「そばにいる」教師——重松清

先にも引用した『教師花伝書——専門家として成長するために』(前掲)の中で佐藤学は、「日本の教育荒廃が叫ばれて久しい」と述べ、荒廃の例として「校内暴力、不登校、少年非行、いじめ、学級崩壊、学びからの逃走」などを挙げている。教育荒廃の問題はマスコミ等の報道で広く一般にも知られるようになったが、高度成長期以後に書かれた、教師を主人公にした小説も、それらの問題を取り上げながら、荒廃した状況の中で苦闘する教師たちの姿を描いている。

重松清の『青い鳥』(新潮社、二〇〇七・七)は、出産や病気などで休職中の教師に代わって、中学校の国語授業を行う臨時採用の村内先生が主人公の連作短編集である。連作短編となっているのは、村内先生があちらこちらの中学校で臨時に採用されて、そこで問題を抱えた様々な生徒と関わりを持つ話が、一話一話としては読み切りの短編として物語られる構成になっているからである。村内先生は風采の上がらない中年教師で、さらに彼は吃音《きつおん》者でもあった。だから、彼は生徒たちに憧れられるような教師ではなく、また最初の内は生徒たちから尊敬されたような様子もない。しかしこの村内先生は、生徒たちにとってはまさにこうあって欲しい理想の教師なのである。

たとえば「ハンケチ」の物語は、担任教師から心無い仕打ちを受けて「場面緘黙症《ばめんかんもくしょう》」になった少女が、村内先生によって心を開かれる話であり、また「拝啓ねずみ大王さま」は、私立の有名進学校から公立の中学に転校してきてその中学になじめなく、学校行事の駅伝競争を行うなら自殺するという電話を、教育委員会にして駅伝を取りやめさせた少年の、その孤独で荒れた心を、村内先生が救う物語である。では、なぜ問題を抱えた生徒たちが村内先生には心を開くのだろうか。「静かな楽隊」の物語の中で村内先生は生徒たちにどもりながらこう語っている、「先生に、でででっ、できるのは、みんなのそばにいる、こっこと、だけ、でででっ、でっ、です」、と。あるいは「進路は北へ」の物語では、「先生は、ひとりぼっちの。子の。そばにいる、もう一人の、ひとりぼっちになりたいんだ」、と。村内先生は、おそらく学校教育だけでなく、広く教育というものの原点に立ち続けようとしている教師である。

教育社会学の本田由紀は、神奈川県の中学生を対象とした調査を踏まえて、近年では以前よりも生徒から見た教師像は「親しみやすさ」を強めているると述べているが（『若者の気分　学校の「空気」』岩波書店、二〇一一・二）、これは生徒の側も教師は自分たちの「そばにいる」存在であって欲しいと願っていると解釈できよう。また、日本におけるユング心理学の第一人者であった河合隼雄は『いじめと不登校』（潮出版社、一九九九・六）で、教師は「指導しない。言って聞かせない。何もしない。しかし、居るということ、これが出来たらもう最高なんです」と述べている。そして、「見守る」ことが大切だと言う。つまり、そばに居て見守るわけである。さらに河合隼雄は、教育の仕事に就いている人を「教師」と呼ぶが、なぜ「育師」と呼ばないかと問いかけ、「私は「育師」のつもりでおります」と述べている。まさに村内先生は河合隼雄の言う「育師」であり、そして生徒の「そばにいる」ことによって、「最高」の教育を行っている教師ということにもなろう。

小説集の表題作にもなっている「青い鳥」の物語は、クラスの中でイジメにあって自殺未遂した野口少年のことが語られている話であるが、この「青い鳥」にはイジメ問題の典型例の一つを見ることができる。典型例の一つというのは、加害者側の生徒たちに加害の意識がなかったことである。クラスの男子生徒たちは野口少年の家がコンビニエンス・ストアを経営していたので、彼にそこから商品を持ってこさせたり、家の財布から金を盗んでこさせたりしていた。野口少年はいつもおどけた感じで笑いながら「ヤバいっすよ、マジ」などと言いつつ、それらの命令に従っていたのである。だから、野口少年の自殺未遂の後も、クラスの男子たちは「俺ら、ほんとに野口のこといじめていたのかなあ」、「……笑ってよな、あいつ」、「だろ? だろ? いじめられてるって感じじゃなかったよなあ」と語りあっていた。加害の意識が希薄もしくは皆無だったのである。自殺未遂事件の後、野口一家は引っ越しをし、野口少年も転校していった。

担任で国語教師の先生は事件後に病気を理由に休職し、その代理講師として村内先生が赴任してくる。野口少年のことを聞き知った村内先生は、教室に野口少年の席を作り、主《あるじ》のいないその席に「野口くん、おかえり」と声を掛ける。それから村内先生は毎時間の授業で野口少年の机に向かって、声を掛けるのである。その行為に対して生徒の一人が「（略）ぼくらに罰を与えているわけでしょ？」と問うと、村内先生は罰ではなく責任だと言い、次のようなことを語る。「一生忘れられないようなことをしたんだ、みんなは。じゃあ、みんながそれを忘れるのって、ひきょうだろう？（略）野口君にしたことを忘れちゃだめなんだ、一生。それが責任なんだ」、と。この言葉は村内先生のいつもの「つっかえていた」言葉ではなく、聴き手の少年たちには「嘘のようになめらかに耳に流れ込んだ」と語られている。野口少年は笑って引き受けたのだと言う少年に対しては、村内先生は自分のように「言葉がつっかえなきゃしゃべれないひともいるし、野口くんみたいに、冗談っぽく笑わないと本気でしゃべれないひともいる」、「それは、もうひとそれぞれなんだよ」と諭す。これらのやりとりを通して、ようやく少年たちは自分たちが野口少年を苦しめていたことを深刻に捉え直すことができたのである。

叱ることの本来の狙いは、当人に反省を促すことにあるだろうが、村内先生は声を荒げたり激したりすることもなく、また説教めいた話もしないで、生徒たちを真の反省に導いたのである。村内先生は、主《あるじ》のいない机に語りかけることによって、イジメ側の生徒たちが自分たちがやったことの意味を自覚するまで辛抱強く待ったわけである。これはあり得べき叱り方であろう。

村内先生が教師として優れたところは他にもある。たとえば村内先生は生徒たちに「（略）先生がしゃべるのは、本気のこっことだけ、ででっ、です」（「青い鳥」）と語っているが、このように「本気」のことを生徒たちに話そうとするのである。もちろん、教師も職業上の役割意識を持って言わばペルソナ（仮面）を被って職務を遂行しなければならないこともあろう。しかしながら、ジョナサン・コゾルが『先生とは』（石井清子訳、晶文社、一九八六・五）で、「（略）私は、教師は生徒に対して本当の気持ちを示すことを怖れてはいけない、と信じている」と述べているように、教師が「本当の気持ちを示す」ことで、生徒たちとの信頼関係ができるだろう。国分康孝も『教師の自信　東京都教職員相談室から』（歴々社、一九八一・七）で、「教師があるがままの自分を示すとき、生徒も自分のホンネを表明する」と述べている。

こうして見てくると、村内先生は生徒たちを見守りながら彼らの「そばにいる」し、彼らに「本気」のことだけを話そうとし、彼らを真の反省に導くこともできる、おそらく理想的な教師なのである。ただ、イジメの問題については、実際にそれがあったのは村内先生が赴任する以前のことであって、もしも赴任中にイジメがあったとしたなら、村内先生もイジメに気づいたかどうかはわからない。もちろん、生徒たちの表情に敏感に反応する村内先生だからイジメを見抜いたであろうと思われるが、しかし一般にはイジメは、野口君の場合のように当人が自殺未遂などをするまで周囲にはわからないようなのだ。精神科医の中井久夫は「いじめの政治学」（『アリアドネからの糸』〈みすず書房、一九九七・八〉所収）で、善良なドイツ人に強制収容所が「見えなかった」ように「選択的非注意」という心理的メカニズムによって、すなわち不快な出来事は視野から外そうとすることによって、周囲の人間にはイジメが見えなくなってしまう、ということを述べている。

たとえば、芥川賞作家の川上未映子の『ヘヴン』（講談社、二〇〇九・九）は、中学二年生の男子生徒と女子生徒の二人がクラスで陰惨なイジメに遭う、読むのが辛くなるような話なのだが、この物語でも教師はほとんど登場しない。イジメは教師の眼には入らないのである。また実際のイジメ事件の場合にも、イジメの事実は知らなかったと教師は弁明することが多い。遠藤豊吉も『弱いもののいじめ教室からの報告』（日本放送出版協会、一九八四・六）の中で、やはり「先生のいじめを見る視点の浅さ」を指摘している。しかし遠藤豊吉は、「（略）最終的に弱いもののいじめの問題を解決できるのは教師である。教師しかいないという認識と期待を、取材を通じてますます強く持つようになった」と結論的に述べている。現代の教師たちは、一筋縄ではいかない複雑な問題に見舞われていて、且つその解決の期待をも担っていかざるを得ない厳しい状況に置かれているわけだが、ではたとえば教師自身がイジメに遭った場合はどうだろうか。次にその問題を扱った小説についても見ていきたい。

三　イジメに遭う教師・クールな教師・熱血教師——石田衣良・飛鳥井千砂・小松江里子

石田衣良の『5年3組　リョウタ組』（角川書店、二〇〇八・一）は、小学校教師になって四年目の中道《なかみち》良太が主人公の物語である。良太は、彼と同世代の同僚でやがて信頼できる友人となる秀才タイプの染谷《そめや》龍一とともに五年生の担任であった。この小説には教師は世間が思っている以上に仕事量が多いことも語られていて、実際の小学校教師の忙しさもわかる話となっている。たとえば、「いつもなにかに追われるように仕事をしなければならない。細かな仕事が山のようにある。クラスで子どもたちとむきあう時間と同じ分量のペーパーワークが待っていた。夏休みがあるだろうと友人からはいわれるけれど、毎日のように学校にでる用事があり、実際に休めるのは一週間ほどだ」、と。

しかし、それでも良太が教師を続けるのは、「子どもたちと毎日接することが、たのしかったのである。まだ、教師になって四年にしかならない良太には、それが新鮮でうれしかった。子どもたちを教えることで、自分もなにかを学んでいる」と語られているように、良太は教師という職業に生き甲斐を感じているからだった。彼は授業にも熱心であり、子どもの成長を真に願っている教師である。良太と龍一とは切磋琢磨してともに良い教師になろうとしていて、その点でそれまでの多くの熱心な教師たちと変わらない教師と言える。「良太の実感では、子どもたちの八割は昔と何ら変わっていなかった。電話やネットなど技術の進歩で残りの二割は変わったけれど、それは変わってもたいして影響のない部分にすぎない」と作中で語られている。おそらく、教師たちの意識とそのあり方も、以前とそれほど変わっていないと思われる。

この小説は、生徒を取り巻くいろいろな問題を良太が真摯な熱意によって対処していく話で、その際には龍一が良い相談相手になっていて、この小説は二人の友情物語にもなっている。その中で「七月の冷たい風」の章は、教師同士によるイジメの話である。四年生の担任の立野英介《たてのえいすけ》が一週間近く「病欠」をしていて、良太と龍一は副校長から立野先生の様子を見てきて欲しいと頼まれる。やがて二人は、立野の「病欠」の背景には四年生の学年主任の九島秀信《くしまひでのぶ》によるイジメがあったことに気づく。

二人はさらに九島の前任校にまで行って調査をすると、九島は若い頃より「壊し屋」と呼ばれてきて、九島によって少なくとも二人の教師が学校を辞め、また「自殺者か自殺未遂者をひとりだしている」こともわかる。九島の前任校に勤めている「三十代の女性教師」によると、九島は若く未経験な教師に最初は懇切な指導をするが、何か小さな行き違いが一つでもあると、「てのひらを返して異常な攻撃を始め」るらしく、立野もその犠牲になったようなのである。たとえば、「細かな連絡事項」を「それをひとりだけにしらせなかったり、無視したりするんです。親や他の教師にも悪い噂を流します。職員会議でねちねちとしつこく絡むし、子どもたちにその先生のクラスの子とは遊ぶなといったりもしています」、というような「徹底的ないじめ」方だったらしい。

さらに恐ろしいのは、九島が確信犯であることだ。その女性教師は九島について、「あの人は教師としての適性がない人間を、自分がふるいにかけて選別しているつもりだったようです、(略)九島主任に迷いはありませんでした」と語る。あるいは、「当人はいじめているつもりなど、まったくないみたいなんです」、と。良太と龍一は、引きこもった立野に粘り強く接触して彼の心を開かせ、龍一が「師匠」と呼ぶ瀬戸が教師をしている養護学校に立野を連れて行く。瀬戸という教師は普通の小学校では「規格外」かもしれないが、「磁石のように同じ教師をひきつける力がある」人物で、教育の現場とは結局のところ、その教師が持つ「人間力を試される場」なのだということを、龍一に感じさせる教師なのである。

子どもとの「距離の近さ」という点で「教育の理想」を実践していると思われる、その養護学校での体験を通して、立野は立ち直る切っ掛けを摑むのである。そして勤務校に復帰した立野は、九島に堂々と物を言うようにもなる。こう語られている、「立野は厳しい顔で九島主任に目をすえた。しばらくして、歯をむきだして笑いかける。あわてて定年間近の学年主任は目をそらせた。それだけで良太は快哉を叫びたい気分になった。もう立野は主任を恐れてはいないのだ」、と。

もっとも、九島には自分に非があったという反省心は依然として微塵もない。九島について龍一は次のように語る。「ほんとうに恐ろしいのは、犯罪者とか乱暴者なんかじゃないんだよ。普通の暮しをしながら、九島主任みたいに心の底からねじ曲がった人間がいる。冷静で、自分のすることはすべて正しいと思っていて、執念深くて、同情することをしらない、出来のいい毒蛇みたいな人間。」と語り、さらに「ハリウッド映画のサイコキラーなんて、目じゃないよ」、と。

一般社会はもちろんだが、教育現場にもそのような人物が紛れ込んでいると考えられるだろう。その極端な例を扱ったのが、貴志祐介の『悪の教典』上・下（文藝春秋、二〇一〇・七）である。主人公は蓮実聖司という高校の英語教師で、彼は本場で鍛えた英語力と抜群のプレゼンテーション能力で生徒たちから絶大な支持を得ているのだが、実は殺人も平気で犯す人物であった。彼は「情性欠如者」すなわち「サイコパス」であり、他者の気持ちや痛みが全く理解できない人物なのである。『悪の教典』はホラー小説と言うべきであるが、小説の中に描かれている教師像には、九島も含めて遂にこのような教師も登場するようになったかと驚かされる。むろん『悪の教典』の主人公は特別に異常な事例だが、従来には存在しなかった教師が、小説に登場するようになったのは、それだけ教育や教師をめぐる問題が複雑になったということだと言えよう。

ところで、ずっと以前には〈デモシカ〉教師という呼び名があった。教師にデモなろうか、あるいは教師にシカなれないという人物が、実際に教師になった場合の呼称である。ただ、その〈デモシカ〉教師が教師小説の主人公になることはなかった。しかし、飛鳥井千砂の『学校のセンセイ』(ポプラ文庫、二〇一〇・一〇)はそういう小説である。主人公の桐原一哉《きりはらいちや》は高校の社会科教師で、何事にも「面倒くさい」と思う教師である。自分が教師に向いているとは思っていないが、他にやりたい仕事があるわけでもない。桐原は「結局たいして好きでもない仕事をずるずる続けてるヤツなんて、世の中にいくらでもいるっていうか、全然普通だろ、それ」と思っている。まさに〈デモシカ〉教師であるが、教師の仕事を特別視(たとえば聖職視)するような意識から出て考えてみるならば、桐原の言っていることはむしろ正論であろう。たとえばビジネスマンの世界でも、その仕事が好きで生き甲斐を感じてやっているという人物の方が、生活のために仕方なく勤めているという人物より、はるかに少ないであろう。たしかに桐原一哉が言うとおり、それは「全然普通」のことである。そして、教職もそういう多くの職業の一つなのである。

桐原は生徒との関係においてもそうである。〈生徒のことは平等に愛しなさい、好き嫌いをしてはいけません〉という考え方に対しては、こう思うのである。「冗談じゃねーよ。向こうもしてくるんだから、好き嫌い。こっちだってするに決まってるだろう。ただ、あからさまに態度に出したり、具体的に成績に響かせたりしなきゃいいじゃないか。感情の部分はしょうがないだろう――。ってのが、俺の持論」、と。

しかしながら、桐原がいい加減な教師かと言うとそうではない。「熱く」なることはないが、生徒に相談を求められれば、「そりゃ確かに面倒だけど、相談されたら乗ってやるしかないんじゃねーの？」と思うし、日々の業務は「自分でいうのもなんだけど、どちらかというと、そつなくこなしているほうだと思う」くらいにには、きちんと仕事をしている。桐原のその冷めたあり方が、学年主任からは「ただ、桐原先生は、無理をなさらず、でも仕事はちゃんとこなされて、上手にそこらへんはバランスをとっていらっしゃる」と評価もされている。しかし、もう少し「この仕事に対して熱くなっていただきたい」という注文もその学年主任から付けられてはいる。物語の終わり近くになって、付き合っていた女性との別れもあって、桐原は「でも、もう面倒くさいと言わないでおこう」と思い始めるようになるものの、「あ、また面倒くさいって言っちゃってる、俺」、となかなか変わることができないのである。

こういう桐原のあり方は、現代の生徒から見れば、むしろ望ましい教師像かも知れない。桐原はクールではあるが、決して不親切ではなく、他者（生徒）にそれなりに思いやりも持ち、相談すればそれに真摯に応えてくれる教師なのである。おそらく、熱意や時には正義感などから生徒の人生に深くコミットしようとするような教師は、現代の若者にとっては煩わしいのではないか。また、往々にしてそういう教師は独善的であることが多いようである。そう考えると、桐原は現代教師の理想像の一つかも知れない。他方では、こういう桐原に対して、やはり昔ながらの熱血教師にも一定度の支持があるようである。そういう教師が主人公になっている小説が、小松江里子の『ガッコの先生』（角川書店、二〇〇一・一二）である。

『ガッコの先生』はテレビドラマの脚本を小説化した作品であるために、地の文が極端に少なくほとんどが会話で物語が進行する構成になっている。主人公の桜木仙太郎《さくらぎせんたろう》は大阪生まれの大阪育ちの青年で、東京の富士見が丘小学校の先生が産休のために臨時採用となって一学期間であるが、5年3組の担任になるのである。桜木は、自分は先生になりたいのではなく、「オレは恩師になりたいんや」と思っている教師である。

物語では、児童の家庭のことなどいろいろな問題が起こるが、桜木は持ち前の元気と楽天的な性格で児童たちの信頼も得る。この物語でもイジメの問題が起きる。それは他のクラスの話なのだが、生徒のイジメを止めさせようとした担任教師が、今度はその生徒の代わりにクラス全体からイジメを受けることになったのだ。この物語でも教師がイジメを受けるのである。しかも、それはクラス全体の子どもたちからなのである。もっとも、そういう場合にはイジメを先導する中心人物がいる場合が多いであろう。そのクラスにおいてもそうであった。桜木はそのクラスに赴き、クラス全体に反省を求めるが、そのイジメの中心となった生徒は悪びれた様子もなく、桜木に楯突くようなことを言う。そうすると、桜木はその生徒の「胸《むな》ぐらをつかむと平手で（略）頬《ほお》を張り飛ばした」のである。

このことが教師の暴力事件となり桜木の解雇処分に発展しそうになるが、桜木の担任クラスの児童たちの嘆願もあって、何とかそうならずに事件は終息し、そのイジメのリーダーは転校することになる。むろん、イジメ問題についての桜木の対処は、イジメ側の生徒に何の改悛の気持も起こさせなかったことにおいて、望ましい解決方法ではなかったのだが、しかしながら、それではどういう解決方法があったのだろうかと問うてみるならば、桜木の取った方法しか無いのではないかとも思われてくる。問題を円満に穏やかに解決できれば、それに越したことはないが、その解決方法を考えている間に事態はさらに悪化して、もはやどうにもならなくなっているという場合が多いのではないかと思われる。とくにイジメ問題の場合などはそうであろう。被害者も加害者もどちらも傷つけずに事態を収めることはできないのではなかろうか。すでに被害者の方はもう十分に傷ついているのである。その傷を悪化させてはならないことが、至上命令ではなかろうか。どうであろうか。

さてこのように、桜木仙太郎は先の桐原一哉とは対極的なタイプの熱い教師なのであるが、生徒指導の結果においては両者は、実はそれほどの差異がないと言えよう。桐原も熱くはならないが、生徒に対して思いやりのある教師であった。しかしながら、やはり桜木のような熱血漢のタイプの方が、今なお人びとの中にある理想の教師像だと思われる。私たちは、教師には生徒たちに対する思いやりとともに、その仕事に対しての熱意を求めるようである。さらに言うならば、その上に教師には批判精神も必要なのではなかろうか。

四　批判精神を堅持する教師——灰谷健次郎・伊集院静

『兎の眼』（理論社、一九七四・六）は、児童文学者の灰谷健次郎の原点とも言うべき小説である。この小説は新卒の小学校教諭の小谷芙美先生が主人公であり、彼女が子どもたちや塵芥処理場の長屋の人々との関わりを通して成長していく物語だが、読者の心に印象深く残るのは、小谷先生よりも彼女の同僚の男性教員である足立先生の方かも知れない。一年生の小谷学級には臼井鉄三という男の子がいて、鉄三は蠅のことなら何でも知っているという蠅博士であった。鉄三が蠅を飼うのは、塵芥処理場には蠅が多かったからである。というよりも、鉄三の祖父である「バクじいさん」の言うように、長屋には小動物としては蠅しかいなかったのである。その蠅の知識によって鉄三は活躍もすることになる。もっとも、鉄三はキチという犬も飼っていた。

ある日、鉄三がキチを行水させていると、以前より塵芥処理場の長屋の子どもたちと仲良しであった足立先生は、その作業を手伝う。小谷先生は鉄三と一緒になってキチを洗っている足立先生の様子を見て、「こうして見ていると、人間というものにいちばんこだわりをもっていない人は足立先生かもしれない」と思う。足立先生は職員会議でも言いたいことを言い、言葉使いも乱暴だったりするので「教員ヤクザ」と言われているが、生徒の才能の可能性を見抜き、また生徒のためなら一肌も二肌も脱ぐことのできる教師である。たとえば塵芥処理場の移転に伴ってそこで働く長屋の人たちも移転させるという市の方針に対して、それによって処理場の子どもの通学が危険で且つ困難になることを知った足立先生は、一人で移転反対のハンストを敢行する。このような足立先生や「バクじいさん」との付き合いの中で、小谷先生は「自分の人生をかえるつもりで」、知的障害のある「みな子」を短い期間だが小谷学級で引き受けることに決める。「みな子」はクラスにいろいろと迷惑をかけるのだが、子どもたちはそういう「みな子」を受け止めて、「みな子」と仲良しになっていく。子どもたちは確実に成長していったのである。

この小説は生徒たちの成長と関わって教師も成長していく物語であり、そこに感動があってその点においてやはり名作と言っていいが、作中では語られてはいないものの、とりわけ足立先生のハンストは子どもたちに衝撃を与えたのではないかと思われる。作中には子どもたちが受けたのではないかと思われる衝撃については明示的に語られているわけではないが、不合理あるいは不正義だと思ったら、声を出し態度で示して抗えというメッセージを子どもたちは衝撃とともに受け取ったのではないかと考えられる。同様のメッセージを生徒たちに熱く語っているのが、柴田錬三郎賞を受賞した、伊集院静の『機関車先生』（講談社文庫、一九九七・六）に登場する佐古周一郎《さこしゅういちろう》という校長先生である。

『機関車先生』は、瀬戸内海に浮かぶ島の、児童わずか七人の小学校に臨時採用で赴任した青年教師の吉岡誠吾《よしおかせいご》が主人公の物語である。彼は幼い時の病気から唖者になってしまうが、しかし誠吾は、自分の障害を乗り越えて教育者になることが「自分自身にも打ち克《か》つことだ」と思い、教師になったのである。機関車先生というのは、「口を……きかん先生」ということと誠吾の体が大きいところから、島の子どもたちが誠吾に附けたニックネームである。物語は子どもたちを含めた島の人たちと機関車先生との交流が中心であるが、小説に込められた教育のメッセージは彼の上司である佐古周一郎の語る言葉に表されているだろう。佐古校長は、「裸の王様を裸と言えるようにあの子供たちは育って欲しいと思っています。それだけでいいと思っているんです」と誠吾に語る。また子どもたちにも、「（略）いいか、君たちが大人になった時に、正しいと思ったらそのことをはっきりと口に出して言える人に、私はなってほしい」、と。

おそらくこれらの言葉の背景には、佐古校長の戦争体験があったことが作品中の叙述から推測される。彼は誠吾に以前、「吉岡先生。私はね、たくさんの教え子たちを戦争へ行かせたんですよ」と語ったことがある。その痛切な反省から、そのような言葉を語っていると言えよう。「裸の王様を裸と言えるようにあの子供たちは育って欲しいと思っています」、と。ジョナサン・コゾルも教育における自分の信念は、「（略）子どもたちが教師に対してさえも、否《ノゥ》と言えるくらいになることである」（前出）と語っている。また、『兎の眼』の小谷先生も高校時代の恩師の、「人間が美しくあるためには抵抗の精神をわすれてはなりません」という言葉を噛み締めている。

これらの言葉を一般化して言うならば、それは生徒たちが批判精神を持つことによって真に自立することの願いであると言えよう。そして、それは教育の最終目標でもあるだろう。山口瞳の『けっぱり先生』（新潮文庫、一九七五・八）のモデルとなった、桐朋女子中学・高校の校長を務めた生江義男も、『けっぱり先生の朝のおはなし集　学園歳時記』（桐朋教育研究所編、一九九三・三）の中で、「私が批判精神を失った時には、潔く校長の座を退く、これが私の考えです」と語っている。もちろん、これは自戒の意味だけではなく、生徒にも「批判精神」を求めているということである。そして批判精神は、自由で自立した精神から生まれるものである。

政治的社会的に混迷の中にある現代社会において、教師に何ができるかと問えば、それは『青い鳥』の村内先生の言うように生徒の「そばにいる」ことであろう。あるいは、それしかできないのかも知れない。『5年3組リョウタ組』の中道良太先生は、「教師の仕事は添え木のようなものだ」と語っているが、「添え木」のように「そばにいる」ことで、生徒たちの自立を助けるのが教師の役目であるということであろう。森与志男の『傷だらけの足』（新日本出版社、一九八二・四）においても、高校の女性教師がグレた生徒たちの「そばにいる」ことで彼らが立ち直りの切っ掛けを掴む話である。

おそらく、教師が「そばにいる」ことで自律した精神を持った人間に成長した生徒たちは、自らの眼で物事を批判的にも判断できるようになるだろう。教育の原点はそこにあるのではないだろうか。国家や共同体のために有用な人材を育成することに教育の原点があるのではなく、一人ひとりが真に知的に自律した人間となるための手助けをすることに、教育の原点はあるのだと考えられる。そのように自律した人間は、大義名分のイデオロギーに包んで人々に押しつけてくる、国家や共同体の利害にとって都合のいい政策の欺瞞性をも見抜くこともできるようになるだろう。

それにしても、そのような原点を具現化したような教師たちが主人公となる小説が、高度成長期以後において比較的多く見られるというのは、あまりに教育の問題が複雑化しているためにせめて教育の原点だけは手放さないにしようとする、教育の側の混迷も反映しているのかも知れない。

第八章

人間としての教師

――現代

一　生け贄《にえ》を作る教師──重松清

　重松清の『せんせい。』（新潮文庫、平成二三〈二〇一一〉・七）は、単行本で出版されたときは『気をつけ、礼。』（新潮社、二〇〇八・八）という題であったが、文庫本に収められたときに、このように改題された、六つの短編からなる短編小説集である。この小説集には、実に人間味があり、味わい深いと言える教師たちが登場するのであるが、彼らを見ていくのは後にして、まずその中の短編「にんじん」に登場する教師を取り上げたい。主人公は工藤《くどう》という教師である。彼は小学校の六年二組を受け持つことになったのだが、このクラスは五年二組がそのまま進級したクラスで、五年一組のときは風間先生が受け持っていた。風間先生は抜群のクラス経営を行う、工藤にとって「尊敬すべき教師」であったのであり、工藤が引き継いだ五年二組も「風間先生の最高傑作だったですもんね」と言われるようなクラスだったとされている。教師になってまだ五年目の工藤が六年生の担任になること自体、稀《まれ》なことであったし、しかも風間先生による推薦で「最高傑作」と言われるクラスを引き継ぐことになったのである。工藤に肩の力が入ってしまうのはやむを得ないことではあった。

　始業式の日に教室で子どもたちに話をしていると、私語をしている子がいたが、その子は工藤の視線に気づくと、「あわてて居住まいを正し、にやにや笑った」のである。本当に「にやにや」とした笑い方だったかどうかは、工藤にとってもわからなかったのだが、そのときの工藤にはそう見えたのである。工藤は、「おい、そこ！」「いつまでしゃべってるんだ」と叱ってその子をにらみつけたのであるが、工藤はこう語っている、「ただ、私は最初に目が合った瞬間に彼のことが嫌いになり、卒業して別れるまで、その印象が変わることはなかった」、と。その四月か五月に卒業アルバム用のクラスの集合写真を撮ったのだが、工藤は「写真を撮ったとき、私はすでに彼を心の中で「にんじん」と呼んでいた。彼のことが嫌いだった。最初に顔を見たときから、ずっと。」と語っている。〈にんじん〉というのはジュール・ルナールの小説『にんじん』から付けた名で、この小説は母親に〈にんじん〉と呼ばれ理不尽な虐待を受ける少年の物語であった。「最初に顔を見たとき」というのは、あの始業式があった日の出来事のことである。〈にんじん〉の本名は伊藤《いとう》和博《かずひろ》という。

　このクラスの子どもたちには、前の担任だった風間先生の教育が染み込んでいて、たとえば誰かが授業で当てられて答えに困っていると、教室のあちこちから「ユウ、キョウ、ダン！」という声があがる。「ユウ、キョウ、ダン！」というのは、〈友情、協力、団結〉を意味していて、〈自分たちが付いていて応援しているから頑張れ！〉というメッセージをクラスの皆が苦況に立たされている仲間に送るエールであった。また、重たいバケツを一人で持って困っている子が、助けを呼ぶときにも「ユウ、キョウ、ダン！」の声を出すのである。そうすると、誰かが駆け寄ってきて手助けしてくれるのである。「風間先生は一年かけて、それを子どもたちに仕込んでいたのだ」と、工藤は語る。工藤は、友情も協力も団結も嫌いではないが、それを「あまりにもてらいなく口にされると、なんとも言えない苦いものも感じてしまう」と言う。そして、その「ユウ、キョウ、ダン！」の声が「妙にねばついて聞こえてしまう」ことがある。とくに〈にんじん〉がそれを言うと、「(略)私は耳の奥をかきむしられるような気分になっていた」のである。

このあたりから読者は、工藤が風間先生にライバル心を燃やしていることに気づかされるだろう。あるいは、工藤が過剰に風間先生を意識していることがわかってくる。修学旅行の打ち上げで六年生の担任が集まって酒を飲んだとき、工藤は同僚の教師に「風間先生って、そんなにいい先生なんですかねえ」と言い、「人間には、もっといやな感情だってあ」るはずだが、「風間先生って、そこをごまかしてるんですよ、きれいごとしかおしえてないんですよ」、というような風間批判をし始める。さすがに、同僚の先生は「もうやめろって、いいかげんにしろよ」と工藤を窘《たしな》めたということがあった。

この後、「にんじん」の物語は、工藤が〈にんじん〉こと伊藤和博へ嫌悪感をつのらせていく話として展開していく。たとえば、「三十人三十一人脚」での話である。五年二組のとき、このクラスは「三十人三十一人脚」の五十メートル走を風間先生の指導のもとにやっていて、「十三秒五六」のそれなりの記録を出していた。工藤としては、妊娠中毒症の恐れもあると診断された妻のことが気がかりであって、「三十人三十一人脚」は「本音を言えば、勘弁してほしかった」のであったが、クラスの合議で今年もやることになった。では、五年生のときの記録を上回ることができるであろうか。「今年は風間先生がいないんだし、ヤバいかもよ」という声がしたとき、「一瞬、みんな黙り込んだ。言った本人もすぐにハッとして、こういうところが子どもなのだが、私をおそるおそる上目づかいで見て、目が合う前にうつむいてしまった」のである。

風間先生を慕っていた子どもたちは、つい工藤と風間先生とを比較してしまうのだが、そのとき〈にんじん〉が「だいじょうぶだよ、工藤先生でも」と言ったのである。工藤は、「でも――と、おまえは言ったのだ。子どものくせに。体育が苦手で足も遅いくせに。にんじんのくせに。私と風間先生を比べ、私の方を下に見たのだ、おまえは。」と思ったのである。こういうことがあった後、「三十人三十一人脚」の大会にともかくも出場する。しかし、この大会の出場条件は「三十人以上」であったので、何もクラス全員の三十一人で走らなくてもよく、その内一人を除外しても構わないわけであった。記録の更新を目指すならば、一人増やして不利になることはないではないかと、工藤は子どもたちを説得したのである。そして工藤は記録の悪い一人を外すことにするのだが、そのときは工藤の中ではもう誰を外すかは決まっていたのである。〈にんじん〉であった。

このようにして担任教師の工藤は、受け持ちの児童の一人である〈にんじん〉をますますイジメていったのであるが、そのイジメの動機の背景にはやはり風間先生に対する競争意識と劣等感があったと言えよう。工藤は〈にんじん〉へのイジメを、後になって「後悔するだろう」と思っていたものの、しかし〈にんじん〉を嫌い続けたのである。工藤は次のように語っている。

楽しくはなかった。愉快だからおまえに冷たくしていたわけではなかった。おまえが必要だった。おまえがクラスにいることで、私は元気でにこやかな若い担任教師でいられた。風間先生の「ユウ、キョウ、ダン！」の遺産を受け継ぐことができた。おまえがいなければ、私は六年二組の教室に満ちた素直な善意に押しつぶされていたかもしれない。おまえは生《い》け贄《にえ》だった。私がどうしようもなく持ってしまっている悪意にむさぼられるために、おまえは教室にいたのだ。

〈にんじん〉は「生《い》け贄《にえ》」だったのである。やがて、工藤の妻は無事出産するが、生まれてきた我が子を見て工藤は、まだ名前もない我が子の幸せを願い、我が子を幸せにしてやりたいと誓ったとき、「（略）にんじん、私は初めておまえに、すまない、と思った」のであった。〈にんじん〉も祝福に包まれて生まれ出て、〈にんじん〉の両親も彼の幸福を願ったに違いない、今生まれ出た我が子を前にして自分が思っているように――そのことを思うと、工藤は「気がつくと泣いていた。小学六年生のおまえのために泣いたのだ」。

時はそれから二十年流れて、三十二歳になった教え子たちが同窓会を開くので工藤にも来て欲しいという案内状が来る。そのときには風間先生はすでに亡くなっていた。工藤が同窓会に行くと、〈にんじん〉も出席していて、今は公立の中学の教師になっていると言う。〈にんじん〉は言う、「教師は完璧《かんぺき》な人間しかなれないわけじゃないって、先生におそわりましたから」、と。そして、「恨んでませんよ」と笑い、「もう、昔の話ですから」とも言う。しかし、幼い男の子の写真を工藤に見せ、この子は勉強もたいしてできそうもないし、可愛い顔でもないので、小学校に入っても教師にはあまり好かれそうもないと語り、でもね、と続けてこう言ったのである。「もしも、息子の担任が工藤先生みたいなことをやったら……僕は、絶対にゆるしませんよ」、と。

それに対して、工藤はこう語っているのである。「私は黙ってうなずいた。なぜだろう、追い詰められているのに、不思議と救われた気分だった。いま、私は二十年前の罪に罰を与えられている。やっと罰してもらえた。それは身を切られるようにつらくて、苦しくて、だからこそ、もっと大きなものに包まれて、ゆるされているような罰だった」、と。

やや詳しく短編小説「にんじん」の物語を追ってきたが、このように「にんじん」の物語は、重松清の小説らしく最後は救われる〈いい話〉として終わっていて、それは読者にとっても幸福な終わり方である。工藤は成長した〈にんじん〉から罰を受けることで、長年の間、おそらく間歇的に彼の胸を突き上げてくるような慚愧《ざんき》の念に苦しむことから、解放されたと考えられるのである。したがって、その終わり方はそれでいいのであるが、しかしながら、「にんじん」の物語は多くの教師にとっては、ひょっとすると内心忸怩《じくじ》たるものを喚起するような話なのではないかとも考えられる。教師も、同僚や先輩教師に対してのライバル意識を持ってしまうことがあるだろうし、そしてその中でクラス経営をいかにうまくやっていくかという問題で頭を痛めることがあろう。そういうとき、クラスの中に「生け贄」を作ることによって、クラスという集団を纏めることができるのならば、しかもそういう存在がたった一人で済むのならば、ひょっとすると「生け贄」作りの誘惑から逃れ出ることは難しいかも知れない。

もちろん、「生け贄」となった子どもにとっては、その教師が担任の間は、学校生活はまさに地獄の日々であろう。地獄の日々がその間だけならばまだしも、そこで受けた傷は生涯にわたって消えることなくて、その子どもの性格その他に甚大な影響を与えるというようなことになったとしたら、これは大問題であろう。もっとも、その「生け贄」体験によって、強靭な意志力を培うことができたというような子どもも、中にはいなくはないであろうが、それは極めて例外的な存在であって、大半は傷つき性格を歪めたまま成長することになるのではないかと思われる。

おそらく、教師による「生け贄」作りは、ずっと以前よりあるのではないかと考えられるが、そのような教師の負の面が文学においても取り上げられるようになったのは、やはり現代になってからであろう。このことを現代における教師のあり方の問題という観点から言うならば、それだけ教師に対しての管理が厳しくなり、また教師という職業が困難になるとともに、世間的にはあまり高い評価を得なくなってきているということと関係があるだろう。クラス経営をうまくやり、進学その他で一定度の成績を残さなければ、教師を続けることが難しくなっているという、教師を取り巻く困難がたとえば「生け贄」作りを行わせるのではないだろうか。

二　生け贄を作る教師二――乙一

乙一の『死にぞこないの青』（幻冬舎文庫、平成一三〈二〇〇一〉・一〇）も、教師がクラスの中に「生け贄」を作る話である。五年生の担任になった教師は、今年大学を出た若い羽田光則であった。彼は大学時代にサッカーの選手をしていたスポーツマンで、「羽田先生はすっかりクラスの男子とうちとけあっていた」。最初の内は、クラスの中で羽田先生の評判は良かったのであるが、思うように授業が進まなかったときに羽田先生は、大きな声でクラスのみんなを叱ったり、「抜き打ちテスト」をしたこともあり、「みんなの間で少しずつ、羽田先生の評判が落ちてきた」のである。しかし、この物語の語り手で主人公の「マサオ」の失敗を、羽田先生が笑い話にしてみんなに披露するようなことをすると、「不思議なことに、そうなるとみんなの抱いていた先生への不満は消えた」のであった。

そして羽田先生は、いろんなことを「マサオ」のせいにするようになるのである。たとえば、「授業が長引いたのも、先生は僕のせいにした。／「マサオくんがあくびをしたので、あと十分間、延長ね」／宿題を出すときも、僕の名前を使った。／「マサオくんがこの前の宿題をしてこなかったので、今日も算数のドリルを宿題にします」」、というふうに。たとえ、「マサオ」が頑張って問題を解いてきても、羽田先生は「マサオくん、この問題、だれか他の人に解いてもらったでしょう」と言い、「マサオ」が自分でやったと言い張っても、「僕は嘘をついたということで、多くの宿題がみんなに与えられた」のである。そしてみんなの不満は「マサオ」に向かうのであった。

やがて「マサオ」には、背が低く顔色が「真っ青」の、まさに「青い男の子」である「アオ」が見えるようになる。むろん、「アオ」は「マサオ」の幻覚であり、そのことを「マサオ」も知っていた。実は「アオ」とはもう一人の「マサオ」であったのである。「アオ」は「マサオ」に指示を与え、ときには「マサオ」に指令を出すようになる。もちろん、「アオ」は「マサオ」のことを思ってそうするのである。「アオ」とは羽田先生への「マサオ」の怒りが作ったものであった。羽田先生の「マサオ」へのイジメはその後も続く。たとえば「マサオ」は、二人のクラスメイトから「おまえ、臭いんだよ」、「もう学校に来るな。消えちまえ」と言われ、その一人からは腕を抓られるということがあったが、それらの意地悪に対しての、「マサオ」が行った正当防衛の行為にも、羽田先牛は「二人がおまえにひどいことをしたのは、おまえが悪いからだ。何もしていないのに、ひどいことをされるはずないじゃないか」と言う。さらに羽田先生は「マサオ」を殴りつけて、「おまえが黙っていればクラスは平和なんだよ!」と言い、そして倒れた「マサオ」を「つま先」で蹴り、こう言うのである。「家まで送ってやる。いいな、みんなには階段から落ちたと言うんだ」、と。

物語の終盤で、復讐を決意した「マサオ」は羽田先生と文字通りの死闘を行い、危うく羽田先生に殺される寸前まで行き、何とかその危機を脱出したのであるが、このときも「アオ」が「マサオ」に、「おまえは抜け出さなくちゃいけない」と言い、「マサオ」も「先生を殺せ。/アオの、接着されていないほうの目が、そう言っていた」というふうに、「アオ」からの指示を解釈し、行動に出たのである。「マサオ」は羽田先生が住んでいるアパートに乗り込んだのだが、羽田先生に見つかってしまい、逆にアパートに閉じこめられたのであった。死闘を演じる前のことである。そのとき、「アオ」は「マサオ」に、なぜすぐに羽田先生は「マサオ」が復讐に来たということを理解したと思うかと問いかけ、次のように語る。「あいつは、心のどこかで恐れていたのさ。自分がいけないことをしているのだという罪悪感、だれかがいつか自分を罰しに来るんじゃないかという不安があった。だから、おまえが復讐しに来たことをすぐにあいつは理解したのさ」、と。

その死闘を演じた後、「アオはあの夜以来、見えなくなった」とされ、「マサオ」は「アオなどいなかった」ので「きっとアオと話をしているとき、僕は自分に向かって語りかけていたのだろう」と思うのであるが、「マサオ」との死闘で「全身の骨を折っている」らしい羽田先生には、救急車を呼んで来ること、また他の人には今夜の出来事については「作り話をする」ことを言った後、「マサオ」は羽田先生に「……なんで、僕だけを叱り続けたんですか?」と聞く。そして、次のように語られている。「先生は戸惑ったように僕を凝視した。しばらく沈黙した後、苦しそうな声を押し出す。／「だれでもよかった……」／「でも、やっちゃいけないことじゃないですか」／羽田先生は歯を食いしばるように声を震わせた。／「恐かったんだ……」／僕は先生を残して、麓への暗い道を歩き始めた」、と。

この後、「マサオ」は「アオ」について、「アオは僕の守護者のようでもあり、心の暗い部分が形を持ったようでもあった。そしてまた、うまく説明はできないけど、「被害者」という言葉がある生物を指す名前だったら、きっとそれはアオのような生き物に違いない」と思う。たしかに、そうであろう。言わば「マサオ」の被害者部分が人格化したのが「アオ」だったのである。むろん加害者は羽田先生であり、これはやはりイジメの一種である。そして、教師による生徒へのイジメという問題は、おそらくほとんどの場合、当事者以外の人間にも見える形で浮上するようなことは無いであろう。教師は生徒たちに対しては権力を持ち、教育上の指導という大義名分もあるために、それらに隠されて、教師による生徒へのイジメは生徒同士によるイジメ以上に見えにくくなり、ほぼ完璧に隠蔽されることが多いであろう。

では、なぜ教師は生徒をイジメるのか。羽田先生の場合は、羽田先生の「恐かったんだ……」という言葉にあったように、羽田先生はクラス経営がうまくいかなくなることを恐れ、そのため「マサオ」をクラスメイトの不平不満の捌け口に利用したのである。あるいは、「マサオ」は一種のスケープゴートにされたのである。これは、クラス経営を担任教師によるクラス管理、あるいはもっと突っ込んで言ってクラス統治という面から捉えてみると、たしかに管理もしくは統治の一つの方法ではあるだろう。そのことに、「マサオ」は次のように気づくのである。

たとえば、「先生は、みんなに対して抱いた不満を、僕へかわりにぶつけていたんじゃないかと思う。直接にみんなを叱らなくても、僕に対して呶鳴り声をぶつけることで、みんなははっとして話をやめる。（略）そうやって授業中の静けさは守られる」、と。また、「マサオ」は日本の歴史を学んでいたときに、「えた」「ひにん」と呼ばれる人がいたことを知る。「えた」「ひにん」という、農民よりもさらに低い身分を作ることで、不満を上ではなく下に向けさせるという統治の方法があったのだが、「僕は授業中、そのことを聞いていて恐ろしくなった」のである。そして、「マサオ」はこう思う。「僕は、この教室における下層階級なのだと思う。／みんなの不満はすべて僕に向けられるから、先生は大丈夫。クラスの批判を受けずに評判のいいままでいられる」、と。

そして「マサオ」はこうも思う、「教室での僕の存在はすっかり定まっていた。すでに僕はクラスの生徒ではなくなっていた。むしろ、ゴミ箱のようなものだった。いれるのは普通のゴミではない。もっと形のないものだ。それは、どこの教室にも必ずある、先生や生徒への不満、誰かに与えられる罰則といったものだった」、と。さらには、「僕はこういう係になっただけなのだ。つまり、バランス係。クラスのバランスをとるために存在する、生贄《いけにえ》のような係だ」、あるいは、「みんなが「自分よりも手のつけられないほど劣った子がいる」と意識することで、五年生の教室という世界は円滑に機能し、何も不満などは起こらないという仕組みなのだ、それが教室の中にだけ存在する世界の法則である」、と。

しかし「マサオ」は、「でも、それはちがうのだ。階層だなんて、そんなものがあっていいはずはない。先生を含めたクラス全員の不満を押しつけられる役目なんて、存在してはいけないのだ」と、はっきりと認識するのである。たしかに、教室の中にそういう「階層」や「役目」があっていいはずはない。しかし、教師たちが効率よく自分の思うままにクラスを経営していこうとするなら、とくに相手が小学生のようにまだ幼い場合には、羽田先生がやったようなことが起こり得ないとは言えないであろう。羽田先生によって「マサオ」が受けたイジメは、社会的な次元で言えば、差別問題と同質の問題であるし、古来より統治の方法として用いられたスケープゴートの一種でもあるのだ。死闘のあった直後に「マサオ」もこう語っている、「先生にとって僕なんて、きっとただの逆らわない羊だったんだ。羊は静かに食べられて、餌になる」、と。山羊（ゴート）と羊との違いはあるが、もちろん同じ意味合いの比喩である。こういうことが学校の教室で行われているとしたら、これは実に驚くべきことであろう。

しかしながら私自身の小学校時代などを振り返ってみると、〈今から考えてみれば、あの先生のあのときのことは、その種の事柄だったかも知れない〉と思えなくもないことがあり、こういうことは必ずしも近年だけの話とは言えないように思われる。ただ、以前にはそういう問題が小説化されることは無かったのに、近年それが見られるというのは、やはりそういう事例が増えつつあるということであろうか。もし、そうならば、それだけ教師に対しての管理が厳しくなっているということと関連があると考えられる。あるいは、職場の上司や同僚および保護者たちの目を、教師は常に意識しなければならなくなっているということとも関連があるだろう。

そういう点では、『死にぞこないの青』の物語の最後に登場する、入院中の羽田先生の代わりに臨時にやってきた「小柄な女」の先生は、読者にも希望を持たせてくれる存在と言うことができるだろう。その先生は、「羽田先生みたいにきびきびしているわけでもなく、平気で授業に遅刻してくる」のだが、「でも、彼女はいつも一生懸命だった」。そして、「周囲の評価はそれほど高くなかったけど、それは彼女の不器用さからきている気がした」と語られている。ある日の放課後、「マサオ」はその先生へ質問することにしたのである。「まわりの人がじぶんのことをどう評価しているか、こわくないんですか?」、と。「マサオ」は、被害者だったが羽田先生の気持ちもわかるとして、「きっとみんな、自分が他人にどう思われているのかを考えて、恐がったり不安になったりするんだ」と語っている。しかし新しい先生は、「僕の唐突な質問に面食らいながら、彼女は腕組みして唸り声をあげていた。一生懸命に考えている表情だった」のだが、こう言うのである。「がんばってる結果がこれなんだから、しょうがないでしょ」、と。この言葉を聞いて「マサオ」は、「きっと、もう以前のようにだれかが生贄の羊になることはない。そう思えた」と語っている。

おそらく、この「小柄な女」の先生は真の意味の強さを持った人であろうが、以前に比べれば管理が厳しくなっていて、且つ教員同士の競争意識を煽るような今の教育界において、こういう強さを堅持することはなかなか困難なことだと思われる。教師も受難の時代と言えるところがあるだろうが、しかし他方で生徒たちに信頼され、生徒たちの支えとなっている教師たちも、もちろん現代にも大勢いる。それはまた、人間くさい教師たちとも言えるだろう。次にそういう教師たちが登場する小説を見てみたい。

三　人間くさい教師たち——重松清・落合恵子

先にその内の一作だけを見た、重松清の短編小説集『せんせい。』には、実に人間くさい教師たちが登場する小説も収められている。もちろん「にんじん」の教師や乙一の『死にぞこないの青』の羽田先生も、ある意味では人間くさい教師であった言えよう。それは、人間としての弱さを持ったという意味においてである。「マティスのビンタ」は、絵の才能が自分で思っていたほどは無かった美術教師の話である。今は四十代半ばになっている語り手の柘植島《つげしま》が中学生だった頃、白井先生という美術の先生がいた。その頃の白井先生は、ちょうど今の柘植島と同じくらいの四十代半ばの年齢であった。白井先生はアンリ・マティスの絵が大好きだったこともあって、マティスというあだ名が付いていたが、自分は美術の教師というよりも画家であると思っている先生で、コンクールの応募間際になると美術の授業中も生徒を放ったらかしにしてキャンバスに向かって絵を描くようなところがあった。しかし、柘植島が卒業するまで、先生はコンクールの入賞者の蘭に名前が載ることは無かった。白井先生は、その後もずっと自分で画家と名乗っているだけで、中学で美術を教えている教師であり続けた。語り手はこう語る、「先生には、才能がなかったのだ」、と。

中学時代に松崎洋子《ようこ》という転校生がいたのだが、松崎洋子は「ほんとうに絵のうまい子だった」。そして、「松崎の絵はマティスよりうまいんじゃないか——。／クラスのみんな、そう思っていた」。県主催の絵画コンクールへ校内予選を通過した生徒が応募することになり、松崎洋子も選ばれたのだが、白井先生も松崎洋子の才能を認めていたのか、つきっきりで細かく指導していた。しかしその結果、美術部の板谷《いたや》によれば、「松崎の絵、変わってしもうた」のである。結局、県のコンクールで入賞したのが板谷だけで、松崎洋子は選外佳作にも入らなかったのである。柘植島は松崎洋子に特別な感情を抱いていたわけではなかったが、「とにかく先生に対して腹が立ってしかたなかった」のである。そして友だちに、「自分に才能がないのは勝手じゃけど、生徒の才能をつぶしてどないするんじゃ」と言って、さらに「『人間のくずじゃ』と吐き捨てた」のである。

そのとき、ちょうど背後に白井先生が立っていたのである。「いまの、どういう意味じゃ」と白井先生は言ったのだが、柘植島は謝るつもりはなかったのである。「『違うんですか』くってかかるように訊《き》き返した。「先生、ほんまに松崎のこと、ひがんどらんのですか」／先生の返事は——ビンタだった」。実は、中学時代の柘植島は野球部に所属していて、野球部の誰よりもたくさん素振りをして、まじめにノックを受けたのにレギュラーになれずに引退したのである。当時を回想して柘植島はこう語る。「その頃の私は、絵を描き続ける先生の姿に哀れみだけではないものを感じていた。冷ややかに笑うのではなく、ムッと顔をしかめてしまう。見たくない。いてほしくない」、と。つまり、野球と絵画の違いはあれ、自分の才能の限界というものを、そのみじめさを、白井先生は柘植島にとってまざまざと見せつけてくるような存在でもあったのである。

しかし、松崎洋子も東京の美大の受験に二年続けて失敗し、結局、地元の女子大の家政学部を卒業し、今は専業主婦をしていた。「田舎町でずば抜けている程度の才能では画家になれなかった。才能とは残酷なものだと思う」、と柘植島は語っている。今、白井先生は認知症になって「施設」に入っているのだが、柘植島は先生に会いにいくと、もう筆を使って絵を描くのは難しくなった先生が、自分の手のひらで描いた絵を見るのである。おそらく、それは先生の最後の絵である。そして、こう思う。「先生がずっと描きつづけてきたものが、やっとわかった。それは、私もいま——誰だってずっと、目に見えないキャンバスに描きつづけているものでもあった」、と。

白井先生が松崎洋子の才能に嫉妬しなかったとは言えないかも知れない。また、その白井先生の姿には、才能の無い者の悲哀もたしかにあるであろう。しかし、それでは一体どれだけの人間が豊かな才能に恵まれていると言えようか。野球の才能であれ、絵画の才能であれ、才能のある人間はごく僅《わず》かである。大半は才能などとは無縁の存在である。しかしながら、そういう人間でも、夢を見て、自分の志す道を歩くことができるし、またそれが人生で大切なことなのであろう。そこには、言わば遠くまでは行くことができなかった、才能の無い者が抱く悲哀もあるだろうが、しかしそれらもひっくるめて、これからも歩もうとする道をしっかりと歩みきろうとすることが大切なのではないか。たとえ、遠くまで行けなかったとしても。白井先生が人生という「目に見えないキャンバスに描きつづけているもの」とは、そういうものではなかろうか――栢植島はそういうことを言いたかったのであろう。「マティスのビンタ」の教師は、夢は破れることの方が多い私たちの人生に、そうであったとしてもその夢を追いかけていくことの、そして夢が破れていくことの切なさを含めての大切さというものを教えてくれる先生だったのである。自らは夢破れた人生だったかも知れないが。白井先生の人生には、その敗残の思いや嫉妬の思いも含めての人間くささがあり、その意味において白井先生は人生の教師でもあったと言えよう。

白井先生と同様に人生の成功者とは言えないが、しかし生徒たちの人生にとってはやはり教師だったと言えるのが、「気をつけ、礼。」のヤスジ先生であろう。ヤスジと呼ばれた先生は、「少年」が中学三年のときのクラス担任で、社会科の先生だった。本当は「山本康司」という名で「ヤマモト・コウジ」と読むのであるが、「冗談じゃない、と広島カープをこよなく愛する生徒たちは思ったのだ。我らが主砲・山本浩二選手を冒瀆されたような気がしたのだ」。それで、読みを変えて、生徒たちはヤスジと言うようになったのである。子どもの頃から「少年」には吃音があり、そのもどかしさとコンプレックスから暴力沙汰を繰り返す「少年」のことを、ヤスジは「本気で心配」してくれる教師だった。「ヤスジは少年に面と向かって「おまえは『どもり』なんじゃけえ」とはっきり言う」のだが、「ヤスジ以外の教師は誰も、どんなに言葉につっかえても気づかないふりをする。「なかったこと」にしてしまう」のであった。「自分の思うとることをビシッと言えんと、将来困るじゃろうが」と「少年」に言う教師は、ヤスジ一人だった。

「人間のいちばんビシッとした姿勢」は、「気をつけ、礼」の後の背中を起こす姿勢にあるというのがヤスジの持論で、「この姿勢が自然にできるようになりゃあ、おまえもどもらんようになるんじゃ。どもらんようになったら、いらん喧嘩もせんでええようになるんじゃ」と、「少年」に言う。ヤスジは思いやりのある教師だったのだが、そのヤスジのおそらく唯一の欠点がギャンブル狂だったことだった。そのため、あちらこちらで借金をして、ヤスジは姿を暗ましたのである。「少年」の両親からもヤスジは金を詐取していたのであった。しかし母親は、「あんたのことを、ほんまに心配してくれとったんじゃけえね、あの先生は」と言い、父親もそのことを言うのであった。もちろんヤスジは、学校も辞めたのである。数年後、「少年」は高校生になっていたが、髪をリーゼントにし、「学生服の裏地に刺繍《ししゆう》をした竜虎《りゆうこ》がちらちらと覗《のぞ》くように」上着を着て歩く高校生になっていた。学校をサボり、「路上に唾を吐き」捨てるような高校生であった。あるとき、「少年」は商店街で偶然にヤスジに会ったのである。

ヤスジは「少年」に「学校はどげんしたんか」と「叱りつける声」で言ったのである。ヤスジの「髪は真っ白で、無精髭《ひげ》が頬にまで生えて」、ヤスジの姿は浮浪者のような格好だったのであったが、

「だが、ヤスジはヤスジだった。／「なんな、その格好は。どこぞのちんぴらと変わりゃせんが」」と言い、そして「「ピシッとせんか！」とヤスジは呶鳴った」のである。そして、「こげな格好しとるんじゃったら、まだ『どもり』のままか。のう？　ろくにしゃべれんのじゃろうが。おまえ、そげなことでやっていけるか。ほれ、『礼』じゃ、『礼』」と言い、「少年」に「気をつけ、礼」をさせるのである。そして、「まあ……元気でやれや」とヤスジはつぶやいて、少年に目を戻し、「元気で、がんばってくれ」と声を強めて言ったのである。「少年」が「先生……」と声をかけると、「わしはもう先生と違うけん」と「ヤスジは少しだけ笑って、うつむいた」と語られている。

　ギャンブルで人生を失敗してしまうヤスジは、不器用でありどこかに弱さもあるような人だと思われるが、生徒を思いやることにおいてはやはり一級の教師だったと言えよう。崩れてしまっている自分の人生のことは棚に上げても、生徒にはきちんとした姿勢で生きていけと励ますのである。そういう教師は、弱さや不器用さも引っくるめて、生徒にとって懐かしく、また生徒の心の一つの支えとなっている教師であろう。それから二十年以上の時が流れ、語り手の「少年」は、「いま、小説を書いて生活している」とされ、彼はヤスジに「会いたいとは思わない。ただ、生きていてくれたら、いい。どこかで見ていてくれたら、うれしい」と語っている。やはり、ヤスジは「少年」にとって心の一つの支えになっているということである。

『せんせい。』には、生徒にギターを教えてもらってニール・ヤングを歌う教師が登場する「白髪のニール」の物語や、高校野球の部長で監督でもあった教師の話「泣くな赤鬼」があり、それぞれに人間くさい教師たちであるが、「ドロップスは神さまの涙」の話に登場する先生は、人間くさいというよりも、教師はこうあって欲しいと思うような先生である。「わたし」（河村）は実は教室内でイジメに遭っていたが、ある日おなかと頭が痛くなって保健室に行く。そこにはぶっきらぼうな感じの、子どもたちから「ヒデおば」と呼ばれている先生がいた。名前が「ヒデコ」というところから、そう呼ばれている。「ヒデおば」は「わたし」に、「あんた、今日はもう給食までここにいなさい」と言ってくれ、さらに「もしアレだったら、放課後までここにいていいから」とも言ってくれる。そして、「河村さん、あんた、今日はずっとここにいて自習しなさい。勉強でわかんないところがあったら、教えてあげるから」と言う。

実は、「ヒデおば」は「わたし」がイジメに遭っていることを知っていたのである。「わたし」もこう言っている。「わたしのこと、ヒデおばは、ぜんぶ知っている——みたいだ。／不思議だった。細川先生には絶対に知られたくなかったのに、ヒデおばにはそんなこと思わない。どっちかというと、知ってくれてよかった」、と。「細川先生」というのは担任の若い女性の先生である。細川先生は後で「わたし」に、「保健室登校っていうのよ、いまの河村さんがやってること。いじめに遭って教室にいられない子が、緊急避難みたいに保健室に集まるの。でも、それは緊急避難だから、いつまでもつづけてたら困るでしょ。河村さんも。（略）来月には保護者会もあるし、個人面談もあるんだから、それまでに教室に戻ってないと」、と言う先生である。自分の担任クラスの管理ということと保護者の目が、まず気になるような先生なのである。

細川先生が「わたし」を早く教室に戻そうとするのだが、「ヒデおば」は「だめだよ」と「ぴしゃりと断る」のである。「わたし」が「守ってくれてたんですか?」と聞くと、「ヒデおば」は「違うよ」と言い、「あんたがいたい場所にいさせてあげただけだよ」と言うのである。そして、次のような会話が続く。「「だから守ってくれたんでしょ?」」／「ほっといただけ」／(略)「教室に行ったほうがいいですか?」／「自分のことは自分で決めなさい」／「……ずっと、ここにいてもいいんですか?」／「あんたがそうしたいんなら、そうしなさい」／「このまま……ずーっと保健室だと、まずいです、よね」／「知らないよ、そんなの」／突き放されているのに、さびしくない」、と。また、どうしてイジメられているとわかったのかと「わたし」が聞くと、「ヒデおば」は「頭とおなかが同時に痛くなる子は、たいがいそうだよ」と言う。

「ヒデおば」についてはこうも語られている。「ヒデおばはなにも助けてくれない。なにも言ってくれないし、なにもしてくれない。ただ、わたしを保健室にいさせてくれるだけだった」、と。「ヒデおば」は、「第七章　困難に立ち向かう教師たち——高度成長期前後から現代へ」で見た、やはり重松清の『青い鳥』に登場する村内先生と同じく、「そばにいる」教師と言えるであろう。「ドロップス」が「神さまの涙」だというのは、「ヒデおば」の説で、やはり保健室にいる「たっちゃん」によると、「ドロップス」は「はやくよくなりなさいって、かみさまがながしたなみだだから、おくすりなの」だが、これも「ヒデおば」が言ったことのようである。「わたし」は、「ヒデおば」は「なにもしてくれない」と言っているが、余計な世話は焼かないが、子どもの状態を見て十分な配慮のもとにいろいろと手を打ってくれる先生なのである。たとえば、「わたし」が保健室にいることについても、担任の細川先生にしっかりとその必要性を主張してくれるのである。

このように見てくると、「ヒデおば」は人間くさい教師というよりも、むしろあり得べき教師の一人かも知れないが、しかし「ヒデおば」から感じられるのは、やはり彼女の人間味というべきであろう。ぶっきらぼうだが、思いやりがあり配慮が行き届いているあり方というのは、学校に勤めていることと無関係にある、「ヒデおば」の人間性なのである。

当たり前のことだが、教師も人間としての弱みや欲望も持っている存在であるが、そういう教師を描いているのが落合恵子の『そっとさよなら』（集英社文庫、一九八〇・七）である。この小説は単行本として出たのが一九七七年八月で、文庫版はそれに加筆訂正されたものとなっている。その出版時期から言うと、むしろ「第七章　困難に立ち向かう教師たち――高度成長期前後から現代へ」で論じるべきであるが、名物語の内容は「人間くさい」教師が登場する小説を扱っている本節で論及したい。

――柚木律子《ゆうぼくりつこ》という二六歳の小学校教師が主人公の物語である。彼女には学生時代から園部慎一《そのべしんいち》という、いわゆる〈友達以上、恋人未満〉の男性と交際が続いていた。しかし、瓜生龍彦《うりうたつひこ》という文芸評論家で大学教授の男性と一度だけの愛を交わしたことがあり、それによって律子は妊娠してしまうのである。律子の妊娠のことがわかる以前に、ペンシルバニア州の大学に客員教授として赴任した瓜生龍彦は、妊娠のことを知らないのであった。柚木律子は瓜生龍彦にそのことを知らせないまま、子どもを産む決心をするのである。そういう律子を園部慎一は「惚れ直した」と言う。また、そういう律子のような教師が欲しいと言う某私立小学校の女性校長からの話が来る。――

このような話なのであるが、この小説で興味深いことの一つは、建前と本音とが食い違う教師の実像について、辛辣に語られているところである。たとえば、柚木律子は教師についてこう語っている。「生徒たちには、職業に貴賤はないと教えながら、その実、父兄の職業に恐ろしく敏感に反応してみせる、彼らだった。／彼らが、ある種の敬意を持って接する父兄は、まず、それが何であれ有名人だった。／次に、教育関係者。／それから、有名校へ、我が子を進学させたいとしている、インテリ層の父兄」、と。教師についてはさらにこうも言う。「つまり、彼らは、こわいもの、発言力のあるもの、強いものに対して、滅法弱いのだった。反対に、弱いもの、余り意志表明をしない者に対しては、強者なのだ」、と。

また柚木律子は、母が教師であった母子家庭のひとり娘として育ったのであるが、「母はその区内のベテランの教師であり、教師たちは、同じ教職にあるものの子弟には甘かった」と語り、「六・三・三制の学校生活を通して、私は、如何に多くの生徒たちが、教師の思い入れで、正当な評価を受けることも出来ず、スポイルされていくか、目のあたりにして来た」と語っている。そして、柚木律子は高校生のときに自分の家で、教師であった母の秘密を偶然に覗いてしまったのである。そのときのことは次のように語られている。「今まで、一度も聞いたことのないような、切なげな母のすすり泣きだった。（略）居間に通じる襖は、十センチ程開いていた。そして、私は見てしまった。猪首の初老の男が、母を組みしいていた」、と。その場から逃げて駆けだした柚木律子は、その「初老の男」

が「母の勤務している小学校のＰＴＡの会長」だったことに気づいたのであった。

たしかに娘の律子にとっては、ショッキングな出来事であったに違いないが、母であれ教師であれ、一人の人間であることを考えれば、そのこと自体は決して異常なこととは言えないだろう。教師もまた人間である。律子の母も、人間くさい教師の一人であったと言うべきであろう。そしてその娘の柚木律子は、未婚の母として出産しようとするのである。勤務校の教頭の藤井誠は、柚木律子のことを理解してくれている数少ない一人であったが、律子に「教師とて、人間です。聖人ではないのです」と語り、さらに「自由で、大らかな、豊かな個性を持った子供たちを育てていくのが我々の使命でありながら、教師自体は、きわめて没個性的な、不自由で、保守的な因習にみちた日々を送っている。柚木先生、私が言わなくても、充分わかった上での決心だと思いますが、いろいろ覚悟は、出来ていらっしゃるのでしょうね」、と語るのである。

さらに藤井教頭は、以前に同僚として勤めていた女性教師がやはり未婚で子ども産み、結局、学校を辞めざるを得なかったことについてもこう語っている。「そう、三枝《さえぐさ》さんと言った。理想に燃えた美しい先生だった。未婚で赤ちゃんを産みました。教師である前に、私は女ですとおっしゃってね。しかしその女《ひと》も、結局、職場を追われていった。（略）私は何に負けたのだろうと。結局、教師自身がつくり出した、間違った聖職幻想の犠牲者になったんですよ。（略）学制が敷かれて百年、教師の世界だけは、文化の進歩から、取り残されてしまったのです。自ら、すすんで取り残されていると言ったほうが良いかもしれない」、と。藤井教頭については、「教頭の藤井誠は、この学校で私が好きな数少ない教師のひとりだった」というように、柚木律子に語られている人物であるが、柚木律子は藤井教頭に後押しされるように、父兄会で未婚のまま妊娠したことで生徒たちに動揺を与えたかも知れないことを詫びつつも、しかし堂々と自らが考えるところをこう話すのである。

「生徒たちに動揺を与えてしまったことは、申し訳なく思っています。私は、彼らに対して、一生涯、ある種の罪の意識を負わねばならないと思っています。でも、教師も人間です。神じゃありませんわ。今日《こんにち》までの教育が冒したいくつかの過ちの原因のひとつに、教師の神格化が加担していたとは言えないでしょうか？　教師の言うことは何ひとつ間違いはない。教師は全知全能なのだ……。教師も、悩み、苦しみ、手さぐりで、生きているひとりの生身の人間なのだ。ごくあたりまえの人間なのだと、子供に訴えてはいけないでしょうか？　私、今まで、そういう意識で、生徒に接触して参りました」（傍点・引用者）

ここで柚木律子は当然のことを言っているのである。教職聖職論や「教師の神格化」が教師たちを追い詰めたり、また教師たちに欺瞞を強いたりして、結果として大きく教育を歪めてきたと言えよう。そのことが、近年になって少しは認識され始めたのかも知れない。子どもや生徒と向き合っている、学校の中での教師像だけではなく、教師も人間として色々な面を持った存在であるということが語られ出した小説が、以前に比べて増えてきたように思われるからである。それは望ましいことだと思われるが、その一方で私たち読者は、小説の中でもやはり〈いい先生〉を求めてしまうところもあると言えよう。

近年の小説には実に様々な教師像が出てくる。法に触れることを平気でやっている教師も出てくる一方で、昔ながらの〈いい先生〉も出てくる。次にそれらを見てみたい。

四　教師像の再構築――氷室冴子・宮内婦貴子・三好京三

氷室冴子の『いもうと物語』（新潮社、平成三〈一九九一〉・八）は連作短編集で、舞台は昭和四〇（一九六五）年代の北海道である。だからこの小説も時期としては、「第七章　困難に立ち向かう教師たち――高度成長期前後から現代へ」で論及するのが適当と言えるが、しかし教師像の再構築の問題を考えるときには参考になる小説であるので、ここで取り上げた。魅力的な先生として登場するのが、角《つの》田《だ》アヤコ先生である。角田先生は、物語の語り手で主人公でもある小学四年生の植野チヅルの担任教師である。実は、角田先生はチヅルの家から歩いて五分もかからないところに住んでいて、先生の家では牛を二頭飼っていてその牛乳をチヅルの家でも飲んでいたのであった。チヅルにとって、角田先生は「角田牛乳のおばさん」なのでもあった。角田先生は、三十を過ぎた独身女性だとされている。

角田先生は「ある意味で、こわいセンセー」で、しゃべり方にも特徴があって、「ぴしりという言葉のあとに、！のマークがついている感じ方がするのだった」。だが、教育において何が大切かをしっかりと理解している聡明な教師である。子どもたちの会話からそれを知ることができる。次は、角田先生の家庭訪問のことが話題になっているところである。

「おっかないんだよぉ、かあさんが、そろそろ塾《じゆく》にいかせたいっていったら、そんなもの、必要ないって怒るんだって。かあさん、びっくりしてたさ」
「うちもさ、ちゃんと家の手伝いしていますかとかいわれて、センセー帰ってから、あたし、ちゃわん洗い、させられたよ」
「おかあさんが、おこづかい、どのくらいあげたらいいのかって聞いたら、そんなもの、月月、あげなくていい、お手伝いしたときにあげればいいとか、いってさあ、ひどいよォ！」

子どもたちは、「おっかないねえ。いままでのセンセーと、ぜんぜん、ちがうねえ」と話し合ったのである。チヅルの家に訪問に来たときも、チヅルの母が姉の歌子と比較して、チヅルが遊んでばかりで勉強しないことを言うと、「遊ぶのはいいですよ、おかあさん。いまのうちから勉強してたら、中学まで、もちゃしません」と、「角田センセーは平然と、切って捨てるように、いった」のである。さらに学校でも、お姉さんの歌子は成績も良かったけれど、「植野さんだって、いいところがあるんだから、自信をもっていいんですよ。植野さんは、国語の時間、はきはきした声で、きちんと朗読できるなと先生、感心してたの。だから、朝、読んでもらったんです。（略）植野さん、あんた、自信もっていいのよ」と、角田先生はチヅルに自信を持たせ励ますのである。

この朗読については、小丸スミコという子どもから、なぜチヅルばかり朗読するのか、「ヒイキ」ではないか、という意見が出たことがあった。すると、「「先生はヒイキなんてしません。そういうのは、めんどうだから、しないんです」／角田センセーはぴしぴしっという感じで、いった」。そして、「でも、そう思うひとがいるんなら、やめましょう。やめることにします」と言ったのである。チヅルの朗読に角田先生が感心したという先ほどの話は、この日の放課後に角田先生がチヅルを呼んで話したことである。

このように角田先生は、自分の教育理念に従って、凛《りん》とした教育をしている教師である。と言って、子どもの意見にもきちんと耳を傾け、その後のケアもしっかりとやるという配慮があり、何よりも子どもに自信を持たせようとする。角田先生は、同僚や上司からの、あるいは保護者からの評判ばかりが気になるような先生とは異なっているのである。教師というのは、いつの時代でも角田先生のようでなければならないと思われる。

ところで、宮内婦貴子の『ピュア・ラブ　紅絲篇』（毎日新聞社、二〇〇四・八）、『ピュア・ラブ2　恋情篇』（毎日新聞社、二〇〇五・三）、さらに『ピュア・ラブ3　飛翔篇』（毎日新聞社、二〇〇五・一〇）は、テレビドラマとしてもヒットしたようだが、これらの『ピュア・ラブ』シリーズは学校教師の恋愛物語である。ヒロインの麻生木里子《あそうきりこ》は、自転車に乗っているとき、老婆を避けようとして転倒し、そこへ通りかかった僧侶の陽春《ようしゅん》に助けられ、やがて二人の恋心は高まっていく。かつて陽春は秀才大学生であったが、大学を中途退学して仏の道に志すようになった青年で、麻生木里子は小学校の教師で四年生のクラスを担任している。やがて麻生木里子は白血病になるが、骨髄移植のドナーに陽春がなり、二人の心の絆は紆余曲折がありながらも強まっていくという話である。

それにしても、まさにピュア・ラブの物語のヒロインが、なぜ一般企業のＯＬではなく小学校教師でなければならなかったのかという疑問が出てくるかも知れない。おそらく、『二十四の瞳』の大石先生のように、小学生を相手に働いている若い女性の先生は、その小学生たちの純真さを日々吸収していて、おそらく彼女たちも一般の社会人よりは純真だろう、というようなイメージがあるのではなかろうか。「ピュア」なわけである。もう一つは、やはり教師という職業は当人が自覚的に選択したものであるはずだから、それだけ教師となった若い女性は意識が高く、知的であるというイメージもあるだろう。おそらく、それらのイメージからピュア・ラブの物語のヒロインは、小学校教師の若い女性になったのではないかと考えられる。ということは、日本の世間あるいは社会においては、とくに若い女性の小学校教師には今なおプラスのイメージがあると考えていいだろう。

『ピュア・ラブ』は恋愛物語が中心であり、ヒロインが小学校教師であっても教育の問題が出てくることは少ないが、しかし教育にとって示唆的な事柄が語られていることがある。たとえば、陽春がする地蔵の話である。『ピュア・ラブ　紅絲篇』の中で陽春はこう語っている、「お地蔵さんのお慈悲というのは、積んでは崩され、積んでは崩されるその石を、子供が『もうだめだ』と投げ出してしまわないで、鬼がきて、崩しても崩しても、際限もなくお地蔵さんの袖の仕手に隠れては、また新たな勇気を持って頑張り通す。そういう子供にするための教えなんです」、と。続けて、「それが児童教育の基本であったのに、いつの間にか、鬼を追い払ってやる教育になってしまい、その結果、芯のない、人任せの人間が増えてしまった、と老師は嘆かれるのです」、と。したがって、この教えは陽春が老師から学んだ教えであろう。

この地蔵の話は、『ピュア・ラブ3　飛翔篇』でも語られていて、この話に作者の主張の一つが込められていると考えられるが、この話はたとえばすでに見た『青い鳥』の村内先生と同じであって、教育の基本は「そばにいる」ことだという考え方である。さらに興味深いのは、麻生木里子が「作文指導」を重視していることである。こう語られている、「木里子は四年二組を担任するに当たって、文章で表現することによって自分を語り、また他者への観察力を深める作文指導に重点を置いてきた。そのため、二学期を迎えた頃からクラスの児童たちは、文章になじんできて表現力も伸びてきている」、と。

「作文指導」というのは、以前の言い方で言うなら「綴り方」指導のことである。三好京三の小説についてはこれまでも論及してきたが、『体あたり先生』（勁文社、一九九四・三）という、「綴り方」教育に情熱を燃やしている白岩笙平という小学校教師が主人公の物語について簡単に触れておきたい。この小説には、あの『俺は先生』の主人公の郷内哲也が登場したり、無着成恭や国分一太郎が「国井一太郎」という名前で登場したりと、虚実が入り交じった、その意味で面白い小説となっているが、その中で国井一太郎が語ったとして、国分一太郎の著書の一節が、次のようにそのまま引用されている。

「わたくしたちは、綴方を愛していました。この上もなく身をうちこむことのできる教科目と考えていました。綴方は、殺風景な、あまくだりの、おしつけがましい教育の要旨と教科のワク、四角四面のつめたくかたい壁、その間に、めずらしくも、幸いにも、とりのこされたひとつの窓。そこばかりは、さわやかな生活の風が吹きこむ場所。そのようにさえ、綴方は思われていました……。(国分一太郎著『新しい綴方教室』より・以下同じ)」

たしかに、とくに戦前戦中の教育においては、教師が自ら創意工夫して、子どもたちの想像力を高め視野を拡げる教育を大胆に展開できる教科目は、「綴り方」しか無かったであろう。ただ、自らを省み、他者や社会への視野を拡げ、思考力を深めるためには、今もやはり「綴り方」「作文教育」が一番効果的な科目であろう。『体あたり先生』の終わりで、白岩笙平のかつての教え子で、「生活綴方の申し子」のような存在だった杉山満寿子(旧姓・安江)が行った講演の内容が語られているが、その中で満寿子は、「つづり方を書くということは、考えることです。(略)人間は一生考えながら生きていかねばならない動物だし、つづり方はその考えるための手段、物事を正しく見きわめるための訓練なのです」と端的に述べている。まさに、そうであろう。『ピュア・ラブ』の麻生木里子の「作文指導」理念の中にも、この精神が生きていると言えよう。

さて、「綴り方」教育も「作文指導」も、やはり子どもに判断力や批判力、さらには自省力を付けさせる教育と言え、それはつまるところ子どもの自律あるいは自立を支える教育ということであろう。それは子どもに自信を持たせる教育でもある。そう考えてくると、教育の基本理念は以前も今も大して変わりはないと言えよう。したがって、あり得べき教師本来の役目にも変化はなく、それは子どもの「そばにいる」ことで、その自律、自立を見守るということである。

そうではあるのだが、果たして昨今の教師に、そのように子どもたちを「見守る」だけの精神的且つ物理的な余裕があるだろうか。とにかく昨今の教師は忙しすぎるのではないかと思われる。精神疾患に罹る教師が増えてきたのも、教育評論家の尾木直樹が『教師の本分　生徒と我が子の入学式、どっちが大事?』（毎日新聞社、二〇一四・八）で述べているように、その忙しさのせいであろう。さらに、多くの教師は生徒たちを受験競争の中で競わせようとせざるを得ないということがあるだろう。しかし、尾木直樹が同書で、「市場主義や競争原理を強引に教育の領域や学校に引き込むという国の暴挙は、日本の教育に徹底的にダメージを与えました」と述べているように、教師と生徒はともに実に困難な状況下にいるのである。おそらく、こういうときこそ、教育の理想とは何なのかということを繰り返し考え続けることが大切であろう。目先の結果を追ってはいけない。

あとがき

二〇一二年の五月に、「文芸教育」に掲載予定の鼎談のために、足立悦男氏（放送大学）とともに岡山県牛窓町の西郷竹彦先生のお宅にお伺いし、鼎談が終わった後、西郷先生に食事を御馳走になったのだが、その食事中に西郷先生から、「〈文学の中の教師像〉というテーマで「文芸教育」に連載で書いてみませんか」とお誘いを受けた。それまで私は、そのようなテーマで書いたことは無かったのだが、「はい、書いてみます」とご返事した。その後、二〇一二年冬の「文芸教育」99号から二〇一三年秋の101号までの三号に亘って、戦後からほぼ現代近くまでの、教師たちが主人公や主要人物として登場する小説を論じた。この仕事は、私にとっては全く新しい領域だったと言えるもので、それだけに難しかったが、他方では遣り甲斐のある面白い仕事でもあった。

ただ、三回の連載だったので、時期を戦後から現代まで、と絞らざるを得なかった。だから、戦前昭和やそれ以前の大正明治のものには触れることができず、少し心残りでもあった。連載が終わって暫くして、「「文芸教育」に連載したものを土台にして〈文学の中の教師像〉というテーマで本を出しませんか」、という西郷先生からのお電話があった。その後、新読書社の伊集院郁夫氏からも同内容のお電話をいただき、本書執筆に向かっての本格的なスタートとなった。ただ、その前に仕上げなければならなかった他の仕事があったために、本書の執筆が遅れることになり、関係各位にはご迷惑をおかけしてしまった。

本書における、小説の配列は、小説の発表時期に沿ってではなく、当該の小説で語られている物語の時期に沿ったものになっている。したがって、たとえば三浦綾子の『銃口』のように戦後五十年近く経って発表されたものであっても、物語の時期が戦前昭和期であるから戦前昭和期のところで扱っている。また、本書の題目の付け方は、大和田茂氏、鈴木斌氏そして私との共編著である『経済・労働・格差　文学に見る』（冬至社、二〇〇八・三）の題目を参考にした。また、本書では基本的には〈教員〉ではなく〈教師〉という呼称を用いているが、文脈によっては〈教員〉を用いた箇所もある。なお、本書ではなるべく文庫本に収録されている作品を取り上げたかったのだが、文庫本に収録されていない作品にも論及している。図書館で、あるいはインターネット上の古本販売などで入手していただければと思う。

本書を執筆していて、教育の問題の重要性、そしてその中での教師の役割がいかに大きなものであるかということを、改めて認識せざるを得なかった。と同時に、教師の仕事がいかに苦難に満ちたものであるかということも痛切に認識した次第である。もしも、本書で論じた教師像が、今の教師たちに何らかの参考やヒントになるとしたら、本書の執筆者として望外の喜びである。

現在、日本は右傾化の方向に大きく傾いている。やがて、極めて憂慮されるような事態が出来《しゅったい》するのではないかと懸念される。どう見ても聡明とは言えない為政者たちが、日本を変な方向に引っ張って行こうとしているからである。そうなったときには、最も困難な状況に見舞われるのが、教育の現場であるだろう。過去においてもそういう事態が、幾度もあるいは継続的に出来したことは、本書からも明らかであると思われるが、しかしそういう中にあっても自己の信念を堅持した教師たちがいたことに、私たちは勇気づけられるだろう。たとえ、それが小説中の人物であったとしても、私たちは彼らや彼女たちから学ばなければならないと思う。

そのようなことを現実の問題として真剣に考えざるを得ないほど、事態はすでに危険水域に入っているのかも知れない。しかしながら、私たちは何としてでもこの状況を食い止めなければならない。何としてでも、である。

なお、本書の「第六章　〈民主国家〉の教師たち——戦後期」と「第七章　困難に立ち向かう教師たち——高度成長期前後から現代へ」との論考は、「文芸教育」の99号から101号までに連載した拙論を元にしたものである。それら以外の他の章は、すべて書き下ろしである。教育現場によっては、たとえば差別問題や基地問題などの問題に囲繞されているところもあり、それらの問題と取り組む教師たちの姿を描いた小説も扱わなければならなかったのであるが、残念ながら本書ではそこまで筆が及ばなかった。今後の課題としたい。

最後になったが、本書の刊行にあたっては、最初に述べた西郷竹彦先生、足立悦男氏、そして新読書社の伊集院郁夫氏には本当にお世話になった。お礼申し上げたい。

二〇一五年七月

綾目広治

人　名　索　引

人名索引の凡例
［外国人名については慣用の日本語表記に従った。事項を表わす言葉に含まれている人名についても（「マルクス主義」など）、人名索引の中で取り上げた。］

サ　行

タ　行

ナ　行

ハ　行

マ　行

ヤ　行

ラ　行

ワ　行

文献名索引

文献名索引の凡例
［書籍名には『』（二重カッコ）を付し、それ以外のものには「」（カッコ）を付した。］

ア　行

カ　行

サ　行

タ　行

ナ　行

ハ　行

マ　行

ヤ　行

ラ　行

ワ　行

●著者略歴

綾目 広治（あやめ ひろはる）

1953年広島市生まれ。京都大学経済学部卒業。広島大学大学院文学研究科博士後期課程中退。現在、ノートルダム清心女子大学教授。「千年紀文学の会」会員。
著書に『脱=文学研究　ポストモダニズム批評に抗して』（日本図書センター、1999年）、『倫理的で政治的な批評へ　日本近代文学の批判的研究』（皓星社、2004年）、『批判と抵抗　日本文学と国家・資本主義・戦争』（御茶の水書房、2006年）、『理論と逸脱　文学研究と政治経済・笑い・世界』（御茶の水書房、2008年）、『小川洋子　見えない世界を見つめて』（勉誠出版、2009）、『反骨と変革　日本近代文学と女性・老い・格差』（御茶の水書房、2012）、『松本清張　戦後社会・世界・天皇制』（御茶の水書房、2014）、編著に『東南アジアの戦線　モダン都市コレクション97』（ゆまに書房、2014）、共編著に『経済・労働・格差　文学に見る』（2008年、冬至書房）、共著に『概説日本政治思想史』（ミネルヴァ書房、2009）など。

教師像—文学に見る

2015年11月13日　初版第1刷発行

著　者　綾目広治
発行者　伊集院郁夫
発行所　株式会社 新読書社
〒113-0033
東京都文京区本郷 5-30-20
TEL 03-3814-6791
印刷所　互恵印刷 株式会社

落丁・乱丁本はお取りかえいたします。
ISBN978-4-7880-7061-5